—— 阅读之前没有真相

午夜文库

漫溢之爱

(日) 天童荒太 著
阿湑 译

新星出版社 NEW STAR PRESS

目录

1	总之,爱
55	空虚的恋人
129	安稳的香味
187	给逝去的你

总之，爱 ———

1

窗户外边，可以看到一个大大的婴儿的笑脸。

这是立在东京山手线两旁的相机宣传广告牌。

矶崎武史从电车中看着婴儿的照片，不自觉地露出了笑容。那是只有在宣传海报上才能见到的、异常可爱的孩子。尽管如此，他还是觉得自己的女儿更可爱一些。因为工作原因，他经常会看到各种各样的孩子照片，但无论和哪个孩子相比，都还是觉得自己的孩子最好。

今天，他完成了超出设想的工作量。他想回到家以后，给女儿洗个澡，喝一杯啤酒。武史的肾脏有些毛病，但是只喝一杯倒也不必担心。

大学时代的一个朋友，在一次同窗会上谈起自己三岁的孩子，因他学会给自己倒啤酒而自豪不已。武史的女儿已经学会走路了，不知什么时候起也可以给自己倒啤酒了吧。

他倚靠着电车门，任自己沉浸在今后天伦之乐的想象之中。就在此时，突然从背后传来了金属的声音。

有一个饮料瓶滚落在地上。因为还没有进入傍晚乘车高峰的时间，电车里还比较空。一个三四岁的小男孩呆呆地站在座位前，大概是他手里的瓶子掉了吧。

"哎呀，你看吧！小心点儿，跟你说了多少次了。"在小男孩面前坐着的年轻女人，用极其生气的口气说道。

小男孩一副不知如何是好的样子，半张着嘴看着她。

"妈妈会被人认为没有公共道德的。"

那个好像是妈妈的女人的腔调满是情绪化，并冲着孩子的那双小手给了一巴掌。随后哭声就响彻了车厢。

女人似乎怀孕了，穿着粉色的孕妇装。眼睛下边有轻微皱纹的她，身边放着两个大的购物袋，令她无法敏捷活动。

"因为你，会让妈妈被认为很没修养。"女人不停地说着那个孩子。

武史的表情开始不快。"差不多得了。"他小声嘟囔着。

不知道是不是听到了他的话，那孩子的母亲竟向他看了过来。

武史连忙避开她的视线，周围的乘客要么故作视而不见，要么表情尴尬地偷看这对母子。

电车停靠在了御徒町站。武史从行李架上取下手提包，逃跑一般地跑上站台。车门关上的瞬间，他的视线移向电车，那个男孩已经停止了哭啼，此时倒是母亲一脸要哭的样子，用手捂着自己的脸。

电车渐渐远去，武史从屁股口袋里掏出钱包。打开钱包，看着里面夹着的相片。

照片上是一个二十多岁的文静女子，怀里抱着孩子，面对着镜头一脸欢笑。那个孩子冲着镜头大大地张着小嘴巴，仿佛看着照片都能听到孩子欢快的笑声。

表情变得不悦，连武史自己都觉察到了。他收起钱包，朝出站口走去。

梅雨季结束后，一连数日都是超过三十度的炎热天气。

车站前沿街种植着许多山茱萸，两个月前花儿都落了，现在满是繁茂翠绿的枝叶。

武史尽量选择有树荫的地方，朝隅田川的方向走着。从河的方向吹过一些风,仅带来一丝凉意可供享用,同时夹杂着热气蒸腾的泥土的气味。

他走进紧靠河边的小道,在陈旧的住宅之间往前走,渐渐出现了一个并立着数个小制造公司的角落。

隔热板围着的仓库"风格"的工厂,租借民居一楼摆放着机械设备的家庭作坊式的小公司并立其间。

狭窄的小道里,满是机油的气味,电机运转声、金属碰撞声与人们的喧哗吵闹交织在一起。屋子里焊接研磨而制造的火花,一直飞溅到道路上而不熄,甚至无法下脚走过。

武史一边用手绢擦着汗,一边从堆满木箱的停车场横穿过去,从一个这一带中相对宽阔一些的空间上建造起来的工厂前边走了出去。

从这个工厂的窗边能够听到机械吸住纸张的沙沙声,也能听到不断地卷起纸张粗大滚筒的声响,以及裁断厚纸张机器所发出的令人生理不适的噪声。

临近工厂的楼可以看到写着"安田合纸株式会社"字样的招牌。

楼是刚刚翻修过的,一楼和工厂相通,二楼是事务室,三楼以上就是社长全家住的地方了。

武史从楼外边的楼梯上楼,然后拉开了二楼事务室的门。

"我回来了。"

话音刚落,就听到了迎接他的热烈掌声。

这是个十分狭小的只有十叠①面积大小的事务室。最里边被社长专用的大办公桌占了大半,靠近门的半边横竖摆放着六张办公桌。墙边放着书柜、传真机、小型打印机之类的东西。

---

① 叠,日本的面积单位。一叠等于一点六二平方米。

"哦，辛苦了！"

迎过来说话的是社长安田，屋子里还有他的妻子以及担任经理的女老员工。其他人要么在外出中，要么在工厂忙碌着。

"干得好啊，'干将'矶崎！"

安田的个子不高但是身形很不错，头发已经有些灰白。五十过半的年龄，却时常有些孩子般表情的他，或许正符合小公司的二代社长的形象吧。人品不错，说话却会给人留下不太高雅的印象。

"多亏你啦，把这个拿下了！"

武史轻轻地、礼貌性地点了下头。

安田提起了一家造酒的大公司。

"能争取到和他们的合作，太厉害了！真的，都快吓出汗来了。现在只是特别活动，今后就会是全国范围了吧？"

"这是当然。"武史点了点头，走到自己的办公桌前，从包里拿出了计划方案。

"在全国的酒店和超市都会使用我们公司制作的宣传画和等身尺寸的海报。另外，这次赠送商品所使用的宣传画也将使用我们公司制作的。"

"一旦和那样的大公司合作上真是不一样啊。"安田的夫人感慨地说道。她丝毫不掩饰自己对此十分满意的想法，数次点头。

"把矶崎君挖过来的价值这次体现出来喽。"

武史连忙摇着手说："哪里是挖过来，完全是在就要被那个公司裁员的时候，被社长救助回来的。"

武史以前在一个有名的广告代理店工作。当时，武史制作的广告所用的宣传画纸张是从安田的公司订购的，因此相互结识。

"听说矶崎君住院了，我专门去看望，看来这一举措立了大功啊！"安田说着不由得自豪了起来，接着说，"我自己也因为心脏病病倒过两回，非常理解病人的痛苦哦。你想那么大牌的广告代理店，内部竞争也是很激烈的。生病住院这种事，对于周遭的竞争者来说要么被当作激励他们往上爬的机会，要么就是用看掉队者的眼光，满腹幸灾乐祸。你自己不也说，你的上司一次都没来探望过你吗？而我这种当时和你没有直接关系的人还去探望了三次呢。"

武史一时语塞，只得礼貌性地笑了笑，轻轻地点点头，说："当时真是非常感谢。"

"最近，身体情况如何？最近刚好太忙，也没具体问你。又去过医院吗？"

"只是做检查而已，还是老样子，两周一次。一直劳累的话，尿蛋白含量就偏高，或者白血球偏高什么的。虽然很麻烦，但是医生也嘱咐我说要有意识，肾病可是终身携带的。"

"哪个人都有点什么毛病的，身体完全健康毫无毛病的人才是少见。"安田的夫人说道，她好像也有偏头痛的毛病，一直都要吃药。

"虽说如此，现在不正是最好的时候吗？工作就不用说了，孩子也正是最可爱的时候。多充实啊！"安田的夫人接着说道。

武史附和着说："是啊，孩子是第一位的。"

"已经一岁半了吧？过敏怎么样了？"

"好得差不多了。我们家啊，吃饭啊、穿衣服啊什么的，有各种需要注意的地方。"

"夫人也相当辛苦啊，还要照顾矶崎君你的健康。而且，现在每天依旧有'爱妻便当'吧？"

"啊，是啊。主要是食堂的套餐和便利店的便当盐分都太多了。"

"了不起啊，夫人。"

"哪里，她也就在照顾人健康上算是个有优点的人。"

安田此时过来拍了拍武史的背，说："干将，为庆祝喝一杯啊！一杯啤酒的话不是没事吗？不行的话也别打算逃跑啊！要是你单身，我还准备带你去找点令人刺激的乐子呢。"

武史在五点半下班后，给家里打了个电话。本来是为了告知吃了晚饭后再回去，但没人接，因此转到了自动留言机。妻子莎织忙于照顾孩子，也只有傍晚才能去买东西的时候。

他对着留言机说着自己工作上获得的成功，然后又说了自己大概八点钟回家，并希望妻子可以等着他，先别给女儿洗澡。

武史回到家的时候，已经是晚上十点多了。

工作上的成就感，加上社长表扬赞美的话，让人感觉时间匆匆而过。虽然一出喝酒的店就马上给家里打了电话，可电话响了十声莎织都没接。或许实在是等不下去了，正在给女儿洗澡呢吧，他想。

从山手线到西武池袋线的大泉学院站，电车的换乘都十分顺利。对于自己晚归的解释，他想不如等到下了车就用一次电话说清楚会比较轻松，所以途中就没再打过。

从车站出来，还要再坐十五分钟的公交车。从公交下车的地方转入横向的街道，然后走进宁静悠闲的住宅区中，一座八层住宅楼的六楼。电梯里有狗的气味。虽然住宅楼应该是禁止饲养宠物的，但是不知在什么地方还是有人在养。房子的面积，每一户都是3DK①，是武史在两年前用需二十五年内还清的贷款买的。

"我回来了哦！"

武史站在门前自言自语般说道。他按了一下门铃，过了一会儿

---

① DK 指 Dining room 和 Kitchen room，即餐厅和厨房构成一体的空间。三间卧室搭配餐厅、厨房即为"3DK"。

却依然没有人回应。

"还在洗澡？不可能啊。"

说着他又按了几下门铃，还是没人回应。他从裤子口袋里找出钥匙。然后故意把开门的声响弄得很大，缓慢地打开门。他一边笑着打开门，一边假装知晓了某种玩笑似的说道："什么啊，故意逗我是不是？"

穿着肉色连衣裙的莎织视线向下张望着正站在他面前。她的表情仿佛笼罩着一层忧郁的阴影，一向文静的面孔不知为何生出几分浮躁的感觉出来。

"那个，抱歉回来晚了。"

武史有些没底气，说话的声音故意做出十分有精神的样子。然后带上门走进了屋子。

"工作上取得了进展，社长老是不放人回来。这个是社长送的寿司。"说着把手里装着寿司的袋子提给莎织。

莎织却没有接过去。武史想或许还在生闷气，就自己脱了鞋子连忙从莎织面前走开。

"奈津美呢？已经睡了吗？"武史说着走进铺着木地板的饭厅。为了清除会导致过敏性皮炎的蜱螨和灰尘，莎织每天都不停地擦拭打扫。屋子里还留有清洁水的气味。武史把寿司放到餐桌上，然后又把自己的包和装着便当盒子的手提袋放在了椅子上。

"已经洗过澡了吧？"武史说着脱下外套，递给站在他身后的莎织，而外套从他的手中径直滑落到了地板上。

莎织站在玄关处，保持着刚才的姿势丝毫没有改变。

"怎么了？真生气了？"武史打量着莎织，发现她正在微微颤抖。他连忙走到莎织身边，问道："怎么了？出什么事了？"

莎织的嘴唇微微张开，欲言又止的样子，接连叹了几口气，最终从嘴里只挤出了句"奈津美她……"，然后眼神开始变得游离不定。

武史没搞明白到底什么意思，问："奈津美怎么了？"

"我……"

莎织刚想要说些什么，却又没说出口。

武史焦躁了起来，怒斥道："奈津美到底怎么了？给我说清楚！"

"我杀了奈津美。"

莎织一口气说完，然后抱着自己的双臂，眼神放空，呆呆地望着地上的某一点。

"我杀了奈津美，我想杀了奈津美，洗澡的时候，我当时居然想着：一直把那孩子的头按到水里会发生什么呢？"

莎织无法再说下去，呆站在那里一动不动。

武史盯着莎织的脖子，对他来说那些刚刚听进耳朵的声音，需要一点时间才能转换成自己能够理解的语言。

马上，连他自己都毫无意识地笑了起来。

"傻——子。玩笑有的能开，有的不能开的。我回来晚了是我的不好这我知道……"说到后边，武史的声音渐渐不再那么确定。

他从莎织的面前离开，冲向了浴室。他一把拉开更衣间的大门走了进去，又一把拉开隔断浴室的防水拉门，然后摸到墙上的电灯开关打开灯。里边的浴盆上盖着保温盖①。武史走过去，找到保温盖上边可以抓住的地方，一把掀开，水蒸气随之蒸腾而出。保温盖背面附着的水滴滴滴答答地发出声响。浴盆里只有蓄着的热水泛起波纹，夹杂叹息一般的闷响。武史又冲出浴室，莎织还站在原处没有

---

①日本家庭常用的遮掩整个浴盆的可折叠的盖子，防止热水变凉所用。

任何变化。

武史又跑到饭厅，将饭桌甚至椅子下都确认了一遍，也没有。靠着厨房里侧有一个房间，武史向里边窥望了过去。这个房间现在是作为孩子的房间使用的。没有铺地毯，而是直接在木地板上放着诸如摆放婴儿用品的柜子、放着玩具的箱子之类。这是为了不积攒灰尘，尽量只摆放必要的物品从而保持整齐。墙边放着的塑料制的摇篮虽然背对着武史的视线，但是完全没有人躺在那儿的感觉。

武史又跑去隔壁的日式卧室，很快他的注意力就集中在紧闭着的衣柜。他屏住呼吸，然后才一把拉开了衣柜门。他确认了衣柜的每个角落，甚至连堆放的被子缝隙都摸了一遍。那之后，武史也去确认了饭厅入口旁边的小房间。那里名义上叫作莎织的房间，但事实上自从奈津美被诊断患了过敏性皮炎之后，这里就堆放着衣柜、梳妆台和缝纫机之类的东西，连武史的书柜和写字台也搬到了这里。因此，几乎满得无法下脚。

武史似乎想到了什么，又跑回到卧室，打开阳台的门，直接光着脚走到阳台上检查每个角落。连阳台上莎织养的百日草和牵牛花都被武史一脚踢翻了。武史又冲回客厅，大喊："奈津美在哪儿？"

可放眼向玄关看去，莎织却不在那里了。

武史跑过客厅，把大门打开，向外张望。突然又想起漏掉了厕所，遂又跑回到客厅，此时却发现莎织正站在饭厅内侧的卧室，怀里抱着身穿白色睡衣的婴儿。

武史立刻跑到莎织身边。"奈津美！"他说着就连忙去确认抱在莎织怀里的婴儿。

粉红的脸蛋儿，肉嘟嘟的。中间高翘的小鼻子十分可爱。以前脖子那儿因为皮炎而溃烂了的一块，最近也完全治好了。明亮的口唇如同高级点心一般柔软。总被人说和武史长得很像的眼睛，现在正紧闭着，配合着呼吸的起伏，睫毛轻轻颤动着。

武史擦了擦额头渗出的汗说："干什么啊你这是，你把她藏在哪儿了？"

莎织依然紧抱着孩子，说："就在这儿睡着呢啊。"说着眼神落在了面前的摇床，话语中却是毫无起伏的口气。

"刚才根本不在这儿！"

"我把她放在这儿睡的，你仔细看了吗？"

"看了！"武史口气愤怒地顶了回去。空气中骤然满是不安和愤怒。"给我！"武史想要把奈津美抢过来，不自觉的动作变得十分粗暴，莎织则坚决抵抗。莎织居然这么不合作，武史干脆直接伸到莎织怀里去抢。而就当此时，奈津美"哇"的一声哭了起来。

"乖啊乖，没事哦，是爸爸。"

虽然武史想要温柔地哄奈津美，但或许是由于突然惊醒而变得不安，奈津美只是哭喊着，"妈妈，妈妈"。

武史有些不知所措，看了看莎织。

而她却朝着客厅不停地后退，直到碰到椅子瘫坐在了上边。然后把胳膊撑在桌子上，用双手捂住了自己的脸。

武史更加不知如何是好，于是喝道："喂！你又怎么了啊？"语气低沉而恐怖。

莎织依然捂着脸，不停地摇头。

武史一边哄着哭闹的孩子，一边自言自语地说："什么啊？到底怎么回事啊？"然后自己也陷入了沉默。

2

卧室里，莎织每天都会晾晒的两床被子毫无间隙地铺在一起。

武史让奈津美睡在了自己和莎织中间。

直到昨天，奈津美还是睡在莎织那一边。为了方便莎织在奈津美夜晚哭泣的时候照顾她。

但是，今天情况不同。十二点关上灯之后，武史和莎织都沉默地躺着。

夜里气温有所下降，比起前几日燥热难眠，今天应该更容易入睡一些。可武史却难以入眠。

第二天一大早还要上班，而且还喝了啤酒，武史的身体极其需要休息。可一旦要睡着时，莎织的话就马上就浮现在脑海中。他不时地确认奈津美和莎织的睡姿。就这样过了三十分钟之后，武史终于忍不住跳了起来，打开了灯。

奈津美正满足地含着莎织的乳头，安静地睡着了。而莎织则用手轻抚着自己孩子的后背，依偎着躺在那儿。这场景让人完全无法想象她曾说出过那样吓人的话，这就是象征着幸福母女的模样。

武史感到一阵无奈的悲凉，他对着莎织喊道："喂！你给我说清楚啊！根本睡不着啊。"武史数次都想要得知事情的详细状况，但每次莎织都只是重复着自己也不理解的说辞。

"你到底是怎么想的啊？我说你呢！"武史再次质问道。

"都跟你说了，不知道。"莎织闭着眼睛说。

"别老是说同样的话！不知道怎么回事的是我吧！你知道你说了多么吓人的话吗？"

莎织睁开了眼睛，然后平静地坐起身来。她端坐在被子上，但并没有看向武史，说道："我真的不知道。对不起。"声音微弱。

"所以才问你不知道什么！解释清楚！"武史的语气再次变得焦躁。

莎织的眼睛死死地盯着睡着的奈津美的脸，仿佛要从那儿发现什么东西一样。过了一会儿她开始用手用力地揉搓自己的额头。

终于，武史内心的不安超过了愤怒。"没事吧？喂，莎织！"他想要消除一些莎织内心的紧张。

莎织的手终于停下了，轻轻地点了点头。

"真的没事？"武史望着她的眼睛问道。

莎织依然不愿和武史有眼神的交会，但"嗯"地回答了一声。

武史还希望莎织能再说点什么，但是看到莎织最终默默地躺下了，他也再没有别的什么办法，只好关上了灯。

是不是她的话我听岔了？或者是她的错觉，还是做了什么梦？武史考虑着各种各样的能够让自己平静的理由，不知不觉间屋子渐渐地有些明亮。

忽然，奈津美像要打嗝一般喘起气来，然后就咳嗽起来了。

莎织比没睡的武史更早起了床。她想抱起奈津美，途中却停住了，用询问的眼神看着武史。在微亮的屋子里，武史清楚地看到了她面对孩子的踌躇之色，同时也清楚地意识到自己正在用责备的眼神看着她。

武史坐起身来，抱起了奈津美。

而奈津美手脚挣扎着，喊起了"妈妈"。

"做噩梦了吗？没事的哦，爸爸在这儿呢，别害怕。"

虽然武史很努力地尝试着哄奈津美，但奈津美就在快要停止哭啼的时候，却突然变得更加闹腾起来。

"晚上是我哄她的。"莎织说。

"你说什么？"武史没弄明白什么意思。

"我是说晚上闹人的时候，都是我哄她的。换了人，感觉不一样的话，她是不是有些不适应呢。"

莎织这么说却丝毫没有责备武史天天都是自己晚上照顾奈佳美的感觉，反倒是听起来似乎有气无力的如同要累倒了一般。

奈津美向莎织伸着小手，"妈妈，妈妈"地呼唤着。

莎织看了看武史，征求般地问："可以吗？"

武史把女儿递了过去。奈津美马上就扑到了母亲的怀里，用鼻尖磨蹭着母亲的脖子。没一会儿，奈津美就不再哭啼了。

武史心中充溢着不知是愤怒还是悲伤的复杂情绪。

"昨晚你说的那些并不是真的，对吗？"武史犹如请求一般地问道。

莎织一边轻抚着孩子的背，一边说道："或许是因为照顾这孩子的过敏性皮炎，还要忙各种事，自己也没察觉到自己已经太累了。就不小心说出了那样的傻话，对不起。已经没事了。"这次她解释得倒很清楚。

但是已经没法儿睡了，武史就这样上班去了。同时，仍然觉得把莎织和奈津美两个人扔在家里十分不安。附近并没有可以随时来玩的朋友，武史的老家在新潟，而莎织的娘家则在坐车需要两个多小时的千叶县的习志野。

"带着奈津美回娘家看看吧，妈他们会很开心的。一块儿出门吧。"武史对莎织说。虽然莎织并不很愿意如此，但武史逼着她准备出门要用的东西。

准备奈津美的东西耗费了许多工夫，武史出门的时候比平时上班的时间晚了三十分钟。武史右手拿着公文包和装着便当的手提袋，左手拿着装着婴儿用品的布质提包，莎织则抱着奈津美。

室外气温已经有些升高了，树上的蝉开始鸣叫起来。武史催促着莎织，向公车站跑去。他虽然有驾照，但因为住在交通便利的都市中心区，他们并没有买车。

跑到大路上的时候，公车刚好从眼前开过来。

"快点儿！"

武史扭头喊道。莎织一边哄着怀里的奈津美，一边加快脚步。

公车停靠在站台前。因为有大约有十人等候着排队上车，武史刚好赶上队伍，接着莎织也上了上来。

公车里几乎坐满了人，而且似乎空调也不太制冷，车内蒸笼一般的闷热。奈津美也一副热坏了的表情，哇地哭了起来。无论莎织如何哄，奈津美依然用高亢的哭声来痛诉她对炎热和烦躁的不满。

武史虽然感到周遭无数抵触的眼神，但也只能放空眼神沉默以对。公车终于到达了终点。但还没有喘口气的工夫就发现大泉学园电车站同样人头攒动。

武史估计自己可能会迟到，也没有工夫等人少的电车了。

"上车吧！"他对莎织说。两个人挤进了塞满人的电车。

奈津美依然痛哭着。看到自己孩子哭泣的样子，武史不由得在心底责备起自己来。但转念一想又觉得并非自己的错，这一切都是因为莎织。而那个莎织在此时，正一边努力地哄着哭泣的奈津美，一边向周围的人们点头致歉。

到池袋站的时候，奈津美也停止了哭泣。或许是因为累了，小脸蛋儿上变得又红又肿，而莎织的表情也显露出了一丝疲劳。武史虽然对她们两个很担心，但是已经没有时间了。

"怎么换车知道吧？好好陪你妈聊聊天，多说点话啊！"武史嘱咐道，然后把手里的提包递给了莎织。他对着奈津美做了个笑脸，说："拜拜了哦！我去工作了哟！"然后轻轻地捏着奈津美的小手指，轻轻地挥动了几下。奈津美虽然没有反抗，但是却用近乎发火的眼神看了武史一眼。

迟到了二十分钟，武史终于到了客户的婚礼会场。根据武史的点子，在这个婚礼仪式上，会把结婚照片做成拼图赠送给到会者作为礼品。这个点子已经被数个结婚典礼和酒店接受，也成了武史的一个工作成果。而这次，武史要和婚礼的策划人商量关于更改拼图的拼片数以及礼品种类数量的问题。在商量的过程中，武史数次困得想要打哈欠，都只好假装点头才蒙混过去。

回公司的途中，武史给莎织的娘家打了个电话。莎织的父亲以前在运输省工作，现在是运输公司的高管。母亲则是地方妇女会的干部。

能感觉得到莎织的双亲认为自己视若珍宝抚养成人的女儿被一个倒霉的，还有慢性肾病的男人给骗走了。原本在大型广告公司还凑合着能接受，而跳槽到街道里的小公司简直是雪上加霜。因此，当时结婚的时候也是反对过的。莎织的双亲很难接触，就连打电话都让人很不自在。所以，武史一直在思考电话接通了该如何说，结果却并没有人接电话。

回到公司，武史给造酒公司打了电话，确定了赠品用的宣传画的预算问题。然后又写了预算书，趁着中午休息再次打电话到莎织的娘家。这次是占线。但至少知道有人在家多少让他松了口气。

到了下午，武史和工厂场长谈了关于宣传海报用的纸张的进货问题，随即和造纸公司进行了确认。然后造酒公司又打来电话说，希望宣传册的图案可以使用 Illustrator 软件来设计现在年轻人会喜爱的图案，说是代理店介绍的。武史马上给代理店打电话，又亲自开车跑了一趟。

当听到武史说希望用一个年轻的设计师设计的样式，加上又是常受到照顾的合作公司，对方马上就答应接受这份工作。只能说，设计宣传册还是头一次，设计成什么样子却完全没有概念。武史只好耗费大量时间把宣传册制作工程之类的事项说明了一遍。傍晚回到公司的时候，又听说工厂出了点状况。

机械把厚纸一张张地推出来，然后在纸的表面上涂上胶水，工人们再把印刷好的照片贴到上边。这之后送到滚筒那儿压缩成型。这样制成的海报，是用在电车顶部架子可以插入的广告框上的。而今天因为在换型号的时候出了差错，导致无法按时完工。结果客户来取货的时候，居然连一半都还没有完成。做临时工的年轻人都在五点钟下班了，武史只能来顶替帮忙干活儿了。

工作结束的时候已经晚上八点钟了。连洗掉粘在手上的胶水的工夫都让武史无法忍耐，洗完后他马上就给莎织的娘家又打了电话。

等了一会儿，莎织的母亲拿捏着的年轻声音应了电话。

武史报了名字，莎织的母亲好像很吃惊的样子问："哎呀，好久不见啊，还好吧？"

武史觉得她下边又要说那些讽刺的话了，因此果断用莎织和奈津美的话题岔开。

"唉？莎织？怎么回事啊？"莎织的母亲说。

听起来是真的不知道。了解到莎织在分别之后并没有回娘家的情况，武史故意用明快的声音淡化状况地说："哦，今天早上莎织说了可能会回您那里看看的话，看来是没有去啊。"

放下电话，在旁边等候多时的工厂场长过来询问了明天换型号的问题。简单地交代了两句，武史马上就给自己家打了个电话。电话却是占线。从公司出来，武史又打了数次电话，一直都是占线状态，大概是话筒没有放在电话机上。武史的脑子里瞬间就充溢了各种不好的画面。到了大泉学园站，已经失去等公车的耐心了，武史直接乘坐出租车回了家。

到了住宅楼，电梯停在八楼老是不动，半天都没有下来。武史焦躁了起来，干脆直接爬楼梯上去。爬到六楼，已经累得气都喘不过来了，双腿直打战。武史扶着膝盖，慢慢地从口袋里摸出钥匙，打开了大门。

"奈津美！"他喊道。进了屋子，一把拉开通往客厅的门。

莎织一脸震惊地看着他。她可能正在桌子边用家计簿算着家里的开销。

"奈津美呢？"武史质问莎织道。

她一脸迷茫的表情，手指了指卧室。

武史冲进了六叠的和式房间。房间中间铺着床铺，奈津美沉沉地睡着。为了不沾染灰尘，奈津美的被角都被小心地折了起来，武史偷偷地看了看奈津美的脸。

奈津美的嘴边垂着一滴口水，因为呼吸生成了一个小气泡，然后瞬间就噗地破了。奈津美满身都是奶香味儿，小胳膊直伸着，武史有点想马上把她抱起来的冲动。"睡熟了。"莎织过来制止了他。

不能抱女儿加重了武史的怒火。

"你怎么没去你娘家啊？"武史瞪着莎织问道。

莎织低下了头，说："不想让他们担心。"

"不想让谁？"

"我妈………她老爱瞎担心。"

武史回到莎织旁边,说:"让我担心就没事了吗?我还以为出什么事了呢!"

"对不起。因为奈津美太累了,那之后还要坐车到习志野那么远的地方,我觉得太可怜了。"听到莎织这么说,武史也很不舒服,有种自己被责怪了的感觉。所以,他用有点儿较真的口吻说:"那你就不能打个电话给我吗?"

"我怕让你担心,就……"

"你计划突然变了才更让我担心吧。给你打电话,一直打,一直打不通,你跟谁打电话呢?"

"一个小时之前吧?跟我妈打呢,你打电话过去,他们好像有点儿担心。"

"昨晚的事情你跟你妈说了吗?"

莎织呆住了。

"为什么不说?"

"这个怎么………"

"你觉得我是什么感受啊?"

莎织无言以对。

"怎么个说法啊到底?"

武史的声音之大,连在卧室里睡觉的奈津美都被惊动到了,显然呼吸变得轻了起来,紧接着就开始咳嗽。

莎织逃一样地跑向卧室,抱起了女儿,轻轻地拍着她的背。"没事哦。"她温柔地哄道。

不知道是不是这举动让奈津美感到安心,她很快就又安静地睡去了。看着把女儿放回被子里的莎织,武史愤怒地说:"这到底算什么啊！"挥散不去的忧愁让他用手捶着桌子，然后一屁股坐在了椅子上。

第二天，武史送莎织母女俩去了医院。那儿是莎织从怀孕时就一直去的医院，除了妇产科之外，儿科也是奈津美得了过敏性皮炎之后去看病的地方。

那之后，他在和客户商谈的时候，利用上厕所的空隙用手机给家里打了个电话。

莎织说没有检查出什么问题。

"真的假的？"武史的口气异常认真。

"医生是这么说的。说也没什么异常的，让我放心。癌症检查也做了，不过要等十天才能取结果。"莎织或许因为医生说了并没有什么异常，所以声音也恢复了往常的开朗。

武史对此有些不快。

"傻子！癌症检查跟这没关系吧。其他的没说什么吗？开药了吗？"

"什么都没开。说肯定是因为太累了，心里太乱，好好放松下，充分地休养休养就好。"

武史的心里依然很沉重，完全没有释然的感觉。真是这么简单的原因吗？真的就此就可以安心了吗？武史在满是忧郁的感受中结束了和客户的谈判。回到公司，他为新订单做了份新的预算书，而使其无法安心工作的却不仅仅只是酷暑的燥热。

到了下班时间，武史正准备早早回去的时候，电话铃响了。是早上的客户打来的。说早上拜托的产品是否已经做完了，马上就想过来取。武史感觉自己似乎犯了什么错误，就回答说"还需要一会儿"。

交谈持续了一会儿，武史才想起早上谈判的时候答应了做两百张海报的事情。

两百张的话，有两个小时就能做完。但是这会儿工厂的机器已经停了，胶水也都清洗了。武史只好连忙去拜托工人师傅们，自己也来帮忙，不管怎样最后总算是把答应的数目给做了出来。

　　在最近数日里，因为睡眠不充分，武史已经累得不行了，连坐电车和公车的时候也不停地叹气。他几乎是拖着双腿回到了住宅楼。

　　"回来了？"莎织笑着迎了过来，脸上露出数天之前没有任何变化时的熟悉笑容。

　　武史无法对此轻松地表现喜悦，取而代之的却是，从内心不断涌动着厌恶感。

　　莎织和奈津美已经先吃完了饭，武史先泡了个澡之后，一个人吃了晚饭。奈津美在洋式房间里玩积木，而莎织正在旁边的阳台上晾洗好的衣服。

　　武史打开电视，但只是想让周围吵闹点，并没有看什么的心情。关了电视后，就只能听到奈津美尚算不上说话的声音和积木的声响。

　　听着不断地堆起来然后突然散落的积木声和对此很开心的奈津美那天真无邪的笑声，渐渐地，武史再也无法忍耐下去了。

　　"医生到底是怎么说的？"武史要求莎织详细说给他听。

　　"就是电话里跟你说的那样啊。"莎织一边搭着衣服一边说道。

　　武史把筷子拍在桌子上，说："真的就是你说的那个程度吗？说是累了，累了就会说那种话吗？你和大夫好好谈了吗？"

　　"好好谈了。"

　　"别说谎！你有没有老实地跟大夫说你想要把孩子杀了这件事？"

　　虽然不想让奈津美听到而放低了声音，但是语气却明显强硬了许多。

　　莎织站起身来，大概是打算把叠好的衣服放回衣柜里。

武史起身过去一直追着她到房间门口。"到底是什么情况啊？差点儿杀了自己的孩子，你到底说了吗？说了吗？"

莎织在衣柜前停住了脚步。"我没有说。"她用几乎哭泣的声音说。

只是想到自己刚才追着莎织的样子，武史都感到心中有些刺痛。但是，想到事关奈津美的性命，他又恢复了意志。

他质问道："为什么啊？"声音像是从喉咙里挤出来的。

莎织依然面朝前方，说："不知道。"

"不知道算是什么意思啊，到底怎么一回事儿啊！"

莎织放下衣服，把身子面向了武史。

武史一瞬间就没了气势。莎织的眼眶里有泪水在打转。

莎织从武史的旁边侧身而过，走到厨房里。仿佛是想到了什么，打开水龙头，用海绵擦洗起水池来。

武史走到她的身后，凑过去说："你不说，医生怎么知道实际情况呢？"

"我已经没事了。"

"就是不觉得你没事了才这么跟你说的啊。"

"拜托了，别再提这件事了。"莎织手里继续干着活儿，用近乎乞求的声音说道。

武史觉得这话说得太过冷漠，就口气强硬地顶了回去："别再提了？这不是只关系到你自己的事情吧？"

不知道是不是感觉到两个人在吵架，两个月前才学会走路的奈津美用尚不老练的步子走到了厨房，"爸—啊—"喊出了代表了爸爸意思的词，抱住了武史的腿。

武史想要抱起她，奈津美却表示抗拒地摇着头。

"爸——啊——"

不知道是不是想要责怪武史，她开始用自己的小手敲打武史的腿。

"干什么，乖噢。爸爸不坏哦，不是爸爸的错哦。"武史忍住想要哭的感受说。莎织背对着这边，继续擦洗着水池。

武史扔下她们两个，独自走到了阳台上。他的目光落在了铝制架子上的串红花上。小小的红色花朵，无论何时都绽放着。这是莎织精心培育的。他突然抓起了一盆，狠狠地摔在了地上。

3

院子里白色和橙色的百合花盛开着。只是凑近过去，就能闻到如同熬煮的蜜糖一般浓郁的香味。

"小奈津美，欢迎啊。"

打开玄关的门，莎织的母亲就站在那里。小小的个子，但肤色很好，看上去比实际年龄要年轻很多的感觉。她从莎织的手里把奈津美抱了过去。

奈津美甜甜地笑着接受了外婆的拥抱。

这是莎织说了那件恐怖的事情之后的第一个周六休息日。武史带着她们母女俩来了莎织的娘家，岳丈去打高尔夫球并不在家。对于武史来说这依然是不易亲近的地方。

和莎织的相识还是在广告代理店工作的时候，莎织当时在同一家公司的总务科工作。当时的武史因为不分昼夜辛劳工作加上和上司意见不合等人际关系的问题，从而身心疲惫，最终导致他患上了肾炎。但因为并没有好好调养反而继续辛劳地工作，终于发展到了不得不长期住院的程度，而莎织正是在此时无微不至地探望并照料了武史。武史的病情因此很快就见轻了，但对于公司的厌恶之情却越来越浓重了。加上此时刚好也有制纸公司的邀请，武史就决定了跳槽。面对这个决定，莎织对他说，我跟着你。

两个人的结合，武史的家人非常开心。以前在信用金库做普通职员的父亲已经去世，母亲一个人生活在新潟老家。比武史年长五岁的哥哥和家人在那附近生活，每逢周末都去探望母亲，一起吃饭。

问题在于莎织家一方。武史草率地跳槽和身患肾病的事情，让莎织的父母十分介意。岳丈甚至当着武史的面说过"挑来挑去却挑个病秧子"这样的话。被气势强硬的岳父打压，武史连自己想要表达的话都无法顺畅表达。能顺利圆满结婚的原因还是莎织对父母苦苦相劝的结果。莎织从小都没向父母求过什么，据说却对父母说如果不能和武史结婚，一辈子就不结婚了这样的话。武史听说这件事的时候，甚至不禁觉得，她竟如此爱我吗？心里既有惊喜也不免有一丝困惑。

因为奈津美的出生，莎织双亲的态度才算开始有些软化了，但要想彻底纠正一开始就按错的观点"按钮"，还需要一些时日。

尽管如此，看着莎织和母亲扯家常时的犹如孩子一般天真轻松的表情，那种久违了的活泼让武史再次深深地叹了口气。

四个人一起吃了晚饭之后，武史向岳母请求希望让莎织和奈津美在这里多住几天。面对岳母的询问，武史轻松地笑着说："感觉莎织带孩子过于劳累，就劝她在娘家舒服地休息几天吧。"

莎织正默默看着奈津美，什么都没有说。

那天晚上，武史一个人回到了自己家。看着空荡荡的房间，横躺在卧室里，感到心情总算有些放松了。不仅是莎织，连奈津美都不在的感觉让武史感觉很不可思议。

第二天早上六点半，莎织打来了电话。武史刚好准备休息日加班，去工厂帮忙。不让机器一直转着，好不容易争取过来的订单就无法按期交货了。他半睡半醒地捏着电话问："奈津美怎么样了？"

"很好啊，昨天晚上一直叽叽喳喳地笑呢。"莎织的声音听起来十分阳光，此时此刻，让武史更深感女儿不在身边的寂寞。挂了电话，武史从衣柜里找出奈津美的衣服，贴在脸上深深地闻了闻女儿的气味。

武史没吃早饭就直接去工作了。午餐是在工厂附近的食堂解决的，点了份要求少放盐的套餐。武史工作到五点，虽然知道对自己的身体不好，但也只能在家附近的便利店买份便当作晚餐。本来想泡个澡的，但觉得有点麻烦，就随便冲了个澡了事。

过了晚上八点，武史给习志野的莎织娘家打去了电话。接电话的是岳父。一听到岳父雄鹰展翅一般雄厚自信的声音，武史立马就被打压了下来。虽然自己也很讨厌自己这个样子，但是无论如何声音都会变得萎靡不振。

岳父什么缘由都没过问，就来了句"闹别扭也要适可而止哦"，然后把电话递给了莎织。

"奈津美已经睡了呢，挺好的。"莎织的声音阳光如故，她觉得如果自己能够一直表现得平静安稳，就可以回到从前的生活了。过了片刻，她又说："我觉得我差不多该回去了。"

不安感再次回到武史心头，顺带还引出了适才岳父所带给他的屈辱感。"什么啊！"他不耐烦地说道。

"你今天又没好好吃饭吧？"

"比起关心我，你那边到底怎么样了啊？"

"我没事。"

"真的吗？你要是不好好的，我这边还能安心工作吗？"

她沉默了，而这沉默让氛围更加凝重。

"让我听听奈津美的声音!"

"这会儿刚睡着啊。"

"我想听!"

"弄醒她?那孩子一直都不好好睡觉的。"

"那算了。"

"你等一下!"

那边传来莎织把话筒放在旁边的声音。

渐渐地,电话那头传来了奈津美的哭声逐渐靠近,同时逐渐变得响亮清晰起来。

"喂——怎么了呀?"武史学着小孩子的语气跟奈津美打招呼道。结果,却是莎织接话道:"她太困了呀。"

"赶紧让她接!"武史口气严厉地说,然后话筒里就传来了更为真切的哭啼声。

"是爸爸哦,奈津美,爸爸哦。"

不知道奈津美是没有听到还是太困了,没有任何回应只是不停地哭啼着。

"抱歉,她突然得不怎么乖。"虽然莎织代为解释,但是武史依然很生气,说了句"算了"就把电话挂断了。

打完那通电话后,武史给新潟老家打了个电话。他想让自己的母亲来东京照看奈津美几天,但电话那头母亲的声音却有刚刚哭过的感觉。

"怎么了?你哭了?"

被武史一问,母亲整理了下情绪,才说道:"为什么这么说,我没哭。"

而武史透过电话,却依然能感觉到母亲在擦拭眼泪。

父亲虽然已经去世了五年，母亲依然会因为孤单而时常落泪，这个武史也多少感觉得到。但是，自己却不知道如何去安慰她。让她舍弃周遭熟悉的友人搬到东京和自己住，或者在东京工作的自己回老家去都是不现实的。

"一切都还好吧？"

母亲先开了口。她吸了下鼻子，打起精神地接着问："和莎织相处得还好吧？奈津美还好吗？"

"嗯，现在在娘家。两个人都回去了。"

"哎呀，出什么事了？"

"啊，也没什么。"

"没什么？"母亲的声音满是怀疑。

武史并不想让母亲那么担心，于是说："什么都没有啦。莎织也好久没回那边了，探个亲而已。"

"那就好啊。带孩子很辛苦的，不偶尔让人家喘口气怎么行呢。你的病怎么样了？"

"身体还可以吧。奈津美最近爱上堆积木了。"武史说了会儿关于奈津美的近况和自己最近工作上获得的成果，就挂了电话。

次日，武史下班回来，在门口刚打算拿出钥匙开门，门却被推开了。

"我回来了！"

莎织调皮地耸了耸肩，吐了吐舌头说。武史刚打算要说点什么的时候，莎织又接着说道："不每天打扫，马上就积下灰尘了，被子也是，不天天晒的话，蜱螨也会跟着出现的。我妈那里也铺了地毯，为了奈津美的身体着想，也还是这边好些。"

虽然武史并没有接受这些理由，但还是沉默着进了屋子。

奈津美在洋式房间里。今天没有玩积木，而是在玩武史公司制作的拼图。

"爸——啊——"

奈津美看到武史,喊道。挥动着握着拼图拼片的小手。

武史此刻心中蓄积的疲倦和不满瞬间就烟消云散了。

数次地喊着女儿的名字,一把把她抱了起来。还只不过十公斤的体重,但抱起来却感到十分的沉重。那是生命的重量。想到这里,武史抱得更紧了,去蹭奈津美的脸颊。但因为已经到了傍晚,武史新长出的胡碴儿刺痛了奈津美。奈津美瞬间变得就要哭起来了的样子。武史连忙道歉,转而用自己的鼻尖顶了顶奈津美的小鼻子。武史感到仅仅一周之前突然失去了的天伦之乐又再次回来了。

"你是马上就泡澡吧?"莎织问。

武史在等洗澡水变热的间隔,和奈津美玩了会儿拼图。奈津美总是弄错拼片的方向,或者乱放位置,也会把拼好的地方再次弄乱。即使如此,偶尔也会拼出颜色独特的图案来。

"对颜色的感觉挺好的,说不定会有绘画的天赋呢。"虽然武史知道这纯属做父母的望子成龙的天真想法,但还是对莎织说了出来。莎织对此只是苦笑了下,不知如何回答。

武史让奈津美自己慢慢地试着走到换衣间,然后帮她脱下了衣服,武史发现在奈津美的右手腕根部有一个像痣一样大小的桃红色的印记。他用近乎悲鸣一般的声音叫莎织过来。

"喂,这个,怎么回事儿?"

莎织露出有些难堪的笑容,说:"在我妈那里摔倒了。对那里还是不太熟悉,所以就撞到玻璃桌上了。"

"你也没看着点儿吗?"

"抱歉,因为刚好是交给我爸妈带的时候。"

"这是干什么啊,小女孩留下伤疤了可怎么办啊。"

虽说是没办法的事情,武史还是很不高兴,就抱起奈津美走进了浴室。

武史用刺激性比较小的香皂打起泡沫,小心仔细地帮奈津美擦洗全身。其间,奈津美用嘴巴咕嘟咕嘟地发出声响,但奇妙地散发着犹如苹果的香气。洗完澡从浴室出来,武史让奈津美坐在自己的腿上,帮她擦干身上的水。突然想起了什么,武史指着奈津美身上桃红色的印记说:"奈津美,这是谁干的呀?"

奈津美叭叭地嘴巴一张一合地嬉闹着,抬头看着武史。

"难道是……妈妈?"

奈津美没有回答。

"怎么啦?妈妈训你了吗?"

正在此时,武史感到有人站在背后。

"妈妈,妈妈!"

奈津美从武史那儿挣脱出来,一摇一晃地向更衣室的门口走去。

就在更衣室的门口,莎织拿着干净的浴巾站在那里。她用浴巾把奈津美包裹起来,然后对奈津美说:"让爸爸帮你擦干净。"声音低沉而冷漠。她把奈津美交给了武史,离开了更衣室。

4

"每个人都会在某个瞬间想要杀掉自己的孩子。说不清究竟算是有意识的,还是无意识呢。"头发白了一半的女医生,展现着具有包容力的笑容说道。

武史带着莎织和奈津美去了一直常去的那家医院。奈津美被安排在医院的保育室里，而此刻，那位不仅曾负责莎织出产，产后也经常关照莎织的主治医师，在听了莎织那件事的前因后果后做出了她对此事的见解。医生一直听到了他们把整个过程描述结束后才点头说明白了，然后说出了开头的那段话。

"也就是说，这是爱自己的孩子的一种逆反情绪。感情越深，越是担心失去。如果我失去了心爱的孩子该如何是好呢？这样的想法会造成强烈的不安感。而这种不安的情绪不断积攒，不知不觉间就漫溢出来，人就会被负面的幻想所淹没。比如说，洗澡的时候想到如果手滑了，把孩子淹死怎么办？然后就感到很害怕。等到恐怖感到达了无法承受的程度，就说自己想要这样去杀死孩子。把内心的恐惧拿到桌面上，心理上是起到了松口气的作用。这个时候，如果作为丈夫说，没关系哦，笑着让这事情过去，应该能让她的内心轻松不少。或者，跟娘家人或者朋友，甚至周边认识的妈妈们去谈谈这个问题，会发现大家原来都有过这种想法，不过如此而已，就更能使自己安心下来。不过，现在小家庭化的情况不断增加，大概和近邻之间也不太来往吧。年轻夫妇把什么事情都放在两人之间来解决，结果就成了互相逼迫的状态，这样的例子还是有一些的。小奈津美的妈妈呢，包括注意过敏的事情在内，被各种各样的事情弄得疲惫不堪。因此，她不过是因为带孩子而变得有些神经质而已。要相信孩子自己的生命力，可以稍稍放手一点去照顾她。丈夫这边呢，不要把她因为不安而说出的话都信以为真。比任何事都重要的是，首要先给予她信任。没问题吧？"

结果，没有拿任何药就这样诊断结束了。

武史随后叫了辆出租车，把莎织母女俩送回了家。和公司那边，武史说自己去检查肾病，只请了上午的假。

对于医生说的没有大碍，武史感到一些安心，但同时也有一些不满。

像医生所说，因为武史应对莎织的话的方法不对，因此造成了事态的严重的说法，武史根本无法接受。而且，武史非常肯定自己从未有过要杀了奈津美这样的想法。但按照医生的说法，非常肯定一点，是意味着自己对奈津美的爱不如莎织来得深，而这个说法也让武史颇感不快。

回到家之后，武史就开始准备去上班所需要的东西，很快就又回到了玄关。一边穿着鞋，一边嘟囔着说"简直是胡说八道"。

奈津美睡在摇篮里，莎织就过来送武史出门。从医院开始，她的表情就变得放松了不少，而武史对此毫不在意。"说得反倒全成了我的错了嘛！"武史对莎织发起火来。

莎织的眉头紧锁，说："但是，你也是会想到过如果奈津美死了怎么办这样的事吧？比如她发高烧的时候，或者在电视上看到了别的孩子死亡之类的新闻。医生所说的应该是这个意思吧。"

"我从未想到奈津美会死之类的事情！一次也没有！"武史口气强硬地把话说死了。

其实是谎话。如果这个孩子死了，自己大概也不想活了之类的想法，武史想过数次。而且，他甚至曾经也和莎织谈到过看到了某个孩子的悲惨的新闻，如果换成了奈津美会如何如何，但他却没有老实回答刚才的问题。

对于这件打破了自己长久以来平静生活和情感世界的事，武史无法抑制内心燃烧的怒火，此时此刻也无法保持冷静。但同时他也感到可能真的如医生所说的那样，正因为没有好好地疏导妻子的不安，事情才可能会变得如此不可收拾。

"那么，你觉得我还是应该去看看精神科，是吗？"莎织突然说道。

武史有些迟疑，还在想如何更好地回答莎织的问题时，莎织自己点了点头，接着说："我觉得这样比较好。自己到底怎么回事，以后会变得如何，我很担心。还是检查检查好啊。"莎织犹如自言自语一般地说道。

"先等下！"武史打断了她。虽然有些微妙感，但挥之不去的抵抗感环绕在武史心头。

"也没有到那个程度的必要吧。只是暂时地迷失自我罢了，而且那种地方那么恐怖。"

"恐怖指什么？"

"不是，我也不太清楚。总之，让别人知道了也挺那个的。那个地方挺让人讨厌的，还是算了吧。"武史用暧昧不清的解释来应付莎织的询问，并坚决结束了关于这个想法是否可行的讨论。"行吗？你没什么的。别想那么多了，知道吗？"武史想起了刚刚被医生嘱咐的话，尽量克制自己的情绪说道。

莎织回头看了看奈津美，然后用孤独的眼神看着武史。

公司里，麻烦事正在等着武史。

作为造酒公司赠品所用的拼图，使用那个设计师的作品在生产过程中出现了非常怪异的问题。因为是工人手工制作，所以拼图拼片的位置，无论是贴图本身还是拼片的形状都有细微的偏差。他的设计似乎不太理想，每一张都在同一地方出现了错误。

因此武史不得不再次跑到设计公司。从生产过程中的状态到宣传画册，这些重复性的工作从来不会有什么乐趣，一一又向对方解释了一遍。而对方却认为就算是什么地方和原本期待的不一致也都是自己的设计成果，话语间丝毫没有退让的意思。

"那是个某些程度上有些名气，觉得自己是天下第一的艺术家，说起话来十分傲慢呀。"

武史回到公司，向社长报告说。

"但是，我们这边不就要用忍受的心情去工作了吗？"

并不想失去一笔大订单的社长如此说道。放慢机器运转的速度，慢慢地校正版型，能够保证精度，却无法保证量产。

"总之肯定要加点班，周末也得算上才能完成。矶崎呀，这是你自己争取过来的工作，你就多去工厂帮帮忙吧。"

武史和工厂场长商量了一下。但对于需要工人们加班这件事，对方给了些脸色。

下班的时候，武史给家里打了个电话。

"没事。"莎织回答道。

奈津美也接了电话，武史跟她打招呼，就听见里边传来了"爸——啊——"的回答。

从大泉学园站下车，转乘巴士的时候，武史感到自己的心情越来越低沉。就这么直接回去的话，肯定还会不自觉地谈到早上去医院的话题上，必然又会对莎织说出难听的话来，而且工作上也遇到这么多问题，搞不好会一并把火发在莎织身上。

为了整理心情，武史进了弹珠店，打算玩上十分钟就走。

就在武史刚开始准备玩的时候，他突然想到了一个孩子的母亲，因为太过痴迷赌博而发生悲剧的新闻。关于这新闻，当时他还和莎织讨论过。

"真是个过分的母亲啊。"当时武史这么说道。没想到，完全不赌博的莎织脸色马上有些不对，说道："可能是有点过分……但是为了想要摆脱忧郁情绪的母亲不也是有的嘛，那种背负了许多精神压力的母亲。"

之后，武史反驳问道有这种牺牲孩子摆脱忧郁情绪的母亲吗，莎织就也不再说什么了。关于这件事当时他们俩也就讨论了这么多，武史当时也没有过多地去思考莎织所说的言外之意。

此刻武史想了想，似乎自己也没有去深入思考过自己上班的时间里，莎织的生活是什么样的。

武史的母亲，从身为儿子的眼中去看的话，是个对工作着的父亲百依百顺，天天操劳家事的传统女人。对于莎织，武史感到自己也只是把她单纯地套在母亲的形象里去看待了而已。

对于莎织自己的价值观，武史似乎从来也没有认真地去问过。一旦对方有什么和自己意见不同，自己马上就会说出些难听的话扔给对方。也就是说，无意之间，自己只不过是武断地要求对方和自己的母亲一样，按照自己对一般女性的形象和认识去做罢了……

武史坐在弹珠机器前，在十分钟的时间里已经浪费了三千块钱。但是心情依然未曾平复，从钱包里拿钱出来的时候，无意间看到了里边夹着的照片。奈津美的笑容和莎织平和的微笑，连赌博店内的喧闹都瞬间消散开来，武史呆呆地看着照片。

从弹珠店里出来，武史去了车站边上的甜点店，买了蛋糕。回到公寓的时候，远处雷声响起。他没有按门铃，而是掏出钥匙自己开了门。

"打雷了呀，看样子要下大雨了。"武史故意让自己的声音听起来十分开心的样子，走进了屋子。

但客厅也好卧室也好，都没看到莎织的身影。

奈津美在洋式房间的摇篮里正在吸吮手指。她看到武史，自己笑了起来,"爸——啊——"地叫了起来。

武史把奈津美给抱了起来。

"妈妈在哪儿啊?"

奈津美嗒嗒地回答着什么,双手挥舞个不停。

武史走到窗户那儿,看了看阳台上。然后又回来往浴室走去,路过厨房的时候,往厨房看了一眼,发现莎织蹲在水池前。

"喂,你怎么了?"

"我这样的人,干脆死了算了呀。"莎织呻吟一般地说道。

武史保持着一定的距离,问道:"出什么事了?喂!"

"不知道呀。我什么都不知道⋯⋯不知为何感到特别疲惫。"

"怎么了,你之前不是挺好的吗?"

不知道莎织是不是在哭,听到她一直在抽噎。

"我这样也是尽力了的呀。但是,特别地疲惫,完全没有干劲。毫无理由地会陷入悲伤和不安之中⋯⋯但是,我真的一直在强忍着,也坚持到了现在啊。"

武史对于这些第一次听到的感受,感到了困惑。

"一直都是这样的吗?怎么不早点儿告诉我呢。"

"不想让你知道这些。"

"为什么,我们不是夫妻吗?"

莎织的嘴角不自觉地翘了一下。

但武史却感觉莎织那是在笑。他感到自己的胃猛地抽了一下,呼吸都变得有些困难了。躲在他怀里的奈津美,轻轻地扭动了一下身体。

武史抱着奈津美跑回了卧室,他此刻已经没有心思哄逗奈津美了。但是,看着奈津美脸上天真可爱的笑容,他脑子里开始琢磨起莎织刚才说的话和那诡异的"笑容"。突然,他把奈津美放在了榻榻米上。他撩起奈津美的衣服，到处检查看是不是有什么伤痕。

不知道是不是受到了惊吓，奈津美挥动着手脚，开始哭了起来。虽然武史也意识到自己笨手笨脚地惊吓了奈津美，但就是无法安心停下来查看。

"住手！"莎织站在背后突然喊道。

武史停了下来。检查到一半，把奈津美的衣服又拉好回去，然后又把她放回了摇篮里。此刻，他无法回头面对莎织。

他站起身来，打开了阳台的窗子，走到了阳台上。

此刻，大雨倾盆而来。

5

武史叫来了出租车，尽管已经是深夜，但他依然坚持将莎织和奈津美送回了娘家。

对于岳父岳母，武史推说是因为带孩子而感到麻烦。他并不想伤害到莎织。在此之上，武史可能更不想让他们知道的是，莎织在那件事上的行为举止，以及武史自己当时的反应和行为。

岳父岳母两人看到莎织母女二人自然是十分吃惊。性格本就强硬的岳母对此讽刺地小声嘟囔道："带孩子产生困扰什么的，第一次生孩子谁不都是一样的。要是夫妻俩互相体谅，怎么会有问题啊。"岳父对此也是颇为不满。

开往东京方向的电车这个时候还有，所以武史在雨中步行至最近的车站坐车。出了大门，正准备往门外走去的时候，莎织连雨伞都顾不上打就追了过来。

"你这样会被淋湿的嘛。"

武史把撑着的雨伞往莎织那边倾斜过去。

"没事。"

莎织握着伞柄,又推回到武史身下。莎织低着头,说:"后天你要去检查肾脏,可不能不去好好检查呀。"

"我知道。"

武史回答的声音,像是塞在喉咙里一般模糊。他想说些什么温存的话来,却不知为何无法在脑海中组成形状。

"吃饭也注意点儿,别觉得天热就一直吹空调啊。"

"都说了知道了。"

"那么………"莎织一时不知道该说些什么了。

事实上莎织自己也是十分的不安,可能也只是希望能听到对方对自己说些什么关心的话。但此刻,武史根本想不出什么能够顺畅地表达出内心真实世界的话来,且岳父岳母刚才的反应给武史造成的影响尚未挥去。

"现在不是你担心别人的时候吧。首先,你先关心下你自己吧。"武史尽量把话说得柔和了许多,但依然没有达到他所设想的程度。

武史回到公寓,看到卧室里空着的摇篮,他突然很想听到奈津美的声音。他走到电话旁,拿起了贴着他们一家三口照片的话筒。已是深夜时分了,武史很担心如果接电话的是岳母……又把话筒放下了。用指甲不停地抠着话筒上贴着的照片。

突然,电话此时却自己响起了。武史觉得应该是莎织打来的,他让自己先平静了一下,觉得能够保持温柔平静地和对方说话了,才拿起了话筒。

"喂,武史?抱歉,还没睡吧?"

是自己在新潟的母亲。还没等武史答应完,母亲就说自己今天怎么都睡不着,随后便开始数落起武史哥哥的媳妇的种种不是了。

"她跟我说呀,说我现在一个人用不着住那么大的房子,叫我干脆把房子卖了,搬过去跟他们一起住算了。我就说她脑子有病吧。她居然连遗产税的事儿都提出来了。真是个不识相的家伙。把房子卖了,等小奈津美回老家了,那不是连个房子都没有了吗。"

之后,母亲又问起武史盂兰盆节会不会回来。

"现在还不知道呢。最近挺忙的。"武史支支吾吾地回答说。

"怎么?不打算回来了?"母亲的声音明显抬高了。

武史只好说会想办法回去一趟的,又添了句,当然也会带着莎织和奈津美一起回去。

第二天,正在制纸公司商谈的武史突然接到了那个年轻的设计师的电话,说他不想继续干了。

武史马上赶了过去,不断地强调自己完全是按照他的设计去生产的,期间还不得不数次鞠躬致歉。

但是对方却跷起了二郎腿,边抽着烟边说:"结果啊,你们这些做买卖的职员根本不懂艺术吧。实际上,只不过是把我辛辛苦苦设计的作品当作自己赚钱的工具了嘛。"一般来说,和这种大的印刷公司合作,总是派一些二十多岁的年轻人来对接,这些年轻人也总是一副我们这里工作多得不得了的态度来应对。对于他们来说,能进入大公司,总有种自己十分了不起的错觉,武史刚开始对此也十分来火。但是回头看看,自己刚进入广告公司的时候,大体也是这个样子。所以,后来对于那些傲慢的合作对象,与其说是有些生气,更多的只是报以同情罢了。

但是此刻,眼前这个吐着烟雾大谈艺术的家伙,武史实在是忍无可忍。他把自己蓄积已久的压抑情绪一股脑儿地发泄了出来。

"的确,我是不怎么懂艺术什么的呀,把你的作品当作赚钱的手段也是事实。但是,另一方面,你的作品不也是用我们靠辛勤汗水赚来的钱从你这里买的吗?这有什么不光彩的?你自己又如何呢?你的作品能称得上对得起这么多人辛勤的汗水吗?你连这个觉悟都没有吗?"

武史又把一大堆混杂了艺术和商业观点的意见一股脑儿地扔给了被说得呆住的设计师,没等对方反驳他就站起身来离开了。

回到公司,武史对自己的所作所为感到有些后悔了。

自己刚刚接到这个工作的时候,社长鼓掌迎接他归来的场景此刻仿佛成了梦中的情节。他甚至开始设想自己或许要被迫换工作了。就在这个时候,秘书冲他喊道:"矶崎先生,你的电话。"

武史猜想大概是打来抱怨的电话,就小声地对秘书说道:"你就说我不在。"

"是您家里来的电话。听起来似乎十分着急的样子啊。不知道有什么……"

秘书一脸担心地说道。

武史把电话转到了自己面前的电话线上,拿起了话筒。

"是我。"

"快回来!马上来这儿!"

那是武史岳母的声音。她又重复了几遍附近的急救医院的名字。

"莎织她……"那之后,她就说不出口了。

武史握紧了电话话筒。

"莎织她怎么了?奈津美没事吧?喂,喂……"

6

武史从工厂里出来,到事务室去准备回家。社长把他叫了过去。

"干将,这个,一点小意思。"

社长说着把写着"祝贺出院"字样的礼仪袋①递给了武史。

"我也没去看望你一下嘛。"

"这个,也不是什么大不了的病嘛。"

武史婉拒了一下,但社长没有要拿回去的意思,武史也只好收下。回去的途中,武史打开袋子确认了下,里边放着一张五千块的钞票。

进入到九月之后,吹过的风也有些许凉意了。沿着步行道种植的花月树的叶子也开始渐渐地染上一丝红色。

此时虽然过了高峰期,但是电车内依然十分的混乱。虽说天气有些凉意,但拥挤的电车里依然十分闷热。车窗敞开着,却并没有风吹进来,武史感觉有些呼吸困难。

突然,婴儿的哭声响彻了起来。在几个处于拥挤着的乘客对面,有一个年轻的女子抱着孩子站在那里。

看似孩子母亲的女子,顾及对周围的影响,拼命地哄着孩子。但是,孩子却丝毫不配合,哭声愈加响亮了起来。周围的人们也渐渐开始面有不快之色。

此时,站在那女子旁边的一个年轻男人,冲着周围点了点头,说道:"抱歉。各位,实在是抱歉。"

那男人穿着一件稍稍有些脏的牛仔风格的夹克,头发染成了金黄色,耳朵上带着张扬的耳环。那耳环随着他不断致歉点头而不断

---

①类似中国的红包,日本丧喜礼仪时装入现金或礼品券之类的白色装饰纸袋。

地晃动着,"实在是着急出门,给大家添麻烦了。"

周围并没有人回答他,但是各自都释怀了不少。

这个看起来比武史年轻不少的男人,一脸歉意地笑着看了看旁边的那个母亲。而那个身为母亲的女子也一边哄着孩子,一边冲着那个貌似是她丈夫的男人回笑了一下。

武史把目光移开了。站在他们身边,让武史感觉呼吸更加困难。他从人群中艰难地挪到了别的车厢。

武史对公司说的是莎织在浴室摔倒,手腕复杂性骨折了……

但实际上,她是在浴室里用父亲的剃须刀将自己左手腕和手肘都割破了。那是在将奈津美交给她母亲照顾的时候发生的事情。伤口比预想的更深,连肌腱都伤到了。幸好并未切断动脉,通过长时间的手术补救了过来。

武史去看望她,可她也只是低下头来不住地道歉,但为什么做这种傻事,还有动机却什么都没说。与其这么说,倒不如说连她自己都说不清楚。

"像发烧了一样的,就在那儿傻傻愣住了。等我意识到时,人就在医院了……"莎织断断续续地诉说道。

莎织平静了一些之后,在同一个医院的心理治疗内科接受了诊断。她被诊断疑似忧郁症。在外科病房住院治疗的同时,也接受了心理治疗。奈津美暂时由莎织的双亲照顾着。

心理医生认为莎织的忧郁症产生的倾向性原因是由于童年时期没有能够充分地表达自己的情感经历,以及过于认真的性格,同时面对着丈夫和孩子生病的情况,希望自己成为一个好母亲、好妻子的想法从未停止,这使她的精神压力过大不断蓄积成疾。

在治疗方面,医生给莎织投用了抗忧郁药物。同时希望不仅仅是武史，也包括莎织的父母，都不要对莎织太过苛求，怀着彼此理解的心态好好沟通，作为家人的态度上也希望他们给予配合。

盂兰盆节的时候，莎织也是在医院度过的。到了九月，才总算是以试试看的口气答应了她回去过夜。于是，莎织回到了自己娘家。

不过，莎织说如果真的出院了，她打算回自己家，劝说了很久，才让原本反对的父母勉强答应了她的这一想法。

在和武史见了几次面之后，莎织渐渐恢复了笑容。心理医生也说正常生活应该不存在什么问题。但是，武史依然感到十分不安。因为在莎织身上所发生的这些事情，自己到底该用什么样的姿态去面对她呢，或者都该跟她说些什么，一时让武史找不到头绪。

即使他内心此刻是如此忧愁，但电车依旧正常地停靠在了大泉学园站，巴士也停在了巴士站，等待即将上车的乘客。

武史坐巴士到了家门口的车站后，故意放慢了脚步。即使如此，没到十分钟的时间里，武史还是到了自己公寓的门口。下定决心，按响了门铃。还没听到人答应的声音，门就已经被打开了。

"你回来了！"莎织满脸笑容地说道。不知道是不是因为把头发散垂下来的缘故，她看起来比平时更加年轻，仿佛回到了以前单身时的样子。

"今天怎么了，回来这么早。"

武史一边往里走，一边问道："岳父他们呢？"

"我让他们回去了，我也没什么事了。而且和我爸妈一直待在一起也怪怪的，况且你也不怎么喜欢吧。"

"倒是也没错……"

莎织接过武史的手提包。"洗澡水都放好了。奈津美也等着呢，带着她一块洗去吧。"

武史暗自观察了下莎织的表情，看起来十分自然，然后就往卧室走去。奈津美正在洋式房间里，看着她玩着拼图的样子，武史自然而然地露出了笑容。

"给，上衣。"莎织在武史身后等着。面对莎织的麻利劲儿，武史反倒有些不自在。

"也不用这么着急嘛。"

莎织笑了笑。

"你先进去洗吧。"莎织又说道。

那之后，奈津美被放到了温度更温和一些的热水里泡了会儿。洗完了之后，武史小心地为奈津美那小小的身体上涂抹了保湿剂。奈津美看起来又长得厚实了一些，吹弹可破的皮肤的确让人爱惜不已。

之后，全家人一起吃了个饭，看了会儿电视后，莎织自己先钻进了今天白天晒好的被子里。以往平淡的日常生活，不经意地又在武史面前展现开了。武史在心感安宁的同时，也依然有那么一丝挥之不去的违和感在心头缠绕。

深夜里，武史不停地偷偷观察莎织的睡姿。在小小的床灯的光线下，莎织的侧脸平静而安稳，呼吸也规律而平和。

第二天早上，武史从并未深熟的睡眠中醒来的时候，莎织已经在厨房忙着了。她正在制作武史不能多摄取盐分的早餐和带去公司的便当。武史出门的时候，莎织抱着奈津美一直送他到了门口。无论表情还是态度，都没有任何不自然的地方。

武史上班的时候又给家里打了电话。电话那头传来了莎织轻快地回应和奈津美"爸——啊——"的叫声。

那之后的数天里，武史都在到了公司、中午休息、下班前三次打电话回家确认情况。倒是没有发生过什么。或许真的能够回到以前的生活了吧,武史不由得开始期待起来。

莎织出院两周之后的星期二,那天是莎织的生日。武史提议出去找个地方一起吃饭,但是莎织却希望在自己家庆祝。

七点钟下班之后,武史在池袋买了蛋糕和设计成一串红形象的银质胸针。

莎织也在家做了一些菜,等待着武史回来。在吃饭的时候,蛋糕上插着的蜡烛,莎织和武史让奈津美去吹,结果奈津美真的吹灭了,这让两人十分惊喜。最后,又点燃了蜡烛,反反复复地让奈津美吹了五次。

那天晚上,武史小心翼翼地靠近莎织,抱住了她。莎织也很谨慎地慢慢把手伸到了武史的后背上。武史终于松了口气,抱紧了对方。他感到以前的生活总算是回来了。

到了十月连休的时候,原本颇为紧张的海报制作订单也按时交了货,武史也能按照日历上的休息日正常休息了。盂兰盆节没有回成的新潟老家,这次武史也有时间带着莎织和奈津美一起回去了。

武史的母亲也十分开心,抱着奈津美不肯撒手。

莎织先帮忙祭奠矶崎家先祖的一类相关的事,然后又忙着准备饭菜,所有事几乎是一个人承担了下来。

武史的母亲也对此赞不绝口,数次地叮嘱武史说:"莎织真是个好媳妇,你可要善待人家啊。"

从新潟回来的当天晚上。

武史冲了个澡回到客厅的时候,发现莎织神情异样地坐在饭桌前面的椅子上。

"这个,拜托你填一下。"莎织说。表情十分严肃,和平时她的样子看起来都不太一样，但同时也有着一种不同的魅力。

武史盯着她表情凝固的脸颊走了过去，然后视线落在了桌子上摆放着的义件。但武史对自己看到的东西并没有马上反应过米。

于是问道："这是什么？"

莎织直直地盯着武史回答道："离婚协议书。"

"离婚？谁的……"

莎织默不作声，紧咬着嘴唇。

武史的眼神在莎织和离婚协议书之间来回地打量着。过了会儿才问道："为什么？你的病不是好了吗？不是都没事了吗？"

"是好了呀，所以我能好好过下去了。我有自信和奈津美两个人很好地生活下去了。"

"你这说的都是些什么话啊！"

"在我生病的时候，你完全没有给过我任何照顾和安慰，反倒是不停地责怪我。"

"等下，你这样说，我……"

"不是这样的吗？你自己说过的话、干过的事情，你自己好好想想。"

武史不知道该说些什么。

"我也是担心奈津美的安危啊，你当时对那个孩子冒出了那样吓人的想法。"

"所以说我病了啊。"

"但当时，我也不知道啊。"

"到精神科检查的想法，你当时不也是反对了吗？这不仅仅是为我考虑了吧，这是担心外界的看法和你自己处境的考虑吧。"

"这个和一般的病又不一样……"

"都是一样的！你的肾病就和其他病一样了吗？这个你都不懂吗？"

武史感到一阵悲痛之情涌上心头。

"对！是我的错！造成这个情况的能都怪罪于我吗？"

武史的声音犹如悲鸣一般地喊道。

莎织冷静的表情丝毫没有变化。

"我在医院的时候，想了很久。家人到底是什么，夫妻又是什么。在我最需要帮助的时候，你却对我最冷酷无情，到底算是我的什么？"

武史一时不知如何作答。

莎织将视线移到了正在里屋的摇篮里安静地睡着的奈津美那儿，瞬间就似乎有眼泪涌上眼眶，她伸出手揉了揉自己的眼睛。

"你也想想看，那是自己可爱的孩子呀。我怀了她，然后和她在同一个身体里一同呼吸生存了那么久，拼命地期盼着所生下的孩子，或许可能会杀了她这种恐怖的想法突然冒了出来，你知道这意味着什么吗？你知道这是多么残忍、多么令人痛苦的事情吗？但是，我却只能一个人独自去面对这个问题。本是最该给予我支持的人，却突然成了逼迫我的人。那个时候的痛苦，你能懂吗？"

莎织的声音并没有任何责备和抱怨，反而满是悲伤之情。

"你十分吃惊，并且引起你的慌乱，这个我并非不可理解。但是在我看来，最终你给我的感觉只是因为厌恶这事情破坏了你理想中的生活。最起码的幸福感和一直以来支撑着你的平和的生活崩塌了，而让你恐慌不已……我也好，奈津美也好，或许只是被你当作了以幸福为名的游戏里，一个被你攻陷的城池而已。"

"我没这样想过！"武史不假思索地喊道。

莎织安静地点了点头。

"是啊。在你心里,奈津美可能算不上这样的角色。但在你的心中,她是不断成长的吧。所谓孩子,并非只是看起来那么弱小那么简单,有时候,他们具有能够轻易让大人们保持毫无犹豫和怨言的力量。"

"最近不是慢慢地好起来了吗?"武史用恳求的口吻说道。

"我想让你看看我是真的没事了。但是,已经结束了。我刚才也给娘家打了电话,我父母很欢迎我回去。首先说明一点,我得带着奈津美。抚养权的事情,之后我们再详谈。虽然那个孩子什么错都没有,也挺可怜的。但是,如果继续我们的夫妻关系,对她来说可能会带来另一种伤害,那很可怕。不管我们的关系如何变化,奈津美的父亲永远都还是你。但对现在这个情况来说,我也在寻找更好的解决办法。"

"你哪能随便作这样的决定?你也听听我的话啊!可以吗?等等呀,等一下好吗?"

武史感到肾脏附近有轻微的疼痛,膀胱也膨胀了起来。他不得不跑到厕所里去。

他骂着傻瓜,嘴里不断地嘟囔着别开玩笑了之类的话,冲了马桶。眼前变得有些模糊。不知是因为突如其来的打击还是自己的病,武史无力地把手扶在了墙上,然后继续自言自语地抱怨着。

7

莎织和奈津美离开后的第五天,武史在工厂里晕倒了。

自从她们母女俩离开之后,武史的饮食和睡眠就变得不太规律了。为了完成紧急的工作,武史忍着尿意在工厂里往机器里摆放加厚纸板的时候，眼前突然变得一片漆黑。

他感到自己就像被重重迷雾所包围着，倒在了潮湿的地面上。听不清楚的呼唤声充溢在他耳中，自己的身体也好似被拉扯着四处乱撞。

他感到自己在浓雾之中沉沦了好久，才终于看到雾气渐渐散去，遥远处有微弱的光照射过来。

终于，他看清了灰色的天花板，也认出了围在周围的塑料拉帘。手腕上扎着针，针管连接着枕头边不远处的点滴装置。床的附近摆放着各种医疗器械，在一定的间隔时间里响着电子音。四周似乎被那塑料拉帘给完全隔离了起来。根据他以往的经验，自己应该是躺在医院的ICU病房里。

他稍稍地抬起头来看了看。床旁边的地板上有一张简易床，有人抱着毛毯躺在那里。

那是莎织，在忍受似乎痛苦般地紧锁着眉头。他刚打算想要呼唤她的时候，听到有脚步声传了过来。

拉帘被拉开了，一个年轻的护士走了进来。同时，莎织也睁开了眼睛。

"早上好。"莎织对护士说道，自己也坐了起来。

"辛苦了。"护士对莎织说着，和武史四目相对。

"啊，矶崎先生，你恢复意识了？"

武史没有回答，却看了看莎织。

莎织惊奇地微微张开了下嘴唇。但是，表情本身却只是稍稍温和一些。她什么都没说，开始叠起自己身上的毛毯。

护士确认了一下武史的脉搏和血压以及尿量的多少，说道："那么，我请大夫过来看看，请稍等片刻。"然后就走出了拉帘。

武史把视线移到了莎织身上。

莎织看着点滴，说："你都两天没有知觉了，大夫说你肯定已经忍了很久了。有什么地方不舒服吗？"

"你一直都待在我身边吗？"

莎织并没有回答问题，继续说道："你妈从新潟老家过来了。现在在这边公寓里，我一会儿会联系她的。其他的，你就交给我吧。"

"喂……"

"奈津美很好哦。"

"不，我想说的是离婚的事情。"

武史想说的其实并不是这个，但最终从嘴里说出来的却是"请先不要告诉我母亲"。

莎织的眼神有些放空，过了一会儿，点了点头。

过了几天，武史被转移到了一般病房。

住院的周期似乎不是一时半会，因此他向公司提出了休职申请。武史的母亲说有莎织在她很放心，然后就回新潟老家去了。

莎织住在自己娘家，每两天来看望一次。每次来都是帮武史打扫卫生，换洗衣服，但两人却几乎不交谈。奈津美没有跟着来。原因是担心小孩子抵抗力太弱会感染什么病毒，武史自己也要求别把奈津美带到医院来。

另一方面，武史觉得如果把奈津美带到医院中庭的花园里的话，自己外出散步的时候就可以见到她了。尽管武史还没有被允许外出，却因感到莎织的不用心而更加生气。

对于慢性肾脏疾病，首先根本没什么特别有效的治疗方法。武史每天有大量的时间，除了看电视、看看书之外，只好呆呆地偷偷观察同病房的病友打发时间。

一个四十多岁的得了糖尿病的大块头男人，很喜欢说话，声音也很洪亮,好像整个房间都被他掌控了一样。但是,却没一个人来看望过他。那个运动型学生样子的年轻患者,似乎是心脏有毛病,时常感叹无法做剧烈运动对自己无异于丧失了生命。

而另一个和武史一样患有肾脏方面疾病的五十多岁的患者,总是对来探望自己的妻子百般挑剔,总会为那个没给他拿来、这个没帮他做之类的小事而发火,甚至偶尔还会拿起杂志扔向对方。

"你呀,就会考虑你自己,根本不懂得如何去照顾别人。"那人一发起火来就这么说。

后来,武史一旦感觉这人又要说些什么固执难听的话时,就总是不堪忍受,不得不逃到走廊里去。这个时候,武史总是很自然地开始回忆。

在结婚前武史也曾长期住过院,莎织每天下了班就来医院看他。武史对她说不要勉强每天都来,她却总是回答没关系哦,又笑着问武史:"你不觉得我是个好姑娘吗?"当然,事实上这样轻松的坚持并没有那么简单。莎织偶尔一次没来看望武史,尽管武史本打算表达下感谢之情,对莎织说"你可真是个好姑娘",叵诂说得太慌张,意思完全变了味道。莎织竟红了眼眶,对武史道歉起来。

莎织生奈津美的时候,武史每天即使工作繁忙也不曾在她身旁守护着。"我完全没问题的。"她躺在床上微笑着对武史说道。因为莎织的父母一直反对莎织和武史的婚事,甚至连莎织的预产期都不告诉他。莎织却解释道:"这样才更好,你不用担心了。"等到武史赶到的时候,奈津美都已经出生了。看到武史的样子,莎织冲他比了个胜利的手势说:"我很伟大吧!"如果武史当时也附和道"你很伟大",可能会让对方更开心些。但是他当时却只是勉强地挤出些微笑,不解风情地回答说"你说的是什么话"而了事。总是无法充分地表达自己的情感，不仅是莎织，连武史自己都觉得理亏。

入院三周之后，武史终于被允许到中庭散步了。进入了十一月，中庭里种植的树木一半叶子都已经落光了。

纵然是刺骨的冷风，此刻也让武史感到温和无比。走了一会儿，武史在一个空着的长椅上坐了下来。长椅的对面一侧种植着几棵山茱萸。

其中一棵叶子落得光秃秃的山茱萸树旁，有一个坐着轮椅的老头和一个同样坐着轮椅的老妇人在一起说着什么。

在武史坐着的长椅旁边，有两个正站着聊天的中年女性，似乎是那两个老人的陪伴者。

武史对那一对坐在轮椅上的老人产生了点兴趣，就向那两位陪伴者问道："那两位是夫妇吗？"

陪伴者回答是的。

那个妻子因为得了脑梗塞变得有些痴呆，连丈夫是谁都记不起来了。而丈夫脑子虽然很清楚，但是却得了很严重的内脏方面的疾病，无法自己站立走路。虽然都在同一个医院，但所住的病房不同，平时他们也很难遇到。丈夫就拜托别人，每周一次在山茱萸树下和妻子约会一次。

"到了春天，山茱萸不就会盛开白色的花嘛，丈夫就每天都期盼着花开的那天呢。据说以前他就是在盛开的山茱萸树下跟夫人求婚的，丈夫是觉得如果再看到山茱萸的花的话，说不定夫人就会想起他来也说不定呢。"

那丈夫此时正深情地看着痴呆状态的妻子的侧脸，一直在讲述着什么。

武史听不到具体的内容。那妻子也看不出有任何理解了那些话的样子。即便如此,那丈夫依然温情如故,继续向对方说着不知是自己的近况还是两人幸福往昔的话。

最终,陪伴者还是看了看手表上的时间,打算将两人推回病房。

丈夫向渐渐远离的妻子挥着手说着:"喂,喂,拜拜。"

妻子却没有任何反应。那个时候,妻子的轮椅碾上了一块小石子,轻轻地摇动了一下。那妻子放在轮椅扶手上纤细干枯的手臂也随着摇动轻轻地抬动了一下。

结果,不远处丈夫的表情立刻放出光彩来,一脸兴奋地告诉推着自己轮椅的陪伴者。

武史看着那个老者,很想去安慰他说放心吧,刚才你的妻子真的对你挥了挥手呀。

最终,那老者,以及他年迈的妻子,消失在了树林的尽头。

冰凉的风摇曳着山茱萸的枝头,武史意识到旁边的长椅上有人坐在那儿。

莎织抱着奈津美坐在那里。奈津美把脸颊埋在莎织的胸口沉沉地睡着,而莎织正盯着那些山茱萸发呆。

武史调整了下自己稍稍兴奋了的情绪,问道:"什么时候来的?"

莎织没有回答。

武史又重复了一遍。

莎织的嘴唇轻轻地动了一下,回答道:"有那么一会儿了。"

武史又把头扭过来,正对前方,轻轻地点了点头。

武史又想和莎织说些什么,但是一时没找到合适的话题,就又忍住了。但是,内心的情感却汹涌起来,脑子里不断地组织着语言,最终,他又问道:"待到什么时候?"

莎织依旧没有回答。

武史如同祈祷一般地看着莎织,再问道:"待到什么时候?"

躺在莎织臂弯里的奈津美扭动了一下。

莎织调整了一下抱奈津美的姿势,过了许久,才回答道:"总之,再待上一会儿吧。"

声音有些低沉,但异常清晰。

武史的喉咙咕地响了一声,拼命地把内心正在想的话给挤了出来。

"谢谢你。"他的声音很柔和。

西沉的夕阳慢慢地从云朵里爬了出来。那些花水木都瞬间被渲染成了金色,一根根的枝条此刻仿佛都静默着,呼吸着。

空虚的恋人 ────

1

突然，不知身处何方。

只是在刚才，还觉得对于自己在什么地方干些什么都有自己的理解。可此刻却深陷于阴暗之中，这是什么地方，自己在做什么，完全没有答案。

脚下有微弱的摇晃感，双肩和后背也有摇晃的压迫感和中途停下的感觉。但没有任何气味，也没有任何声音。自己一个人身处于阴暗之中。

不，真的可以宣称仅仅我一个人身处此处吗？究竟能够根据什么来证明这点呢？

后背被狠狠地挤压了一下，痛感从不假思索发出的声音中显露出来。周围变得明亮起来。

眼前，一个全身赤裸的年轻女子在跳舞。

染成金黄色的头发被高高束起，半张着嘴唇，浮现出迷幻而朦胧的笑容。高耸的丰满胸部，腰部单纯地左右摇晃的姿态，与其说充满感官挑逗，不如说看起来十分滑稽。他笑出声来。

裸女消失了。取而代之的是一个戴着眼镜的中年男人站在那里。紧锁眉头，用警惕的眼神盯着他。

他也感到了其他来自周围的目光。回头看看，发现许多人都拥挤着站在这个狭小的阴暗的空间里，无不是用充满着疑惑的眼神看着自己。

从脚下传来了强烈的冲击感，身体剧烈地晃动起来。周围人的身体也随之前后地晃动着。

此刻，他想起了自己正身处在晨间通勤的电车里。

而周围的人们也不再表现出刚才对他的好奇，恢复了正常的模样。正对面的中年男子咳嗽了几声，把手里折叠着的报纸打开看了起来。好像是体育报纸，其中的一面刊登着刚才看到的年轻女子的裸露照片。

嘴里有伴随呕吐感的唾液上涌。在列车到站的间隔，他连滚带爬地奔向站台，在站台中间的地方呕吐了起来。

抬起头时，周围的景色都变得没了颜色。电车的车身也好，来往交错的人们的样子也好，甚至小商店里的各种商品都变成了黑白两色。

连这里是什么站都想不起来了。他开始寻找车站的标示，但字体看起来都模糊而晃动，无法看清楚。他走向正在检票的站员，想去询问，却发现自己根本听不到自己的声音。检票的站员忙碌着从他身边走了过去，身边的电车也发车而去，可他依然无法听到自己的声音。

他回头看了看周围，没有一个人和他的视线相对。所有人都如同看不到他一般，从他身边沉默着走过去。他想要回忆起自己公司的名字和住址，脑海却没有任何东西浮现。想张口说出自己的名字，我是，我就是，我的名字是……无论尝试多少次，就是无法说出后边的字。

突然一阵悲伤涌上心头，他不由得用手捂住自己的嘴，脸颊抽搐了起来。

"我在神奈川的某家建设机械公司做设计的部署工作，也兼任管理的工作，所以平常很少能够休息。特别是如果新型机械一旦定下交付时间，从开始到结束的赶工时期，一个月工作超过三百小时的时候也是有的。这次也是，对方要求比其他家更低成本且高效能的机器，所以就赶着做首先要交付的样品机。但小零件出了毛病，我拿着图纸和交付书对照着，最后总算是把出毛病的地方给找了出来。交付完的第二天，在车站突然就变得不太对劲起来。

"以前就有种感觉，觉得自己虽然谈不上不正常，但是和一般人不太一样。周围的人，更早之前就曾经问过'你不是身体不太舒服吧'之类的话。但是我却完全没有在意过。去年检查身体的时候也没什么毛病，对于健康问题我还是挺有自信的。但是，从三四个月前开始，虽然不是今天说的这种情况，却也变得无法清楚地识别物体的距离了，出现了拿不到桌子上的文件，或者打翻咖啡杯子之类的状况。最近，连时间的感觉也变得暧昧不清起来，夸张一点说，感觉五分钟如同一个小时一样漫长的时候也曾有过。

"记忆力也不太好，甚至有时候到了傍晚就不记得中午发生的事情了。而此刻发生的事情，究竟是真实还是梦境，都变得暧昧不明不敢确定。我的部下应该也看到了我这个样子吧，好几个人问我'没事吧'之类的话。刚开始我还能哈哈一笑了之，后来慢慢地便无法忍受了。冲对方大发雷霆，借机掩盖过去。

"婚已经结过了，两年前离的。三十三岁结婚，那是婚后第五年的事情。没有孩子，没要成。有时候也觉得或许有孩子的话，说不定结局可能会不一样吧。离婚的原因呢，说到底还是工作吧。结婚没多久，我就进入了管理层。不仅根本无法按时回家，连夫妻之间的谈话都渐渐变少了。但是，交给我重要的工作，按时回家什么的根本不可能嘛。有时候为了补上整个小组的落后进度，需要休息日加班地干也是没有办法的事情,自然也少不了应酬。一回到家,就对于和人说话这件事感到很疲倦。不知道是什么时候开始,对性生活也变得毫无兴趣了。我曾去过几次风俗场所,那也都是和妻子离婚之后的事情了。不过,我的大脑很奇妙地一片空白,根本没什么感觉。最近,连那种地方都不想去了。虽然我才刚刚四十出头,感觉已经没有什么能让我燃起激情的东西了。

"离婚之前,妻子数次抱怨我总是不在状态。说丈夫老不在家,总是让她一个人独守空房,不但听不到我的声音,更看不到我的人。她说我偶尔在她面前出现,她都不知道是真是假。而我现在变得自己都不知道自己是谁,什么都想不起来了。大夫,说真的,我这到底是怎么了啊?"

梅花曲折纤细的枝条上,小小的花蕾开出红白相间的小花来。

盐濑漳二在被树木环绕的步行道上走着,反复地深呼吸着。不知道是来自梅花,还是自己的心里,他感到一阵沁人心脾的清香。不过,那仅仅是在一瞬间,那种感觉很快就消失无踪了。

对于气味的感觉尚未完全恢复。梅花的红与白,黄色的金缕梅,阳光照耀下的树叶的翠绿,他对色彩的感觉逐渐地恢复了。

三个月前,在他家附近医院的一个内科医生推荐他去了东京东大和市的一所精神康复中心。治疗的医生诊断彰二是因为工作过多造成的不安神经症。听了医生的建议,他向公司请假住了院。

住院初期,主要是通过服用抗不安类的药物进行治疗。现在,连精神状态也恢复了不少,充分的休养就是对彰二最好的治疗。

在刚住院的一段时间里,连休息对他来说都是一种痛苦。没有工作让他有强烈的负罪感,而精神出现问题也让他觉得自己是个弱者,当感到自己毫无生存的价值时,甚至连病房都不愿走出去。

在经过了一段时间之后，他自然而然地开始接受了医生"工作过多，对人关系的精神负担，同时在存在着个体差异的内心承受范围上超出了界限"的说法。

于是，他很快就恢复了对外界事物的兴趣。刚开始只是从病房到小商店往返的程度，但最终开始在花园里散步了。从冬天到春天，随着季节的变化，犹如日长和发芽的树木一般，他的内心也在变化着。大约一周前，他已经能散步到多摩湖周边的距离了。

而今天，身体状态还不错，行走距离又延长了一些。他第一次散步到了距离疗养中心五百米外的绿地。

绿地中，枯叶落尽的树木虽然不少，但往枝叶繁茂的常绿林深入后，鸟声就渐渐地响起来了。

就在他打算继续深入的时候，几只在枝头停驻的小鸟的身姿突然闪现在他的眼前。

有两只鸟儿停在旁边一棵树的枝头上，纤细的尾巴向后延伸着。或许是灰喜鹊吧。彰二屏住呼吸，偷偷地在一旁观察着。

忽然间，两只鸟儿稍稍展开翅膀，上下叠在了一起。完全看不出来是否在交配，或许只是在玩耍吧。而就在真的叠在一起的瞬间，两只小鸟却好像害羞了一般，各自向不同地方飞去。

彰二走到刚刚两只小鸟落下的树旁边，把手轻轻地放在了粗大的树干上。

他至今依然对性提不起劲，对于同病房的室友带来的色情杂志之类也都毫无兴趣。那些赤裸裸的照片让他十分反感。

在绿地里走了一会儿，他想不如从这儿出去看看吧，就朝着大道走了出去。

在路边，有一间写着地中海料理招牌的饭店。看起来十分整洁，叫作"chika"。

刚好感到有些口渴。虽然晴空万里，但是早春的风依旧寒冷，他感到有点冷。他穿过马路，走到店门口看着招牌上的菜单。这里也有咖啡之类的饮品。

确认了饭店是在营业状态后，他才拉开了门。店内比从外观看上去更加宽阔。八张四人用的桌子，在空间里充实地摆放着。或许因为是在午后冷清的时间段，店里并没有其他客人。

看不到服务人员的身影。他跟着擦拭地板时所延伸的水痕往店里走去，途中被正面墙壁上丰富的色彩所吸引，停下了脚步。

那墙壁上的画以欧洲庭院风格为背景，背景中一位金色长发盖在胸前的女孩站立在那儿，女孩穿着深蓝色的裙子和白色的类似女式罩衫的上衣。虽然如此，但是罩衫上没有袖子也没有覆盖住胸部的部分，似乎是仅仅只有衣领部分的奇妙设计，因此胸部几乎是袒露着的。

女孩的面部特征被描绘得惟妙惟肖，因此令人感觉胸部也活灵活现地耸立着，让人自然联想到她内心潜在的欲望。

"欢迎光临！"

从店里传来了明亮的声音。

彰二把视线从画中挪开，回头望去。

吧台的深处，一个高中生模样的女孩，几乎跳着从里边走了出来。

"真抱歉，刚刚歇了会儿。请，随便坐。"

女孩穿着深紫色的裙子，白色衬衫外边套着一个围裙。称不上胖，但肉肉的，给人十分健康的感觉。短发有些淡淡的栗色，与其说是个美女，不如说样子可爱。眼睛很大，却给人种慵懒困倦的感觉。或许是因为她的双眼皮的两层眼皮之间的间隔略显大的原因吧。

彰二环视了下店内，挑了个角落的位置，问道："这里可以吗？"

"不要嘛，还是这边比较好啦。"女孩用亲切而又撒娇的声音说道。

她站在店的中央位置的桌子前，接着说："这边的景色比较好，而且可以当作是自己包下了整个店，随意地坐在最中央的位置。"说着向彰二招招了手，还特意把椅子拉了出来。

虽然也感觉到了某种被强迫的气息，但彰二并没有不快。彰二乖乖地朝着女孩招呼他过去的地方走去，在女孩拉出的椅子上坐了下去。从背后传来一阵清香香皂的味道。虽然并不确定是这个味道，但的确是这种感觉。

他想起了差不多在三十年前，自己曾暗恋过的那个和学习相比更喜欢运动的女孩儿。和男生们一起打闹时也爽朗地大笑的那个女孩儿，在听到男生们谈论露骨话题时，马上脸红着发火。不过，他并不确定这些事究竟是不是真的曾经发生过，而这个仿佛只存在于梦中的女孩的形象却和眼前的女孩形象重叠在了一起。

彰二点了杯热咖啡。

女孩先把冰水倒在玻璃杯中，转而又走进了吧台，然后又走回彰二身旁问道："那个，如果愿意的话，能来份甜品吗？"说完脸颊泛起了红晕，仿佛十分害羞的样子。看彰二沉默不言，她又接着说："其实我设计的蛋糕今天被允许在店里卖了。"女孩后半句话轻轻掠过，彰二不禁笑了起来。

"好吧。"彰二点了点头。

女孩像卸下了重负一般表情放松了下来，然后飞快地跑回了吧台里。彰二追看着她的动作，看她一脸认真地倒咖啡，又看到她跑在收款处旁边的蛋糕盘中夹出来一块，盛入精美的盘子中，然后依然认真小心地端到自己面前。

"真是抱歉，简直是在强迫你吃一样……"女孩用道歉的口吻说道。

"不，是我饿了。"

"那个，如果觉得不好吃的话，就告诉我，我给你换别的。"女孩低着头走回了吧台的另一侧。

彰二把咖啡杯端起来放在嘴边，对于细微的气味区分上虽然还没有自信，但是依然感觉到了扑鼻的香气，大概是用不错的咖啡豆做的吧。喝了一口，的确没有令人厌烦的苦涩感。

而女孩设计的蛋糕，形状本身并不出色。蛋糕底部用生奶油和某种覆盆子色的果实混合之后，然后向四周涨开来一般地涂抹了上去。彰二感觉到女孩在一旁注视的目光，拿起来吃了一口。

蛋糕吃起来十分柔滑，甜度恰到好处的奶油味和清爽感十足的蛋糕糕底在口中糅合在了一起。糕底溜入喉咙，却还有些细小的水果果实残留口中，用舌头压住并仔细地咀嚼之后，酸味就在口中扩散开来了。而感受到酸味这件事本身对彰二来说也已经是久违的了。

"怎么样？"女孩担心地询问道，脸上满是紧张之色。

"嗯，挺好吃的。"彰二并非奉承。

"真的吗？"女孩的眼神一下变得闪烁着光芒。

"啊，真的啊。"那果实的籽触碰舌头的感觉也让彰二觉得十分有趣，随即又吃了一口，问道："这里面放了什么？"

"覆盆子。"女孩开心地说道。

彰二突然觉得口中微酸的口感和与舌头的触感也渐渐和女孩的形象重合了起来。

彰二又点了杯咖啡。比起第一杯，香气反倒更浓厚了些。

当吃完蛋糕时，咖啡也恰好喝完了，彰二就想起身离开了。几根烟抽下来，不知道什么时候开始外边也变成傍晚时分的景色了。群山之上辽阔的天空中，混合了桃红色和紫色，可以眺望到它们彼此微妙地分出不同的云层。

疗养中心基本上是允许自由外出的。只是，如果没有提交特别申请，下午六点就是门限时间。彰二十分无奈地站起身来。

女孩注意到了他起身，说："感谢惠顾。"就去了收银台。

彰二朝着女孩走过去，同时把勺子的包装袋捏在手里。停下来摸了摸外套的口袋，然后又跑回了座位，在桌子下边找着什么。

女孩看到他这个样子，也走了过去。

"怎么了？"

彰二怎么也找不到应该带来的钱包。不知道是散步的时候掉了还是……"忘在家里了吗？"彰二焦急起来，自言自语地说道。

"您家在附近吗？"女孩关心地问道。

彰二有些迟疑，然后说："不是家，我是来这儿疗养的。"

"啊，那个精神康复中心啊。"女孩恍然大悟一般地说道。

彰二的心沉了一下。对精神病患的歧视，是个不能完全消除的障碍。

"这样的话，没关系的。"女孩说。

"怎么会没关系呢。"

"什么时候给我都成。"

"啊，不是，明天肯定还……"彰二突然想到了明天是心理治疗的日子。

"后天，我肯定来付钱。我叫盐濑彰二，我绝不逃跑的。"因为没有拿名片出来，他只好告诉女孩名字是哪几个字。他对女孩请求说，虽然非常抱歉，但是希望等他到后天。

"这些不用担心的,没关系。我也自作主张地强迫你吃我制作的蛋糕,你也没有抵触,所以,请不要担心了。"在女孩温柔的笑容面前,他的心也平静了下来。尽管如此,他依然感到自己对于美好事物的抵触感。此时,门被推开了,客人模样的年轻男女走了进来。

"欢迎光临。"

女孩对彰二轻轻地点了点头,就去新来的客人那里了。

彰二此刻也没有什么其他的办法,一边看着女孩充满活力的样子一边走出了店门。

2

精神康复中心是在多摩湖畔削平了的倾斜地上,在稍稍远离居住区的地方建立起来的。

这里是专门治疗精神负担造成的疾患的医疗设施,才开设了十年。二层小楼从外观上来看,被当作高级度假公寓也丝毫不奇怪。

位于中央位置的对外管理栋,其玄关右边的是男子病房,左侧是女子病房。在管理栋里,除了设有接待处、病诊室之外,还设有小商店和中午、晚上开放的食堂,以及便于住院患者之间交流所设的谈话室等。

男子病房也好,女子病房也好,都设有四人房间各八间。房间没有门,各自的床位用布帘隔开。

入院患者并非只是休息,医生也会劝说他们做些轻度的运动或者外出散步。但选择一天都在房间里睡觉的,或者偶尔到大厅去抽烟的人却占了大多数。

在男性入院者中，多为大公司的职员、银行人员、官僚和医生之类的人，一般社会所认为拥有高地位的职业的人却意外地很多。彰二刚入院的时候对此十分不解，专门问过一个看护人员。年轻的男看护并没有回答他，只是一直苦笑着，但眼神中无不是"你自己不也是这样的"感觉。

彰二在下午六点五分前回到了中心，在接待处的本子上写下了时间，就回了病房。回到房间他就马上在自己的床周围找起了钱包，最后发现熟悉的钱包就放在桌子上。

"真是……"

自言自语的同时，他感到背后有人盯着他看。回头一看，一台小摄像机正对着自己。

彰二对此显得厌烦极了，说："有完没完了你？"

"拍上了哦，盐濑先生，完完整整地拍着你呢！"

这是一个叫作岩崎的和彰二年龄相仿的患者，他一边小心地确认着摄像机上小小的拍摄按钮一边对着彰二拍着。

彰二从岩崎口中听说，他原来是在地方银行里担任信贷科的科长。入院的时候，他被诊断为强迫症。他比彰二早来一个月，据说症状已经比刚来的时候缓和了不少。但总是拿着摄像机到处乱拍的样子，还是让人无法确信症状已有所缓和。

"那么，来看看这次拍的东西吧。"岩崎说道。他抓起彰二的手，在播放键上按了下去。从摄像机上的小屏幕上，可以看到彰二走进房间，在床边到处寻找钱包以及后来自言自语地说"真是的"之间的整个过程。

"请赶快把这些删了。"彰二像往常一样抗议道。

岩崎对于彰二的抗议毫无反应，自己入迷地看着摄像机的画面。

"你看,你在这儿呢,你动起来了!因为你是存在于现实之中的,因为可以在这里拍到你的踪影。一点没错!对吧?"

彰二自打入院以来已经被他问过无数次相似的问题,真是连回答都懒得回答。

岩崎用手指不安地抚摸着摄像机的屏幕,接着说:"但是,在任何地方都找不到我自己。这些录像,正是我并不存在于这个世界上的最好证明啊。"

彰二故意把叹气的声音弄得十分夸张,然后说:"到底跟你说多少次你才会懂呢?你不存在,那刚才是谁在拍我的呢?前天才给你说过,而且还专门拍了你,对吧?"

"就算到昨天为止我都是存在的,可今天就不好说了,特别是在睡觉的时候感到特别可怕。睡着的时候,我真的是作为我自己存在着的吗?睡着的瞬间,我难道不是消失了的吗?盐濑先生,可以求你帮个忙吗?"

岩崎硬把摄像机塞到了彰二的手里,自己躺到了床上。

有时候是数天一次,偶尔则是一天数次,岩崎都会求彰二,如果彰二不在的话则是求护士拿着摄像机拍下自己。

即便如此,如果对其他人也是这样倒也还好。但同屋的另外两个人,听说一个是中学的老师,另一个是财务省的官僚,中学老师几乎一直躺在床上,而那个才二十来岁就整天沉浸在游戏机世界里的人,彰二至今都没打过招呼。

彰二拍了大概五分钟之后,岩崎坐了起来。拿过来看着刚刚拍摄的影像,问道:"这个是我?这个真的是我平时的样子?"

说完岩崎晃了晃脑袋,又回放了几遍录像,看了自己睡觉的样子之后觉得,是因为自己根本没有熟睡,想要再重新拍过。

彰二以到了晚饭时间的理由拒绝了他，就去管理栋的地下食堂了。

只能容纳三十人的极其狭小的食堂，不仅只供病人，还供中心里的工作人员以及来访客人使用。菜单很少，不太好吃但也谈不上难吃。

彰二买了购食券，因为是自助式，就自己拿了些想吃的东西，找到一张空着的桌子坐了下来。患者们大部分都是各吃各的，互不交流，吃完就回各自病房去。如果哪个人能和工作人员一边吃饭一边快乐地交谈的话，那基本上也差不多可以出院了。

彰二想到岩崎或许还在病房里等着自己，就不怎么想吃完马上回去了。于是，他就去了管理栋一楼的谈话室。如果有什么人在那里的话，他打算假装路过就好。所幸的是，那儿并没有人。

所谓谈话室，是一个用玻璃隔断开的，四五平方米大小的方形空间。

除了几张椅子和桌子之外，还摆放着售卖罐装咖啡之类的自动贩卖机。面向南边的落地窗可以直接走到种植着四季花卉的中庭。

彰二找了张椅子坐下，掏出了从病房带出来的口袋书。

《O娘的传说》①，这还是彰二大学时代不知是从谁那儿知道的一本情色小说。原本他只记得名字。

他本不是喜欢读书的人，工作之后忙碌起来，更让他无暇去读什么书了。

接受了中心的治疗和建议，他变得能够走出室外。但依然对性方面丝毫提不起兴致，对此让他有些不安。虽说如此，那些赤裸的图片和色情杂志又让他觉得十分厌烦，于是就想到如果是看些文字

---

① 《O娘的传说》（*Story Of O*），世界著名的S&M小说。法国作家Pauline Reage的作品。

形式的不知会如何，才选了这本书。

不知道是不是因为不适应文字的刺激，无论如何集中精神阅读，都无法看到心里去。那些描述中的女子的形象也完全无法浮现在脑海中。

彰二把书扔到椅子上，站在了面朝中庭的落地窗前。

中庭里的草地上枯黄的部分在房间灯光的照射下，透出白色的光来。

彰二心中突然涌上一阵混杂了悲伤和焦躁的情绪，那情绪甚至有些近似于愤怒。

彰二觉得自己对于善恶的价值观以及对待艺术之类的认知等，从自己十八九岁开始就没有发生过任何变化。他坚信自己所积攒的生活经验都是作为生存于世的必要技巧，而作为根基的精神世界，无论好坏都依然是年轻时候的样子。

但此刻玻璃窗上影射出一个有些驼背，发线开始靠后并开始生出白发、毫无风采可言的中年男人。从脸颊到下巴的皮肤无不干燥粗糙，眼眶周围皱纹深陷，连眼白也混杂着黄色，甚至不能从眼神中感觉到丝毫的活力。

彰二自己脑海中所想象的自己，已经不存在了。

枯黄的草地迫使彰二联想到自己的白发，他十分烦恼，想要回病房去。他刚要离开，就听到背后有人说："你的书忘了哦。"

一个女人站在他刚刚一直坐着的椅子前，拿着他的口袋书。彰二猜想大概是女子栋的患者，连对方的脸都没看清楚就走过去说："啊，谢谢。"

可对方却突然翻开了那本书，声音洪亮地说："这是色情小说吧？"

彰二这才连忙打量起对方的模样，原来是白天那个在地中海料理店打工的女孩。

"盐濑先生原来喜欢看这个啊。"女孩故意说出彰二的名字，嘴里夹着坏坏的笑声。

彰二一惊，说："到底，为什么……啊，你是来拿钱的吧？"

女孩摇了摇头，说道："我不是说了什么时候都行的嘛。"

"那，你为什么来这儿？"

"来找你。"

"啊？"

"怎么啦？"女孩张大了嘴，哈哈地笑出声来。

彰二开始对她有些好奇，问道："你叫什么？"

"我叫桐岛智子。智慧的智，上边一个知下边一个日的那个。"女孩说着拿指头比画着。说完，那根手指紧接着又继续翻手里的书了。

"这本书有意思吗？"

彰二并不想被人误解自己看书的目的，说："我还完全没看呢。别人说是比较古典的流派，所以推荐给我，就有些想读读看了。"

"这个书名经常听到呢，大概探讨了不少性方面的深奥话题吧。"她的声音听起来十分认真。

彰二想从书的话题上转移开，索性说道："总之，我先把今天的钱给你拿来，你能先在这儿等我下吗？"说完就往病房走去。

等到彰二从病房拿着钱包走下来，回到谈话室的时候，智子已经不见踪影了。

一同消失的还有那本《O娘的传说》，取而代之的是桌子上放着一个B5尺寸大小的手工日记本。封皮用淡桃色的和纸包装着，里边用绿色的绳子固定着二十张左右的纸张。封皮上既没有写名字也没有题目。

彰二想起来，这个本子刚才的确是夹在智子腋下的。

彰二拿起了那本手工日记本，随手翻开来看。

上好的纸张上，青色的墨迹显现出她极其秀美的笔迹。纸张里不知沾染了什么味道，有种橘子系的酸甜香味不断飘散过来。

上边写的内容分段很多，似乎是诗之类的东西。

是她写的诗吗？彰二决定读一读。刚刚看了数行，彰二的眉头就皱了起来。再往下读了一点，彰二感到自己的胸口一阵不适，毫不犹豫地合上了本子。

到底该怎么理解这里的诗，彰二毫无头绪。过了一会儿，他又翻开来，酸甜的香味随之又扑面而来。而与此同时，用秀美的文字书写着的富含"毒性"的内容刺激着他的双眼。

　　将我的阳具深深融入你的身体，
　　你却并非我的至爱。
　　你的双腿紧紧缠绕着我的身体，
　　你酸甜的、犹如甘露的体液滋润着我的舌头。

彰二无法一口气读完这本子里的诗。只能借助抽烟，或者偶尔把目光放空到中庭里的景色来舒缓自己阅读的情绪，才最终把诗都读了一遍。

可那之后，即使回到了病房，彰二也无法抑制内心的躁动。到了就寝时间，整个病房都熄灯了，彰二却再次拿出诗集，借助着微弱的光线又翻看了数遍。

3

和智子相遇后的第二天,星期四的下午是彰二例行的心理治疗的时间。给上一个小时,专门让病人在诊疗室里和主治医师谈话。

开始的时候,彰二还只是扯些最近的天气之类不关痛痒的话题,但彰二却越来越感到不得不说出心中郁积的东西了。

"有一个我见过两次的大概十八九岁的女孩,或许更大些也说不好,总之看起来很年轻,很阳光,充满朝气,样子也可以说十分可爱。只是,无法理解的是,或许是她手工制作的日记本里的那些诗。不知道是她忘了还是故意留给我看的,总之,我拿着她一直在写的诗集的本子。上边所写的内容,该怎么形容呢,总之,无论如何都无法认为是出自她之手的感觉。"

"为什么会觉得不可能出自她的手呢?"

主治医生是个五十出头的小个子男人。戴着银丝眼镜,虽然头发略为有些稀薄,但混杂着些许白发的鬓角一直从两鬓连到接近下巴的地方。

"因为无法和她的形象重叠在一起啊。"彰二回答道。

主治医生似乎深思了一会儿,然后说:"你所说的应该是你脑海里所认为的那个女孩的形象,对吧?"

彰二有些茫然,但随即说道:"不,肯定无论是谁都会这么认为的。和她形象完全不符嘛,那种诗。"

"具体来说,是什么样的诗?"

"口述实在是很难传达。总之,大量的、露骨的性描写,甚至大部分都是连色情漫画里都很难见到的表现方式。"

"那么,你读了这些内容后,涌现出对于性的好奇了吗?"

"完全没有。稍微读了一下,就不想再翻开第二次了。"

彰二用故作愤怒的神情说道。然后很自然地将话题转换到了别的事情上。

心理治疗的第二天,彰二又去了那家料理店。

彰二怀着一种似乎是想去见智子却又不愿承认这种想法的复杂心情,最终,他告诫自己,只是为了还钱才去的。

彰二走进店门,往里走去。那张突出表现胸部的女孩画像又再次自然地吸引了彰二的目光。

"欢迎光临。"

一个穿着围裙的中年妇女突然出现,切断了彰二面前画像的完整性。她手里端着一个放着咖啡杯子的托盘,然后对着彰二又说道:"请随便坐。"

说完就走到坐在里边位子的三位女性客人那儿送咖啡去了。

彰二选了一个靠近门口,稍微远离那三位高声聊天的女客人的位子坐了下来。过了几分钟,刚刚那位穿着围裙的中年女子走过来询问是否点餐。彰二点了杯咖啡,然后望了望吧台里边和厨房的方向。等到咖啡送过来的时候,他对店员说:"我前天也来过你们这儿。"不知道是不是传达了什么错误的感觉,店员的眉头皱了起来。

彰二接着说:"或许您可能没听说,当时我准备付钱的时候发现自己忘带了钱包,而当时接待我的店里那个姑娘……"

对方听到这里,眉头舒展开了。

"啊,你是说智子吧。的确,我听她说代您垫付了钱。"

"我把钱拿来了。"

"还专门让您跑一趟,真是抱歉。"

"我想跟她道声谢谢。"

"啊，但她现在不在店里呢。"

彰二一边看着面前的人回想着和智子并无相像之处，一边问道："智子是您女儿？"

对方笑了起来，用手在脸前挥摆了几下。

"我们家的孩子啊，就算我这边多忙，她也不会来帮忙洗个盘子的。智子是在这里兼职打工的。真的是个好孩子啊，可帮了店里大忙了。"

"请问，她什么时候回来？"

"今天她休息，非常抱歉。"

店员脸上浮起了疼爱般的笑容，从彰二的眼前离去了。

彰二拿起杯子喝了一口咖啡，几乎感觉不到之前曾闻到的香气。三十分钟后，彰二连之前智子为自己垫付的钱一起付了，离开了那家店。

虽然对智子住在何处毫无头绪，也不知道智子休息日在家都做些什么，但感觉无论如何都可能会去车站，彰二就朝着最近的武藏大和站走了过去。

走下山坡，就上了大路。山坡上虽然到处被绿色覆盖，而连接着青梅市街的大路上车辆往来频繁了许多，路边的杂草沾染了不少尘土，都染成了灰色。

从大路转入车站的入口前小路的时候，彰二的脚步慢了下来，然后自然而然地停住了。

彰二突然想到智子的模样只是一个不到二十岁的小姑娘，其实感觉就算当作中学生也毫不过分。彰二一瞬间感到十分羞愧，尽管都看到了车站来往的电车，彰二还是逃回了刚刚走来的路上。

对于自己这个样子，彰二越想越气，负气似的大步流星地往山坡上爬。可还没爬上几步，彰二就喘不过气来了。这大概会被别人说是年龄带来的体能衰弱吧，彰二对此也感到十分恼火。但无论怎样身体都变得越来越沉重，他只好双手叉着腰，站在那儿休息了起来。正在此时，突然听到背后有人喊道："盐濑先生！"

回头看去，智子一边挥动着手臂一边正朝着山坡爬上来。她一口气爬到了彰二站着的地方，抓着彰二的手腕。

"啊，心脏在说'怦、怦'的呢！"智子把彰二的手按在自己的胸口，抬头看着彰二说道。智子穿着黄色花纹的连衣裙，上边套着一件白色的毛线开衫，肩膀上挂着一个小小的珍珠色的包。智子就这样抓着盐濑的手，而眼睛却在山坡下方和彰二之间来回地游走着。

"我走出车站，看到前边的人怎么会和盐濑先生如此相像呢，就想难不成真的是？然后就一路狂奔了过来。"

依然被按在智子胸口的手，在智子身体微微扭动的时候偶尔会不经意地触碰到智子的胸部。

盐濑一边克制住自己内心的想法不表现在脸上，一边问道："你这是打算去哪儿？"

智子轻轻地挪动了下彰二的手腕，说："那盐濑先生呢？为什么会来这边？"

"啊，我只是想散步散得远一些。对了。前天欠你的钱，我去付了。"

"那个，没关系的。"

智子嘟起嘴来。

"前天你专程来康复中心，我不是还没给成你嘛。"

"我那天只是来找朋友玩的嘛。"

"康复中心里有你的朋友？"

"嗯。"

智子放开了盐濑的手,开始往前走。然后一边走一边不停地转起圈来,

"啊——真好玩!"智子冲着天空大喊道。看着智子毫不掩饰内心的样子,"你这是去哪儿?"彰二再次问了相同的问题。

"中野。"她回答道。说完就奋力爬起山坡来。

彰二来不及再顾虑喘不过气的事情,稍稍调整呼吸,追了过去。

"还是挺远的。"

"怎么会呢?过了国分寺,坐中央线就好了,就算换乘也不过一个小时多点而已。"

"你去干吗?"

"谁知道呢?"

智子微笑着说。

"约会?"

智子回头看过来,瞪大了眼睛,说:"为什么啊?"语气里满是你怎么知道的味道,那声音听起来也充满了开心。

彰二苦笑了起来,说:"看你那个样子,谁都能看得出来啦。"

"男人,还是很厉害的啊。表达爱意的方式也让人吃惊。"智子故意抖了抖肩,自言自语一般地嘟囔道。

彰二有些不知所云,微笑地问道:"你所指的是什么?"

智子只是回以微笑,继续向上爬去。

彰二的视线自然而然地落在了智子的腰部,然后视线下移到了臀部。

结果不知道是不是智子感觉到了什么,她惊讶地把头转了过来。彰二有些心虚,来不及转移视线,故作正经地说:"这件衣服……"

智子眯起眼睛,表情满是疑问。

"不,我是说这件裙子的花纹。叫什么花来着?本来还记得的。"

"黄水仙。"智子立刻回答道。然后她像是能从身上印制的花里摘出一朵似的,捏起胸前衣服的一块,接着说:"有种酸甜的气味,是一种很香的花哦。"

"名字我是知道的。"

黄水仙……彰二嘴里嘟囔着念道。然后视线就从智子捏着的衣服图案上移开了。

"诗集,你读了吗?"

彰二刻意保持自然的样子抬头看着她,问道:"你说的诗集,是你之前放在那儿的那个本子吗?"

智子点了点头,说:"我想问问你的感想。你不是在读《O娘的传说》吗?对于性,我觉得你或许应该去理解它的真正意义和崇高性。只怀着轻浮念头的人,肯定会对此产生误解的。"

"性的崇高性之类的,我完全不懂啊。"

"不过,你不是在努力去理解吗?如果不是这样的话,你也不会去读那样的作品了。那些诗写得怎么样?"

彰二一时不知如何作答。

"那本东西,是不是你的我当时也不太清楚。所以,并没有看太多。"

智子脸上浮现起失落的表情,说:"什么嘛,那么,请一定好好读一读。"

"那本子上写的像诗的文字……全部都是你写的吗?是你的诗吗?"

智子一脸吃惊地笑了起来。

"我哪有这样的才能呢?"

彰二屏住了呼吸，问道："那么，这是谁写的诗呢？"

"我刚去见过的那个人。"

"你是说你约会的对象？"

智子像为自己父母而骄傲的孩子一样挺起胸膛，说："是个诗人，他，他写的那些诗都是描写的我哦。"

"描写的你……"

"他叫绪方哲郎。虽然只有二十四岁，还很年轻，却是个真正的诗人。他用诗的形式探索了人类以及生命本身存在的意义。而在这其中，他所选择的题目是性。并不是世俗意义上的性，他所探讨的是作为生灵而存在的肉体以及精神层面上的性，并以此讴歌生命的真实。为了他的题目，我也协助其中，结果他就写出了那本诗集里的那些诗。刚开始我也很害羞，但在那样美丽的诗中，充满了我们之间的爱，现在看来让我感到非常的幸福。"智子十分得意地说道。

彰二无言以对。那之后一直到走到"chika"料理店之间，智子都不停地在讲关于那本诗集的事情，而彰二也一直只是沉默地听着。到了店门口，智子说自己还有些事情就进了店里。

彰二回到了精神康复中心，晚饭也没吃，就倒在了床上。

彰二拉上了床铺周围的窗帘，随即就拿出了智子手写的诗集翻了起来。纸张扑面而来的酸甜香气，让彰二的心隐隐作痛。

> 我和你，
> 时而上，时而下，
> 时而从后冲击着……
> 深深地包裹着我，
> 时而深入，时而分离……

虽然第一次看的时候以为是智子自己所写,那也让彰二感到有些受打击。

但是,听到是恋人根据智子所创作的,彰二的内心世界则瞬间变得更加混乱了。

这些诗里所描写的女人就是智子吗……彰二对此不敢设想。虽然如此,但是彰二却依然不禁根据那诗歌中所描述的场景想象了起来。

他想象着那个穿着黄色印花连衣裙的,毫无设防地拉着他的手不放地、单纯的女孩"时而深入,时而分离"的样子。

以及那个连劝说对方尝试下自己制作的含有覆盆子的蛋糕都显得害羞的女孩,和那个"时而从后冲击着……"时的她之间的联系。

那夜,彰二感到久违的、自己作为雄性动物身体的变化。

4

在五日内彰二被禁止外出。

因为他打了和他同房间的岩崎。

他当时心情极差。之前他是如此地想要见到智子,但真的见到了却只换来了无尽的苦闷。他想把那本诗集撕个粉碎,但又下不去手。他拿着诗集沉闷的样子最终引起了一旁的岩崎的怀疑。岩崎趁着他上厕所的机会,打开诗集用摄像机试图把其中的内容拍下来。而恰好被回来的他发现,他一怒之下就……

这件事只有彰二一个人被处罚,而岩崎丝毫没有受到任何指责。尽管处罚的方法让彰二感到不满,但强制禁止外出的处罚也让他感到恰如心意。但只三天之后,他就开始想见智子了,只好又翻开了那本诗集。

写着"用不知羞涩地晃动,摇摆你的臀部……"的字句跳了出来,彰二禁不住联想了起来。

五天后的下午,总算获许外出的彰二径直就去了"chika"。

店里似乎在举行什么聚会。有大概十几个中年女人组成的群体混杂其中,这让彰二不知道自己进去是不是合适。正在帮客人点餐的智子,认出了站在收银台的他,就跑了过来。

"很抱歉啊,今天到下午四点被人给包下了。"智子一脸歉意地说道。

"是么,那我四点再来。"

"我四点休息。"

"那五点的时候你在吗?"

"你是专程来找我的吗?"智子仿佛是故意在逗彰二一般地瞪大了眼睛,盯着彰二的脸说道。

彰二一时说不出话来。

"你知道多摩湖那儿的蓄水塔吗?在坝上的散步道那里可以看得到。欧洲建筑风格的城堡似的,红色的水塔。我休息的时候喜欢到那里去散步,如果可以的话,请去那边找我吧。"

智子说完,没等彰二回话就回去工作了。

彰二随后就朝着多摩湖的方向走去,进了狭山自然公园。绿色丰盈,沿路种植了许多樱花树。彰二以前从一个护士那儿听说,在这个横跨了多摩湖和狭山湖的宽广的公园中,种植了近两万棵樱花树。此时无论哪棵樱花树都处于含苞未放的状态,等到满开的时节,这一带定是被柔美的颜色所渲染,会十分壮观吧,彰二想。

彰二在蓄住湖水的坝上沿小道上悠闲地散着步。彰二期待智子对自己或许也有些好感，但想到被一个比自己小了近二十岁的小姑娘给迷得神魂颠倒，就变得不安起来。但是，此时彰二也没什么别的去处，在约定的时间到来之前，他在散步小道上来回地走了两遍。

然后他继续朝着水塔的方向前进，在跟水塔有些距离的长椅上坐了下来。长椅的周围种植着山桂花。

不知道是不是早开的原因，才只有那么一朵，独自地绽开了大大的白色花瓣。犹如女子线条一般的花形和让人浮想联翩的雪白颜色，让彰二的脑海中很自然地将智子的模样和那花朵重叠了起来，但转念彰二又不由得对自己猥琐的想象哼笑了两声。他从口袋里摸出香烟来，轻轻地塞到了嘴里。

"哇！"智子突然从背后跳出，彰二刚叼上的烟都被吓落在地。

"吓到你了？"智子一边大笑着一边蹲在彰二面前，准备帮他捡起掉下的那支烟。智子可爱的小脑袋就在彰二大腿旁。一瞬间，彰二突然想到了那诗集里的某一节。

智子抬起头来，微笑着和彰二说起了什么，但渐渐地表情却变得严肃起来。

"你怎么啦？"智子一脸惊讶地问道。

彰二或许意识到了自己适才有些猥琐的想象而变得有些不安，他从长椅上站了起来。"小孩子别总是嘲弄大人。"彰二扔了句狠话，头也不回地往散步小路上走去，然后听到背后智子的声音传来："对不起！"追跑的脚步声也随之传来，智子赶了上来，跑到了彰二的身边。

彰二这才注意到智子没有戴着平时料理店的围裙，她穿着水蓝色的吊带裙，搭配着白色的半袖开衫。

智子比彰二走快了两三步，然后倚在靠湖一侧的栏杆上。

"想换换心情的时候,我经常来这里。"智子说着就抬起了双臂,十分舒畅地伸了个懒腰。智子身体的曲线,隔着单薄的衣服,一览无余。

这让彰二担心自己会不由得再以猥琐的目光打量对方,不得已只好站在了智子一旁。

"你能为我读一读这个吗?"智子递给了彰二一张纸。

材质很好的纸被对折着。只是接过来这张纸,彰二觉得那个特别的酸甜气味又要呼之欲出了一般。虽然不想看,但他还是打开了那张纸。

诗歌的形式,用漂亮的字体写在上边。

"这是这个周五的时候,他写的新诗。那天我去见他的时候,他根据当天我们的经历所创作的。我将那记录下来,添到他的诗集里了。盐濑先生拿的那本,能否也帮我把这首新作品眷抄进去呢?绪方哲郎的诗集,现在很畅销呢。不……就算不畅销也没关系。我坚信就算只是很少的人愿意读它,也一定会在能读懂它的人们那里成为令人珍爱的作品的。"

彰二觉得如果自己在这里读起这东西,一定无法抑制住自己。于是说道:"我回去再好好研读可以吗?"说着将那纸重新折起来,放进了自己衣服上的口袋里。然后把目光投向宁静的湖面,故作镇定地问道:"他平时有工作吗?"

智子点了点头。"有时候打些送货的工,有时候在熟人的工厂里帮帮忙。一边从事着体力劳动,一边创作和性有关的诗歌。只是,如果太被束缚的话,就无法投入到创作里,而且安定会使人变得安逸堕落,所以他并没有在一个地方长期工作。我也想让盐濑先生什么时候和他见见呢。"智子自豪的口吻让彰二的心如刀绞一般。他果断地换了个话题。

"你打工的那家店的店名,'chika'有什么含义吗?"

"西班牙语的'女孩'的意思。"

"啊,那么店里墙上挂着的那幅画是暗合店名的意思了,对吗?"

"很漂亮吧?那个是比利时画家保罗·德尔沃①的作品的复制版。叫作'青涩的新娘'。似乎很有名哦。据说我们老板娘很喜欢那幅画。"

"你说的老板娘,会不会就是之前见到的那个啊,有点胖,人看起来挺温和的样子。"

"或许是吧,店是老板娘开的。"

"艺术上的东西,对我来说有些距离感。不是太理解啊……为什么那幅画里,女孩本穿着衣服的,却袒露出胸部呢?"

"太深层的含义,我也不太明白。但你难道不觉得如果她穿戴整齐反倒让人无法忍受吗?"智子口吻轻松地回答道。然后又开始走了起来。

彰二追了过去,问道:"你在那个店里工作很久了吗?"

智子依旧面朝着前方,回答道:"刚好一年了。"

"平时呢?学生吗?说起来,我好像还对你一无所知呢。"

智子在面对这个问题时却只是沉默着继续往前走去。就在彰二刚刚意识到自己可能问到了什么让对方不愿提及的问题的时候,智子却突然回过头来说:"我以前和盐濑先生在同一个地方生活过。"

"同一个地方……"

"精神康复中心。"

彰二停住了脚步。"为什么?当时出了什么事情吗?"

"可能是因为我那时候是一个人的缘故吧。"

---

① 保罗·德尔沃(Paul Delvaux,1897—1994),比利时第二代超现实主义画家。

"一个人?"

智子又把双手放在了栏杆上,目光又投向了宽广的湖面。

彰二走过去,站在了智子的旁边,问道:"到底是怎么一回事?当然不想说的话也不会勉强你,但如果你愿意的话,可否告诉我?"

智子的样子变得有些不知所措起来,反问道:"那盐濑先生能告诉我你为什么会住院吗?"

彰二感到如果自己坦白的话,对方应当也会对自己敞开心扉,就把自己如何因为工作过劳而变得精神紧张,直到自己如何入院的经过全盘告诉了智子。

"那么,到你了哦,你刚才说是因为当时一个人的缘故是什么意思?你家发生了什么变故吗?"

智子轻轻摇了摇头。

"并不是什么大事。也可以说什么地方都常有的故事吧。我小的时候父母就离婚了。爸爸搞婚外恋,还在外边有了孩子。经常听到的剧情吧?但讨厌的是,被发现之后到他们正式离婚之间的每一天,家里都变得动荡无比。两个人不停地争吵,摔东西,却对我视而不见。不管我如何啼哭,他们也不会为我而停止争吵。那个时候,我仿佛并不存在于这个世界一样。"或许是因为内心的创伤早已愈合,智子的声音丝毫没有一丝低沉的感觉。

智子一旦真心敞开心扉谈起这些往事,那些被深埋心底的回忆就宛若宁静的河水一般自然而然地缓缓流出,智子用淡淡的口吻继续说道:"后来,我跟了我妈妈。破碎的家庭,想来总觉得像电视剧里别人的生活,却突然成了自己的现实。我有时哭个不停,有时愤怒不已,有时又怪罪起自己来,一时间,自己的情感变得无所适从。想到组建了别的家庭的父亲就怨恨极了,但又想马上摆脱这种感觉,下定决心和母亲一起创造全新的好生活。但是，事实上离婚之后母亲尚未寻得新欢的日子几乎可以忽略不计。而母亲和那个男人很快就又生了一个孩子。第二年，又生了另一个……这让我感到自己将更加没有存在的空间了。似乎如果没有我，对每一个人的生活都毫无影响。所以，那个时候，我尽量少说话，让自己犹如透明一般地存在着，谁都不会被影响到。结果，高中上了一半我就退学了。母亲不过只是我的监护人，给我住处罢了。我开始一边打工一边去营养师学校学习。因为我想早点儿拥有自己的生活。"

彰二点了点头，一副着急了解下边发生的事情的样子。

智子将原本撑在栏杆上的手轻轻地抬起，托住了自己的下巴，继续说道："在打工的地方和学校交到了一些朋友，但始终感觉并不交心。大家或许都并不喜欢太阴暗和消极的故事吧。一旦想到这些人即使没有认识我，也不会对自己的生活有任何影响这样的想法，就觉得表面上的交往变得十分虚无，整体都变得毫无意义，而且这种感觉与日俱增，但我依然想要改变那个样子的自己。在我一个人独自生活了大约一年之后，打工地方的一个前辈开始追求我。对此虽然十分迷茫，但是最终我还是狠了狠心接受了他的追求。我想自己也不能总是把自己封闭起来，总还是想要感受被人宠爱的感觉。但就在我想对他彻底敞开心扉的时候，我却发现他还有别的女朋友。撞见那个女人的时候，还被对方狠狠地抓了头发……但我却很意外地没有感觉到任何一丝悲伤，只是觉得到底还是如此啊，之后就病倒了。医院给母亲打了电话，我就在内科病房里住了好一段时间。虽然检查不出什么异常，但头晕和呼吸困难症状却一直不见减轻。从那之后一段时间的记忆我都想不太起来了，再有记忆的就是我已经身在这个精神疗养中心的病房里了。"

"那是什么时候的事情？"

"两年前，我十九岁的时候。现在想想，那时候简直是为了找回继续生存下去的自信而接受治疗的啊。"

"这么说你肯定已经找到生活下去的自信了。"

智子冲着彰二十分开心地微笑着，说："多亏了他。转院到了这边之后，通过这个偶然的机会相识的人所给予的力量，使我学会了勇敢地迎着前方生活下去。那力量支撑着我，使我渐渐产生了想要在外边的世界里工作的欲望，而正好此时，我得知了'chika'正在招人的消息。然后我把这个想法告诉了我的主治医师，由他做我的保证人，而'chika'的老板娘也是通情达理的人，我就这样在这里工作了起来。在打工的过程中，我的自信也不断地恢复，半年前我出了院。我的公寓就在我们店的后边，是老板娘老公的房子，疗养中心的工作人员也有几位住在那里。因为当时还有空房，老板娘就租给了我一间，而且房租也很便宜呢。"

彰二点了点头。他感觉此时无论回答什么，都显得不够诚恳。

"啊，鸭子！"

智子指着湖里的某一点喊道。

在距离散步小路二十米左右的平静湖面上，有几只像是鸭子的水鸟划动着水面。

彰二又把视线放回到智子身上，问道："你说让你学会了勇敢面对生活是指，主治医生？"

"不，我男朋友。主治医生也给了我很大的帮助……但，真正让我产生勇气的是绪方哲郎。"智子有些害羞地说道。她用手轻轻抚着铁制的栏杆，接着说："恰巧就是在这附近。我们第一次相遇的时候，当时我救了他的命。"

"啊？"

"他对于如何证明生命是真实存在的，以及存在的本质是什么，想要表达和证明，但找不到合适的方法。他对此苦恼得要死，然后他就走到这边来了。刚好那个时候我也在这附近散步，看着死死盯着湖面的他的侧脸，感到那是如此地忧郁和绝望的面孔。几乎连想都没想，我就主动跟他打了招呼。那之后他说，如果当时没有我叫他的那一声，他可能就跳下湖了。"

智子把身子靠在栏杆上，抬头眺望着那渐渐落入日暮的天空。

"因为遇到了他，我感到自己不再是一个人了。虽然最初可能是我救了他的命，但我也通过他了解到了什么是活着的真正意义。"

彰二把目光从智子身上移开，放空视线，问道："你们准备结婚吗？"

"他说等到诗集大卖了之后就结婚。但是，其实都无所谓的。"

"为什么？"

"我只要能够和他在一起就知足了。和他在一起，我才能切实地感觉到自己在这儿，活着。活在这个世上所能拥有的幸福，通过他我才能感受到。"

彰二的内心有种深重的挫败感涌了上来，这让他不知道该以何言相对。

5

那之后的心理治疗时，彰二带着忧郁的情绪去见了主治医师。

"年纪轻轻的却不好好找个工作，不过是个懒惰的家伙罢了。说什么为了写诗，这必然只能是个借口。这种男人，能给别人带来幸福吗？所谓的诗，只不过是些恶心而低级的东西。那个姑娘不过是被骗了，被玩弄了而已啊。大夫，您或许也认识那个姑娘啊。她以前曾经在这里接受过治疗的。"

主治医生一脸不感兴趣的样子问道："你所说的这位姑娘叫什么？"

"桐岛智子。样子看起来十分可爱，年龄应该是二十一岁。但看起来说是十七八岁也不为过的样子。"

医生摇了摇头，说："我负责的病人大多都是男性。"

"绝对应该让她和那个男人分手。说不定什么时候就会被那个男人背叛，无情地甩了的。然后，她被迫回到原本一个人的世界里，肯定会更加痛苦的。"

"但是，正如您所说的那样，如果您让她和恋人分手的话，那这位女士不是又要回到一个人孤独的世界去了吗？"

彰二一时语塞，但无法抑制内心涌动的情绪。

"像这种事情，还是趁尚未造成大的伤害的时候比较好吧。伤害不太深，重头来过也比较容易一些。不是这样吗？"

"你的心情我能够理解。但是，现在盐濑先生你正是需要安静思考如何恢复自身内心状态，如何更好地回归社会过上正常生活的时候，你的内心还处于有些混乱的状态。你可以做到吗，这段时间尽量少接触那位女性？"

"不是，我内心也没什么混乱的，其实……"彰二感到自己有些语无伦次，索性没有说下去。

第二天，彰二又去了"chika"。听智子说过，周五是她唯一休息的日子，是她约会的日子。果然，店里不见她的身影。

彰二没心思等到智子回来，就早早回了疗养中心。一个和彰二同房间的病友，偷偷带来了许多原本禁止被带入中心的酒精类饮品，彰二向他讨要了一杯白兰地。熄灯之后，彰二连水都没有加，就一口气干了。结果那之后瞪着眼睛，怎么都睡不着了。彰二本来想起身去跟护士要些安眠药来，但总觉得依赖药物入睡似乎有种被什么人打败了的感觉，就忍下了。

结果，彰二一宿未合眼，疲倦席卷他全身每一个角落。拖到了午后，彰二又去了"chika"。

一个女客人坐在最里边的位子上。在女客人旁边，智子正坐在那里。

"欢迎光临。"

智子意识到了彰二走进来，连忙从椅子上站了起来。

彰二选了入门不远处的一张桌子，坐了下来。

智子走了彰二跟前，问道："咖啡？"

彰二点了点头。

智子蹦蹦跳跳地跑开了，随后钻进了吧台里。就在彰二跟随着智子的目光一路扫过去的中途，他意识到那个坐在最里边的女客人正在看着自己。

那女客人看起来似乎二十多岁不到三十的样子。无论发型还是衣着都不张扬，给人一种稳重的感觉。不知道是不是因为双眼的位置稍有些靠上的缘故，那女客人的脸看起来有些凶恶，让人不自觉联想到她或许有着比较孤傲的性格。

此时，智子站在吧台的内侧问道："蛋糕要吗？"

彰二又点了点头。

"还给你之前吃过那个蛋糕好吗？"

"哦。"

彰二的声音像是从喉咙里挤出来似的。只是盯着看智子的动作。

但同时依然感觉到，从店的最里边注视过来的目光。彰二自己看过去，和那女客人的目光不期而遇。彰二觉得有些尴尬，就主动避开了目光。

之后，那女客人什么都没说，突然从椅子上站了起来。径直走向收银台，然后用低沉的声音冲着吧台说了句："请结账。"

智子过来接过了她的钱，然后一边把她送到门口，一边嘱咐道："请一定跟我说说你的感受啊。"那之后，智子把彰二点的咖啡和点心端了过来。

"那个客人很漂亮吧？"智子说道。

彰二装作没有听到的样子，把咖啡端起来喝了一口。但那熟悉的酸甜气味仿佛突然飘来，有一种连咖啡自身的香味都冲淡了的错觉。

智子去收拾了下那女客人的桌子，然后又回到了彰二的面前，说道："那个女客人似乎也注意到了盐濑先生呢，眼睛一眨不眨地盯着先生看呢。"

"你说什么呢。"

"那位客人叫山根美由纪。"

智子说着拉出桌子对面的椅子坐了下来，解释了那女客人的名字是哪几个汉字之后，又说道："我觉得，你们两个还挺般配的哦。"她露出一脸微笑。

"小孩子别总是嘲弄大人。"

"事实上，她每天就在离盐濑先生很近的地方哦。她在疗养中心做行政方面的工作。"

彰二有些吃惊，连忙回头看了看出口，那女客人早已离开了许久。

"这我倒没留意过，本来我就是不太喜欢盯着人家脸看个不停的人。"彰二说道。

"和盐濑先生在谈话角遇到的那个晚上,我就是去找她来着的。听她说还没有男朋友,盐濑先生不试着追一追吗?"

对于智子的话,彰二哼笑着,又端起了杯子喝了口咖啡。咖啡的香味似乎有些恢复了。

彰二的脑海里又闪过了刚才那个女客人的身影。模样不差,似乎品味也不俗,但想到四目相对时那个严厉的目光,彰二就不由得有些厌烦感。

"山根小姐今年三十一岁了。盐濑先生呢?你多大了?"

彰二的手突然停住了。手上的咖啡差点儿没洒出来,他连忙把杯子放了下来。

彰二眼前,智子正歪着脑袋等着彰二的答案。和智子在一起的时候,彰二有时会有种和对方是同时代,至多也不过相差五六岁的错觉。但是,自己其实已经是四十岁的人了。再过几个月,就四十一岁了。

"算了,年龄这种事情。"彰二故意摆出有些生气的口吻说道。他吃了一口覆盆子的蛋糕,但此时吃在嘴里的覆盆子丝毫没有酸甜的口感,反倒有些苦涩。

智子倒也没有表现出什么不悦的样子,她跑回吧台拿了什么又跑了回来。

她递给了彰二一张上品的纸。

"昨天他写给我的新诗,我也给美由纪小姐看了。"

彰二对于读那人的诗已是十分踌躇。

"你知道有什么好的刮胡刀吗?男人的胡须就算很短,也很扎人的。"彰二用想要唤起智子什么回忆一般的腔调嘟囔道。

可当彰二抬起头来,却看到智子在看着窗外,饱满的双唇轻启,或许在想着什么此刻并未在窗外出现的人吧,一脸满足地微笑着。

彰二的目光又落在了手里的纸上,依旧是工整秀美的字体。

那是无法言传的性感哦,
从脚开始一路吻起,
一直到那闪烁着光亮的眼睑为止……
超越我们承受的极限绵长的,
尽情投入的吻。
用舌头深深地进入你。
好家伙!我对此无力抵抗……

彰二越往下读越有一种悲伤的愤怒不断地涌出。他忍无可忍,用唾弃的口吻说道:"可真露骨。"

智子把脸扭了过来,"但是是首很好的诗对吧。把深厚的爱情用隐喻的形式表现出来,讴歌了男女之间存在的意义。你不这样觉得吗?"

彰二摇了摇头。他想尽量离那张写了诗的纸远一些,于是把背靠在了椅子上。

"可能我的确不是能够欣赏艺术世界的人也说不定。但是我个人觉得,这首诗连哪怕一丁点儿的爱情的表现都感觉不到,甚至可以说是完全相反的呀。对于一个人,本该慎重对待、心存感情的,如此重要的性爱问题,他却拿来反复把玩,我觉得这人简直是在耍流氓。结果就是,写诗的人,本质之中的傲慢感和对对方轻浮的想法昭然若揭啊。"

"你什么意思?"智子的表情微妙地变化着。

"这个虽说是写的你,但写成这种感觉,不正是对方对你并没有心存感情的证据吗？表面上或许对你很温柔。但是，从他内心深处对你的情感，却无论如何也无法感觉得到，甚至我觉得他对你十分轻浮。完全无法体会到所谓隐喻了深厚爱情的地方呀。"

说完之后，彰二感到一阵微微的快感涌上心头，产生了一种自己内心不断被点燃的怒火，一瞬间全都释放出去的感觉。

但是，看到智子此刻的表情，他立刻后悔了。她的表情变得剑拔弩张了起来。她背过脸去从椅子上站起，跑到吧台后翻找了一阵，不一会儿又跑回来，把那本《O娘的传说》扔在了彰二面前。

"把我的诗集还给我。"她的声音听起来极其冰冷。

彰二一愣，说："我现在没带在身上。"

"那么，在疗养中心交给美由纪小姐吧。"智子依旧用冰冷的口吻说着，把桌子上那张写着诗的纸拿了回去，眼眶里也闪烁着泪光。

"或许，是我说得有些过头了。"彰二企图缓和一下，但智子沉默着往店的后边走去。

彰二坐在那儿等了一会儿，但智子似乎完全没有再出来的意思。

入口的门这时被推开了，被智子称为老板娘的女人走了进来。她手里拎着两袋子买的东西，看到彰二，说了声欢迎光临，就往吧台方向走去了。彰二打算结账走人、站到收银台前的时候，也是这女人出来应对的，智子最终也没再出现。

6

"肠胃感觉好些了吗？"

彰二这么被搭讪的时候，他已数日未曾再去"chika"了，正一个人在花园里散着步，努力想要消耗掉自己的时间以及忧郁烦躁的情绪。

中庭里种植的梅花，不知道什么时候已经都绽放了。红白相间的颜色，和那些连花蕾都尚未结出的樱花树形成了鲜明对比。在其中的一棵红梅树下，之前在"chika"所遇到过的那个女客人——山根美由纪正站在那里。

彰二从智子那里得知了山根是精神康复中心的职员之后，就留心注意了她在事务室工作时候的样子。在工作的时候，山根总是穿着十分朴素的制服，但现在却穿着红色长袖的休闲装和黑色皮裙，肩上还搭着一个女士提包。此时刚刚过了下午五点，或许是准备下班回家吧。

面对她的搭讪，彰二轻轻地点了个头向她回应了一下，然后朝着她走了过去。

"您是在这里工作的是吧。如果不是别人告诉我，我还真的没注意到呢。"

美由纪点了点头。"是智子小姐告诉您的吗？"

"后来我在事务室也认出您来了，但是不知道是否应该跟您打招呼，也就一直没有说话。"

"我当时在那个店里的时候也感觉您很面熟，但在没向智子小姐打听之前，也完全想不起来。"

"主要我长了一张大众脸啦。"

"不，不，您的表情还是挺丰富的。说起来还真的不太像住在疗养中心的人呢……"

彰二对此不知如何作答。

"您最近似乎都没有去那家店了吧？"美由纪说着，露出了洁白的牙齿。

"听智子小姐说你们好像吵架了,但那之后她似乎很寂寞啊。"
"您和她聊到的吗?"
"我和她是朋友。您不觉得她非常可爱吗?"
"嗯,是的,的确。"
"非常可爱呀。虽然有点过于天真,但即使作为女性的我看起来也有想要抱住她的冲动,作为男性的话能够感受到她的魅力或许是理所当然的吧。"

彰二感觉自己的心思似乎被对方看穿了,说道:"我希望您不要误解。我倒不是因为有什么别的想法才去那个店的呀。"

美由纪对彰二的话有些不解,眼睛不由得眨了几下。

"非常抱歉,我并不是说您怀有什么其他用意,只是因为工作或者人际关系的压力而到这里接受治疗的人们,无论是什么形式,如果能够对外界的人产生兴趣,都是指向康复的好兆头啊。"

"那家店的咖啡很好喝,所以我才会经常去。当然,智子小姐在的话会比较欢乐,但无论怎么说,她还是个孩子呢。还是口无遮拦的年龄,所以我跟她聊天也不会感觉到太累。"

彰二小心地把话说得十分轻松的样子。然后,他装作突然想起了什么似的问道:"对了,我和她为什么吵架……以及她为什么突然感到不高兴的理由,您知道吗?"

美由纪点了点头说:"是因为诗的缘故吗?"
"她说过也问了您关于那些诗的感想之类。"
"是的,我也曾拜读过。"
彰二对美由纪如此坦然处之的态度感到无法理解。
"您觉得如何,读了那些诗之后?"
"觉得如何……"

"不觉得很过分吗？我觉得非常过分呀。那种东西不过是低级的性挑逗罢了。更何况让女性去阅读它，情何以堪哪？"

美由纪脸上浮现出了一些为难的表情来，什么都没有回答。彰二则把对方的沉默当作了认同，继续说道："你说他为什么非得写那么下流猥琐的东西呢？不，或者说为什么能干出如此过分的事的男人居然可以和那个姑娘恋爱，我是百思不得其解。您怎么觉得呢？您不是她的朋友吗？"

"但是……其实不也是挺不错的诗歌吗？就诗歌本身来说的话。"

美由纪想要避开彰二的气势，说道。

彰二感到有些意外，说："你是说那些东西？你喜欢那种东西？那种猥琐的？"

美由纪的表情有些不悦。"也不是说喜欢啊，但是那些诗歌其实是魏尔伦①所写的。"

"那是什么？"

"魏尔伦是一个法国诗人。"

"法国的……诗人吗？"

"在法国，从古时候开始诗人们就秘密地创作描写奔放的性主题的诗歌。在同好之中互相流传是当时的一种风气。"

"不是说这个，你的意思是智子所交往的男人，在抄袭别人的作品吗？"

这个叫作魏尔伦的诗人，彰二并不是很了解，但的确也曾在什么地方听到过。他的情绪立刻高涨了起来，又接着说："请告诉我，这些是魏尔伦的什么诗歌？在什么地方能够查到？"

---

①魏尔伦(Paul-Marie Veriaine, 1844—1896)，法国诗人。

"为什么呢，非要如此……"

"那姑娘对此并不知情吧，那不是被人骗了吗？根据每次两个人的经历所创作出的新作品什么的，这男人算是个什么东西！我要让他露出真面目来！"

美由纪有些困惑的样子。"怎么办呢。不小心把这件事情说出来了……拜托了，千万不要告诉她。"

"你说什么呢，你不是她的朋友吗？你就眼睁睁看着她被人骗了而闷不做声吗？为什么不把一切都告诉她，让她和那人分手呢？"

"我不能这么做。那样的事情……"

"为什么，难道有什么特别的缘由吗？"

美由纪低着头，没有回答。彰二质问她道："不过是个装模作样的浑蛋罢了，但智子小姐对此毫不知情，每周相会，却都被暗中利用。身为朋友的你，对整件事情都一清二楚，却置之不理，真是太过分了。你打算干什么？如果你不打算告诉她的话，那么，我现在就去把事情真相都告诉她。"

"不要！请不要告诉她这些。"

"所以说，为什么，到底是为什么不能说？"

美由纪像是想要逃开一样蜷缩着身子，"因为，根本就没有……"

彰二不明白美由纪的话，死死地瞪着对方。她又马上改口道："不，对她来说是有的……"

"你说的到底是什么意思？"

"啊，难道我真的不得不跟你说了吗……"美由纪捂着自己的嘴说道。彰二瞪了她一眼。

"拜托你了，千万不要跟智子小姐聊起魏尔伦的事情。"美由纪又说道。

"你说的有、没有的是什么?"

"你能保证不告诉她吗?"

"不,我绝不能放任她被人欺骗。"

"但是,并没有。"

"所谓我问那是说的什么?"

美由纪稍稍迟疑了一下,说道:"她的恋人并不存在。"

彰二以为自己听错了,又用疑问的眼神看了看她。

美由纪似乎下定了决心似的把肩头松了下来,说:"智子小姐所说的恋人,在我们这个世界是不存在的。"

"就是说,是她捏造的谎言?"

"并不能说是谎言。她自己深信着那个叫作绪方哲郎的人是存在的。"

"那么……也就是说是她的幻觉了?"

"这不是三言两语就能说清楚的。"

"但是,在现实中并不存在对吧?"

"在我们所相信的时间和空间里,是的,但在她相信的现实世界里却是存在着的。"

"完全听不懂啊。如果是这样的话,那是不是就是说她还有什么病?我之前也听她说她也住到这个疗养中心里过。"

"是的,不过她现在已经出院了。"

"但是,把没有的东西当作在现实中存在的,这个并不能算是正常吧?"

"主治医生不久前才给了她正式的出院许可。总之,请你一定要保证,不会把现在所说的事情告诉她。求你了。"

说完,美由纪为自己不得不强求他人的样子和自己的轻率感到有些羞愧，急急忙忙地离开了。

周四，彰二的主治医生因为参加学术会议，这天的心理治疗取消了。彰二就利用这个时间又去了"chika"。正当他在店门前踌躇于该不该进去的时候，店门却被推开了。

"欢迎光临。"智子一脸明媚的笑容冲他说道。她稍稍低下了头，接着说："之前非常抱歉，我只顾着硬把自己的看法抛给你。"

说完，她拉起彰二的手腕，几乎拉着他进了店内。

店里坐着几个客人，彰二心里有事，就在收银台前停住了脚步。"其实我也不对，说得有些过头了。抱歉啊。"他轻轻地点了个头就算是表示歉意了。之后，彰二盯着智子看着，又问："对了，你男友叫什么来着？"

"你先喝杯咖啡再问也行嘛。"

"很着急啦，你男友的名字叫什么来着？"

"干吗问这个？"

"我想去书店找找看。他的诗集。"

智子怪怪地笑了起来。"还没出版呢。还没有集结成册，社会上还没人追捧一个叫作绪方哲郎的人呢。稍微在面对社会眼光上成熟一点的话，自然就一定会对他的文字有所需求了。"

"现在，他多大来着？"

"二十四岁，十月八号生日。"

"老家呢，是哪里人？"

"北海道的旭川。"

"现在在哪儿住？"

"中野，不是跟你说过的嘛。从车站过去二十分钟左右的一间公寓。"

"地址呢？"

"中野区沼袋……问这个干吗？"

"身高呢？有多高？"

"一米七五左右吧，喂，干吗问这些呀？"

"不是……他也说过想要见见我，而且我也想知道能写出那样的诗集的青年是个什么样的人物。"

"对于他来说，和别人交流会给他带来一些创作上的刺激，他也很高兴能够和盐濑先生见面呀。"

"真的，能见到吗？"

"我问问他什么时候合适。明天不是周五吗，刚好我要跟他见面。"

"几点？写诗的话，时间不是很不规律吗？"

"他一般都是在深夜创作，所以上午一般都在睡觉，基本上我们都是中午开始才会见面。"

智子对彰二的问题对答如流，态度也十分自然。

"真的存在吗？"彰二忍不住确认道。

"存在？你是指什么？"智子歪着脑袋看着彰二，一脸不解。

第二天，彰二在武藏大和站悄悄等着。他坐在车站前的饮茶店里打发着时间，过了中午十二点，智子果然出现了。她穿着蓝色的连衣裙，上边套着一个白色的薄夹克。

彰二小心着不被智子发现，和她一起上了同一辆电车。西武多摩湖线出了国分寺之后，又换乘了中央线。彰二从隔壁车厢望过去，发现智子挺直腰板儿坐在那里，似乎在冥想着什么，始终闭着眼睛。

车内到达中野站的广播响起的同时，智子睁开了眼睛。她安静地从座位上站起来，下了电车。尽管从彰二所坐的地方并不能看得太清楚，但是依然能够感觉到智子的表情和往常比起来失去了一些活泼的神采。连动作也不如往常那么充满活力，整个人都被一种忧郁低沉的气息包围着。

出了车站，智子走进了站前的公园里，然后在一个长椅那儿坐了下来。彰二在不远处的树荫下悄悄地观察着她。智子双手放在膝上，双眼看着远方，不知道是不是一个人在自言自语地说着什么，能看到她的嘴唇微微地动着。

在长椅上坐了将近一个小时之后，智子站了起来，朝着商店街的方向走去。似乎是想要充分享受散步的乐趣似的，慢悠悠地走着。她在一家饮茶店前停了下来，从窗户往店里看了足足有五分钟，然后又扭头去了药妆店和小服装店，但是逛了一圈却什么都没有买。从服装店出来，她又去了旧书店挑了半天的书。从商店街逛完之后，她就径直朝着中野的住宅区走去了。

在越过西武新宿线的铁路轨道之后，智子往左拐了个弯儿，朝着一条小路走去。小路快要走到头的时候，一栋看起来有些荒凉破旧的公寓就显露了出来。她走到了一楼最内侧的某个房间前，从夹克的口袋里掏出了一把钥匙，进了那个房间。

彰二小心翼翼地走到那个房间前，既没有发现铭牌，屋子看起来也不像是有人生活的样子。

彰二又折回到外边的道路，绕着那公寓转了一圈。那是个木制的两层公寓，上下两层各四个独立的房间。公寓和围墙之间有一个狭窄的间隔，所以人绕到公寓后边去也是没有问题的。

屋后的围墙正对着电车线。不算太高的水泥砖墙的对面就是布满石子的夯台，上边就是供电车行驶的铁轨。彰二沿着那条缝隙往前走，就走到了智子所在的房间后面。

窗户上并没有窗帘。虽然此时忧郁的阳光所反射的光线让他有些看不太清，但看得出房间大概有六叠大小，看不到什么家具，可以说只是个空空如也的房子，也看不出任何有人生活在这里的痕迹。在房间的角落里，似乎有人躺在那里。彰二把脑袋探了过去，偷偷地趴在窗户上看了看。

躺在那里的是智子。不知道是不是睡着了，眼睛紧闭着。手交叉放在胸口上，彰二换了数个位置观察，也都没有发现智子之外其他人的痕迹。

飞驰的列车突然从彰二身后不远处呼啸而过。一阵强风打在他的后背上，窗户都被震动得沙沙作响。

彰二把手放在了窗户上，忍受着强风和噪声的侵扰。而与此同时，屋子里的智子却依然没有要起来的意思。那之后，依然会有不时飞驰而过的电车带起的阵阵强风，但彰二却在那里一直守候着智子。

终于，等到日暮西沉，智子才慢慢地坐了起来。一直保持着极不自在姿势的彰二此时腿已经麻了，看到智子起来，只得动作僵硬地慌忙躲了起来。

智子表现出了要离开那屋子的样子。过了一会儿，彰二也绕回到了公寓前。

智子沿着来时的路又朝着车站的方向走去。彰二又保持着距离，跟在了她的后边。智子买了车票进了站，上了乘客相对较少的每站皆停的慢车。坐到了位子上之后，又如同冥想一般地闭上了眼睛。

一直到国分寺之前，智子都纹丝不动地坐着，直到国分寺站到站的广播响起，她才又睁开了眼睛。在旁边车厢里一直观察着的彰二，发现智子的样子恢复了一丝平日里在"chika"所见到的那种生气。

智子蹦蹦跳跳地从电车下去，然后又换乘了西武线。虽然换乘之后的车内有许多空位，但智子只是站着，边轻轻地晃动着身体边哼着歌。那之后，她在武藏大和站下了车，一路小跑地出了车站。

彰二望着智子朝"chika"而去的身影，突然感到自己身体深处涌上一股无法言表的疲惫，不由得瘫坐在了路边。

7

智子的脸颊有些涨红起来。

"约会很开心呀。"她说。

第二天的周六，彰二专门找了店里比较清闲的时段去了"chika"。他问了智子关于约会的事情，智子毫不隐瞒地回答了他。

"我们约好了在车站见面。在饮茶店里，我点了杯橙汁，虽然还是大白天，哲郎就要了啤酒喝。那之后，我去看了衣服，在药妆店看了看化妆品。哲郎则在二手书书店看了他最爱的中野中也的书。"她开心地说着，不时还会发出笑声。

"当然有些事情也不太好告诉你……回到公寓之后，他一直在聊他的诗的事情，而我呢，则一直在说我工作的事儿……对了，我还说到盐濑先生了呢。"

彰二尽量让自己不表现出什么异样的表情来，问道："他怎么看我这个人？"

"当然是想见见你了啊。"

"他是说想见见我这个人吗？"

"是的。他说会读《O娘的传说》的人，倒是有点像老头子了。

抱歉啊，他这人说话有点毒舌。"

"什么时候能够见到他？"

"他说让我问问盐濑先生的时间。"

"我什么时候都可以呀。"

"那么，下次见他的时候我会再问问他的。"

"这样的话，那你下次约会的时候我跟你一起去。"

智子大大地摇着脑袋，说道："那样的话，哲郎会吓一跳的。他是个醋坛子，如果不先跟他打个招呼的话，他会误解的，到时候就完了。"

"他还……醋坛子？"彰二本还想再问些问题，但是此时有客人进来，智子从他身边离开去招呼客人了。那之后，客人有增无减，那天始终再没找到能够和她聊上话的机会。

周日的时候，彰二去了东大和市的中央图书馆，把魏尔伦的诗集都看了一遍。

耗费了半天的工夫，彰二才在涩泽龙彦所翻译的《女与男》的那本诗集里找到了和智子拿来的手工诗集里的内容相同的诗来。

第二天，彰二在中庭叫住了准备下班回家的山根美由纪。

"她……桐岛智子小姐，明显精神还有问题啊，怎么会让她出院了呢？"

彰二把自己尾随智子的所见所闻都告诉了美由纪。

对此美由纪十分吃惊，在彰二快要说完的时候，美由纪一脸毅然地问道："这有什么问题吗？"

这么一来，轮到彰二大吃一惊了。

"你什么都知道？比如说，那个在中野的公寓的事情。"

"是的。"

"难道说那个是你的房子?"

"那是她自己在住院前就租住的房子。出院之后,也一直租着。她本是觉得让恋人自己拿钱租住,但是实际上应该是从她打工的账户里每月扣除的。"

"所以说这不是问题吗?"

"什么问题?"

被美由纪这么一问,彰二一时还真不知如何回答。

"比如说吧,她说脑海里的那个恋人,对我产生了嫉妒。"

美由纪轻轻地叹了口气。

"她不是在那个店里工作得不错吗?在这里每两周一次的心理治疗她也都按时参加了。那家店后边她所住的公寓,我也偶尔拜访过。打扫的比我的房间都要干净整洁,自己做饭,也比我要好上许多啊。"

"虽然这么说,但是产生了幻觉总是问题吧。"

"生活之中,总有些地方有什么瑕疵的。"

"她所爱的恋人并不存在,这才是真正的瑕疵啊。"

可没想到听了这话的美由纪只是耸了耸肩,脸上露出了彰二也应当如此认为的笑容,然后说道:"不论是谁,脑海里不都是有一个理想的恋人吗?哪怕是相爱的恋人们或是夫妇,自己的脑海里也会有一个只在梦中相会,也许是什么明星或者演员,或者只是自己所幻想出来的这么一个情人,只在心中与其深深相恋的这么一个人,不是吗?"

"她已经把幻想中的人物当成了现实,和一般情况不一样吧?"

"那么,我是站在你的面前吗?"

"理所当然在啊。"

美由纪歪了歪脑袋。"真是这样的吗？说不定，我也只不过是您大脑的一个幻觉。只不过您的大脑中某个特定的区域，认为我这个人站在这里，然后将此信息传达给您大脑的另一个特定的区域，这就使您认定我这么个人现在站在这个地方。相反，如果您的大脑因为某种原因不认定我这个人在这里的话……或者因为什么原因接受信息的那个特定区域没有接收到大脑认定我存在的信息的话，对于您来说，我就是不存在的。不管我如何表达我这个人是存在的，但只要您的大脑不这么认定的话，至少对于您来说，我这个人就是不存在的了。"

"就算我不认可，您自己如果觉得您是存在的话，您就是存在的嘛。"

"如果是这样的话，即使您不承认，那么智子小姐自己觉得那个恋人是存在的话，他不就是存在的吗？不是这样的吗？"

"这完全是诡辩！"

"因为大脑中的某些障碍，有些连自己的家人都不认识的病人也不在少数。其中相当一部分人会说做了一些根本没有发生的事情，而有些人也会认定一些本不存在的事物是存在的。大脑所认定的存在实际上是否存在，其实有很多并无法去确认清楚。事实上'存在'一词本身也可能就没有什么意义也说不定。即使大脑没有障碍的人们，也可能因为一些刺激或者精神上的压力，心理产生一些不正常，从而对他人或者存在的事物产生模糊不定的想法和感受。继而编造出自己能够接受的过去或者家人的故事，然后在那个编造的故事的影响下生活着。"

彰二因为联想到了自己也曾有过类似的经历，就变得更加生气了。

"正是因为如此，所以才需要有现在这么个地方存在啊，因此她也有必要接受治疗啊。"

"对她而言，可以说正是因为她认为自己拥有这么一个恋人才恢复到现在这个程度的。以前，她陷入忧郁状态无法自拔，会如何发展都是很难说的。主治医生认为如果真的到了下一个阶段的话，她自己应当会选择的。"

"下个阶段？"

"消除虚幻恋人的可能性。如果不等到她自己去如此选择，而着急告诉她那是虚幻的话，她可能会发生什么不好的事情……现在她身上的热情、健康可能都会消失也说不定。您现在似乎深深被她吸引了，这也正是因为她认为自己拥有了一个理想的恋人，才会使她有如此大的魅力。"

"如果拥有恋人能够使她往好的方向发展的话，那也不是一种幻想，而应该是一个实际存在的才是啊。所谓真实存在就是是否拥有真实的肉体，一个实际拥有自己身体的人才是真实存在的！"

美由纪无奈地摇了摇头。

"算我求你了，千万不要去做那些让智子小姐产生混乱的事情，那样的话她就太可怜了。"

彰二还想顶回去些什么话，但是想到说什么也无济于事，一把推开了美由纪，气冲冲地从那儿离开了。

彰二接连几天都去了"chika"，智子每次都笑脸相迎。

"下次我们一起去看电影吧，演唱会也行，或者出去吃个饭也行啊。"彰二企图制造一次可以和智子谈话的机会。

但智子并不太喜欢看电影，对于人多而混乱的地方也不太喜欢。

"我想见你呀。"彰二不假思索地说出傻傻的话，对方却只是笑笑说道："现在不是每天都见到了吗？"

"我想让你好好记住我。"

"讨厌啦,我又不会认错人什么的。"

"不是那种一般意义上的呀。比如说,你的恋人在你心中什么地方存在着吧?"

"什么特别的地方吧。"

"那么能不能把我也放在那里呢。"

"不要。我们又不是恋人这种关系。"

然后彰二又试图约智子在周五见面。

"我要约会的嘛。"说完她就从彰二面前离开了。

彰二在本来应接受心理治疗的日子里,也跑出来和智子见面。

傍晚,彰二回到精神康复中心之后,就被主治医师给叫去诊查室了。

主治医师脸上露出从未有过的严肃表情,责问他为什么没有按时参加心理治疗。看彰二也没有什么回答,主治医师就看了看彰二的外出记录。

"最近你经常出去呀,直到傍晚才回来的情况也时有发生。有什么特别的理由吗?"

"也没什么特别的理由……"

彰二的目光停留在窗户那儿。

"不是去见什么人吗?"彰二感觉到了医生的口吻和往常不太一样。他想了下,问道:"您是听山根小姐说的?"

主治医师没有回答,只是轻轻地叹了口气,说道:"你能好好保护桐岛智子小姐吗?"

彰二从椅子上探出身子来,说:"原来如此,您果然是知道了。"

主治医师轻轻地点了点头。

"太着急谋求智子小姐的改变是很危险的事。"

"就是说，她还不是很正常啊。"

"不，正常这个概念在精神科医生之间还存在争议。你跟她说什么了？"

彰二简单地把自己从第一次见到智子到现在的情况跟医生说了一遍，连从智子那儿听到的自己如何成长的经历也一并告诉了医生。

"那些诗到底是谁写的？"他问道。

"大概，是她在忘我状态下所作的吧。先是从魏尔伦的诗集里摘抄下来，然后当成恋人所作，并深信是新创作的诗。"

"难道这不是妄想症吗？"

"更接近多重人格的症状吧。大脑微细的创伤或者神经错乱，都会造成这样的症状出现，有数个作为致病原因的可能性，无法单纯去判断是什么原因造成的。"

"对此，大夫您是如何考虑的呢？"

"什么如何考虑？"

"就是说，您不觉得应该告诉她真实的情况吗？"

"请等一等。既然你也从本人那里听说了她的情况，那我就直说了……她在还需要浓厚情感的年龄时，就遭遇了父母的离异。父亲和其他女性发生婚外恋并生了孩子是婚姻破裂的主要原因。那之后母亲也马上再婚，再婚后也很快有了新的孩子。在当时进行心理治疗的时候，也谈到了她也有撞见过母亲和继父之间性行为的可能性。她可能从幼小的时候就把性当作一种会威胁到自己生存空间的邪恶事物而厌恶起来。但是，自身作为女性的身体，却背叛了她这一认识，在青春期之后，随着生理上的成熟，也自然会形成欲望。由于强烈的孤独感产生了热烈渴望温暖的期待，同时又十分恐惧被他人背叛，她就将自己封闭了起来。无论她性意识的一面也好，孤独的一面也好，都分裂成了两种人格。面对这样的自己，一定是非常痛苦的吧。为了保护那样的自己，或者说为了从那种强烈的孤独感中逃脱出来，她就从内心深处创造了这样一个不断地讲述性场面的恋人出来吧。当然，正如我之前所说的那样，造成这样的情况的原因并非如此单纯。大脑的物理性损伤的可能性也不得不考虑进去。但只是从她的成长经历和环境的角度去分析的话……这个经过长时间在她内心形成的故事，如果你一下子将其颠覆，恐怕不是上策。的确，在我们所认同的世界里，她的恋人并不存在。但是，如果她的内心中那个恋人是存在的话……那么，也是她自己的真实，既是一种现实的体现吧。"

"山根小姐也提了这个说法，但是我无法接受。"

"智子小姐自身也在一点点地朝着开始怀疑她的恋人是否存在的方向变化着，你也可以这么去看待这个事情。证据就是你。"

"我？"

"她不是把诗集给你看了吗？除了精神康复中心的工作人员之外，她这么做还是第一次，或许是出自想要让自己恋人的形象更加牢固的无意识的行为。她渴望别的人认同她恋人的存在，想要给自己内心所捏造的这个故事找到支撑的力量，也可以这么去理解她的这种行为的。"

听了医生的解释，彰二的内心产生了一个疑问。他带着小小的期待，问道："如果是这样的话，那么为什么是我？为什么她会选择了我呢？"

医生歪了歪脑袋，想了一下说道："这个我就不太清楚了。大概……只是偶然吧。"

医生轻松脱口而出的话,却深深地刺痛了彰二的心。

偶然……只是碰巧遇到了一个手里拿着本《O娘的传说》的中年男人而已的意思吗?

"关于她,我们想要长时间保持对她动向的观察,请不要对她有任何强迫性的接触,拜托了。"

医生弯着腰所拜托的话,此刻对于彰二来说也变得模糊而无心听从了。

8

星期五,彰二偷偷地把同屋的岩崎的摄像机拿了出来,赶往武藏大和站去了。途中,多摩湖畔的樱花树也在他不经意之间迎来了怒放的时节,广袤的丘陵一带,都被桃红色的樱花所渲染。

但是彰二却无心欣赏美景,脚步匆忙地走到了通往车站的路上。

智子穿着粉红色的迷你裙,白色衬衫外边套着一个淡灰色的夹克出现了。和之前一样,她上了中央线的电车,依然坐在那里冥思一般地紧闭双眼。到了中野站的同时,她睁开了眼睛。表情也与之前相似,看起来十分忧郁。

智子出了车站之后,又去公园坐了一个小时左右,起身后依旧去商店街在饮茶店张望了一阵,然后在商店街里悠闲地走了好一会儿。

彰二把她的这些所作所为都用摄像机拍了下来。虽然不是休息日,商店街也有很多人,彰二小心地把摄像机握在手里,屏幕也是除了偶尔确认下是否一直关闭着,一路录下来倒也没被人发现。

智子又穿过了铁路左边拐进了那条小路，往上次的那个公寓走去。彰二在公寓前的土路上徘徊了一会儿，拍到了智子一个人打开房门走进去的影像。彰二等了三十分钟，智子也没有出来的迹象。为了确认，他又绕到了房子后边。

　　从后边走到智子房间的位置，然后趴在窗户上确认了一下。智子依然是一个人躺在榻榻米上。彰二把录像机放在窗户那儿对准屋子，想要拍摄下智子一个人的整个过程。

　　就像电视或者电影一样，摄像机的屏幕上拍摄着智子一个人躺在那儿的样子。

　　彰二不再观察室内，而是通过摄像机的屏幕看着智子。

　　有些黑暗的屋子里，只能模糊地看到智子的胸口随着呼吸规则地上下起伏着。她的头在微微地颤动，双手交叉在一起，手指在有节奏地动着。她的腿曲放着，翻了个身。

　　彰二感觉自己就像在做什么不可思议的梦。

　　列车又在身后呼啸而过。他仿佛从梦中醒来一般抬起了头。玻璃窗上映射着的自己的脸也随着震动微微颤抖着。他关上了摄像机，绕回到了屋子前面。

　　他敲了敲智子房间的门。没人回应。但门并没有上锁，他打开了房门，轻手轻脚地走了进去。

　　一进门就是一个十分狭小的厨房，旁边就是厕所。他把自己沾满了泥土的皮鞋脱在了智子的帆布鞋旁，走进了房间里。

　　智子依然闭着眼睛。在她头边，放着一张正在使用的白纸和一本破旧的笔记本。

　　彰二小心地伸手过去把那本子拿过来打开。和他在图书馆借阅时看到的一样，正是魏尔伦的诗集的内容，在那本子里被誊抄了许多页。原来智子很久之前就把魏尔伦的诗集誊抄在了这本子上,然后每次从中选取一首或者两首,写到那些白纸上。她完成了这个活动,就躺下睡了。

彰二把摄像机放在了榻榻米上,然后跪在了智子的脸旁。看着她熟睡的平静的脸庞,彰二心中除了满是爱意之外,还有一些怜惜之情从内心涌出。

但是,当他把视线往下看去的时候,发现她白色的胸衣完全暴露在外边,可以窥视到她浑圆的胸部。粉红色的短裙被撩了起来,内裤也有一些露了出来。完全是正在等待着恋人亲近的姿态。

外边又一辆电车开了过去。窗户又开始颤抖了起来。

彰二艰难地克制住自己的欲望。"智子!"他喊道。

他把手放在了智子的肩膀上,那温暖的体温让他有想要触摸那柔软的胸部的冲动。在那种渴望触碰对方柔软肌肤冲动的驱使下,他握着智子肩膀的双手更加用力了。

智子摇了摇头。

彰二慌张地连忙松开了手,继续喊着:"智子!智子!"

智子的嘴唇微微张开了一点,模糊地挤出了几个字"……哲郎",然后睁开了眼睛。

不知道是不是还没有完全清醒,她的视线依然是模糊而无法清楚地观察的样子。即使如此,那被泪水湿润了的眼睛却还是深情地看着彰二。"哲郎……你还在我身边呢。"

那声音听起来十分开心,说完她就突然地坐起身来,一把抱住了彰二。彰二还没来得及把对方推开,智子温润的双唇就贴到了他的嘴边。

彰二接受了智子柔软的双唇,他感到身体内有一团火燃烧了起来。他不假思索地把双手绕到了智子的身后，紧紧地抱住了她。

彰二贴着智子的嘴唇，把舌头伸进了对方的嘴里。手在背后解开了智子的胸衣，抚摸着她的肌肤。她的身体因兴奋而散发的温热和她肌肤吹弹可破的触感，让彰二不由得从嘴里发出了一声叹息般的声音。

智子却突然像是受到了什么惊吓，身体僵住了，随后一把把彰二推开了。

"哲郎？"智子的表情显得十分惊讶。眼神似乎恢复了点生气，视线也变得清晰了起来。她认出了彰二的样子，眼睛瞪大了看着他，"……盐濑先生。"

智子脸上的表情接着变得十分困惑，又猛地推了彰二一把。她屈蜷起自己的身体，用手按着自己刚刚热烈亲吻对方的双唇，然后又意识到了自己被解开了胸衣，连忙把衣服盖好，用近乎悲鸣的声音喊道："为什么？"

彰二也一时找不出合适的话来，索性照实说道："我跟着你到了这里。"

"为什么……你要这样？"她说着抬头看了看四周，表情愈加变得不安起来，"哲郎呢……他在哪儿？"

彰二实在无法再抑制住自己内心的想法了，没好气地说道："根本没有哲郎。"

智子似乎完全没有听到彰二的话，说道："盐濑先生，他是很爱吃醋的男人，如果让他看到你在这里的话，会对你发火的。求你了，你快点走吧。"

"别再说了！根本没有这么一个男人呀。绪方哲郎这么个人，压根儿就不存在于这个世界上。"

"你说什么呢。"

"这都是你的妄想啊。都不过只是幻觉罢了。"

"请不要胡说!"

"真的!我有证据。"

"那你拿出来啊。"

"你看看这个。"

彰二把摄像机的带子倒了回去。播放了之后,彰二把画面对向智子,摄影的画面上出现了智子的身影,从车站开始拍摄的,整个过程都只有她一个人的影像。

"我从站前一直拍到这里。公园也好,饮茶店也好,服装店、旧书店都是一样,一直就只有你一个人在啊。不光是这次,上次我也跟着你来过一次,那次你的旁边也没有任何人啊。"

智子一动不动地盯着那画面好一会儿。然后她抬起头来,双目怒视着彰二问:"为什么?为什么你要干这么过分的事情?!"

"过分……的事情?"

"你是故意挑了哲郎不在我身边的时候,专门拍下了我一个人的镜头吧。你为什么,要说这么过分的谎话来骗我?"

"这不是谎话。这是能编造出来的吗?你……只是在梦中才见得到他。他不是真实的。他只存在于你的梦中呀。"

彰二握住了智子的手。她想把手挣脱开,却被彰二更紧紧地拉了过来。

"你明白了吧。他只是存在于你的幻觉之中,他是不能像这样握着你的手的。怎么样,温暖吧。你能感到这种温情吧?"

"住手,放开我。我刚才还和他在一起呢,我一直都能感受到他的温情。"

"不是！幻觉根本无法给人带来温暖，也不可能给你任何温情。能够抚慰你的，可以温暖你的，都只有现实中存在的人！"

彰二被智子的话和她的抵抗所刺激，他抓起智子的手按在腰部，紧紧地抱住了她。

"感觉到了吧，这才是真正的温暖。"

"住手，求你了，被他看到的话他会发火而去的……"

彰二强行地把智子的脸托上来，然后吻了过去。智子马上就把脸扭到了一边，彰二只得贴在对方的耳边。

"让他走吧。从你心里把他赶出去。取而代之的是……"

彰二像是要把自己的存在塞给对方似的，把智子压倒在了榻榻米上。

"他会生气的，生气了他就离我而去了。"

智子满脸的泪水，声音也近乎哀求般的悲鸣。

彰二的内心愈加波动了起来，他用尽全身的力气，进入了她的身体。

"让那个家伙滚。给我滚！取而代之的是，在你的内心里，在你内心的那个特别的地方里，把我放进去吧……"

彰二反复地说着，把智子的衣服都扒了下来。

"他会走的呀……"

彰二在哭诉着的智子身上，用指甲抓出了几道血痕。

身体被包裹着的温热，让彰二明白他确实获得了智子，同时自己也的确在智子身上留下了存在的印记。

智子像个婴儿一样蜷缩着身子，好一会儿都一动不动。虽然她也睁着眼睛，却好像什么都看不到的样子。

彰二有些担心，不停地呼喊着她，小心翼翼地把手放在了她的肩膀上。"智子，智子……没事吧？"

她的身体突然微微颤抖，终于抬起头来。但是目光毫无神采。彰二盯着她的脸说："来，穿好衣服，我送你回去。"

彰二拿出自己的手帕将智子的身体和榻榻米上的污垢清理了一下，将智子的内裤递给了她。

智子完全就像一个孩子那样，听从着指挥，穿上内裤，整好自己的衣服。

彰二将摄像机装进了自己的夹克口袋里，然后抓起智子的手，离开了公寓。智子完全走不动。如果没人搀扶着的话，说不定她会马上倒在那里。

这个样子很难想象什么时候才能走到车站，走到大路上的时候彰二就拦下了辆出租车。虽然目的地很远，出租车司机倒也没说什么。

智子整个人都陷在座位里，眼睛微微张着，却什么都不说。

彰二偶尔跟她搭话，但她也基本上只是发出点什么声音，偶尔点点头。

过了武藏大和站，到了"chika"的附近，彰二叫停了出租车。身上的钱勉强够了车费。彰二自己先下了车，然后拉着智子，几乎是把她抱下了车。

不知道是不是智子恢复了一些，即使没人搀扶她也开始能自己站立着不会倒下了。看到了"chika"，她就脱开了彰二的手，朝着"chika"走去。

彰二连忙又把她的手抓住，

"你真的没事吗？"

智子半天才把头扭了过来，呆滞地点了点头。

彰二变得更加不安起来，盯着智子的眼睛问："智子，我……我是谁，你真的还记得吗？"

智子盯着他看了好一会儿。"……盐濑先生。"那声音听起来就像要消失了一般。

"盐濑，什么？"

"盐濑，彰二。"

"在你的心里，我存在着吗？"

智子回答有。

"盐濑彰二这个人，在你的心里哦。"

智子点了点头。

"那我是以什么姿态存在着呢？"

智子歪了歪脑袋，没理解他的话。

"是作为无法替代的人，存在于你的内心吗？我这个人，在你内心那个特别的地方吗？"

智子听完，仿佛开始窥视起自己的大脑一般，眼神空洞。

"在呀……在那个特别的地方呢。"

出乎意料，智子很清楚地回答道。

彰二抱住了她。智子也没有抵抗，手臂里那个完全没有力气的身体紧紧地贴着他。彰二还想更深地感受一下自己在智子心里的存在感，他又把自己的脸贴在智子的脸上。彰二从她的体温上获取了一些安宁。

放开智子之后，智子又朝着"chika"走去。走到店门口，她准备拉开门。那一瞬间，彰二又有些不安起来，喊了一声她的名字。

智子扭过头来，看着彰二，嘴角浮起了一点笑容。

他觉得，智子是真的接受了……他的存在。就这一瞬，彰二感到自己内心深处那些空荡荡的地方充实了起来。

智子消失在了那扇门后。

没事的,彰二自言自语地说道。智子一定会好起来的,而且自己也会再修复好和她的关系。租个房子,一起生活,互相搀扶着走下去……

回到精神康复中心,彰二把摄像机里的录像带取了出来,和那本诗集一起扔进了中心后边的焚烧炉里。

那天晚上,虽然他感到身体很疲惫,但是心情却异常兴奋,没能马上入睡。

总算是迷迷糊糊地要睡着的时候,在他的梦境和现实就要交接的瞬间,却听到了警铃的刺耳声响。

9

盐濑,你这是干的什么啊,稍微注意点儿啊……

彰二被年轻的上司训斥了一顿,却也只是装装样子地低下了头。

那之后,彰二也没有再看对方,而是盯着办公室里放着的起重车的零件发呆。他其实也没犯什么大错,只是单纯地在交货时间到了时,还没有完成一部分的修理工作。

康复之后,彰二被免去了管理职务,被调动到了修理研发部门。

当初,彰二屡次被委任去完成建设机械上动作存在问题的相关研究,或者提出设计方案等重任。但是,慢慢地这些工作也都不再委派给他了。因为不管多么重要的工作,只要到了下班时间,彰二都会按时回家。

从疗养中心出院已经过去一年左右了。

虽然按说对于颜色、气味的感觉都算是恢复了,但是彰二依旧感觉自己未曾恢复,每天在公司和公寓之间来回着度过每一天。

工作结束之后,他回到公寓,在邮箱前看上一眼……一天之中,只有这一瞬间会让他感觉到一丝紧张感。但他所期盼的信件,依然还没有寄来。

一个人在房间里,吃了在便利店买来的便当,简单洗个澡,再写上一封注定石沉大海的信之后,他就按时上了床。熟睡也许久没有造访过他了。那个困扰着他的总在现实与梦境分界的时候响起的警笛声,也依然存在着……

四月中旬的时候,他拖着睡眠不足的身体坐上每天都会坐的电车时,抬头看到电车中间悬挂的广告,发现作为观赏樱花的推荐地点,广告中介绍了多摩湖的那个自然公园。

那天的傍晚,彰二回到公寓的时候,发现邮箱里多了一封信。

第二天,彰二给公司打电话请了个病假,就朝着多摩湖的方向出发了。

上次从武藏大和站下车,已是一年前的事情了。随着他爬上那山坡的脚步,被樱花所渲染的丘陵一带的风景,慢慢地在彰二的眼前展现开来。

许多樱花已经飘散落地了。淡色的樱花花瓣被风吹起,吹雪一般飞扬的姿态,即使远远望去也依然是魅力非凡的。

他昨天给精神康复中心打了电话。

到约定的时间还有些时间,彰二去"chika"门前转了一圈。透过玻璃窗,他往店内看了看。一个头发染成金黄色的青年身上穿着围裙,正在给一个上了些年纪的客人端水过去。

那之后,彰二又漫步到了多摩湖畔。

覆盖了大半湖面的樱花花瓣,被水鸟静静地划开了一道裂缝。但水波终又将花瓣带过来,湖面慢慢又恢复了被樱花色覆盖的样子。彰二一边看着这样的景色,一边打发时间。

下午三点,彰二站在了红色水塔前。附近种植着山桂花,和樱花一样到了飘落的时候,自己曾看着它们联想到了白色肌肤的记忆,只剩下些许残存于脑海。

十分钟之后,山根美由纪出现了。她在精神康复中心的制服外套了一件水蓝色的薄开衫。

"您的回信,非常感谢。"

彰二轻轻鞠了一躬。

"这是最后一次了。"

美由纪把一沓绑在一起的信笺递给了彰二,那是彰二这一年以来不断寄给她的信。

"我只是想知道智子的……她的情况。我猜想,她大概是到了中心去了吧。"

"请别再说了。"美由纪直接打断了彰二的解释。

"当然,我知道我没资格来。"彰二低下了头。他从口袋里掏出昨天寄到的美由纪的回信,"她现在是住在康复中心了吧,智子她……"

"我不想让你随便见到她,也不想让你又开始对她穷追不舍。我只是写了你站在远处,看一眼就好。"

"我知道……她好吗?"

美由纪没有马上回答。彰二又问了一遍之后,她轻轻地叹了口气,就把目光看向了那条从取水塔开始沿着大坝而建的散步道。

"最近，在我这个时间休息的时候，和我一起出来散步是她的课程之一。"

彰二一边回应着美由纪的话，一边也朝着同样的方向看了过去。

虽然还有些远，但是能够看到一个年轻的女孩儿在散步道上朝着这边走来。

那是智子，样子丝毫没有变。她穿着彰二见过的那件印着黄水仙花纹的黄色连衣裙，轻手轻脚地在散步道上走着。

她突然停住了脚步，轻松地看着湖面。伸了伸腰，做了个深呼吸。

"行了吧？"美由纪冷冷地说道。

彰二回头看了看对方向："不能说说话吗？就说几句话。"

美由纪摇了摇头。

"这是约定。到此为止，请不要再靠近她了。"

彰二又看向了远处的智子，清风正轻轻吹着她的头发。彰二抑制住自己想要和智子说话的欲望，然后对着美由纪问出了自己最想问的问题："如果是这样的话，那我只问一件事。智子她……还记得我吗？"

美由纪只是盯着彰二看着，没有马上回答他。然后深深地闭了下眼睛，又把视线转向远处的智子，"她十分痛苦，在两个男人之间。"

"两个男人？"

"一年前，当时我看你那么性急的样子，就有些担心了。我担心你突然向智子要求得太多，会让她发生什么不好的事情……那天晚上，我去了智子在"chika"后面的那间公寓。当时，她正蹲在那个房间的一个角落里，表情十分痛苦，满脸的泪水。我就问她发生了什么事情。但她就只是一个劲儿地摇头，什么都不说。在我的一直追问下……她才慢慢挤出了几个字,说不知道该选哪个才好。我又问是说的谁的事情,她就说了绪方哲郎和盐濑彰二两个名字出来。"

美由纪把头扭了过来,面对她严厉的目光,彰二不由得低下了头。

"那天,你和智子姑娘之间发生了什么,我不知道。但是,那个周五的晚上,在她的心里,除了绪方哲郎,还有一个你。而且,你的存在已经和那个绪方哲郎变得一样重要了。我想大概,在她内心的那个特别的地方里,有了两个恋人吧。我也听到她自言自语地说不想像爸爸妈妈那样。或许这也让她联想到了自己离了婚的父母的事情,增加了她内心的罪恶感吧。因此她为了逃避这种痛苦……或者说为了惩罚她自己……她最终选择了试图用火焚毁自己。"

"恰好那个时候你在,真的是……"

彰二不自觉地感叹道。

美由纪夹杂着一丝怒火轻哼了一声。

"从一般医院里接受治疗到转到这边进行康复治疗之间要很长的时间。而且,到了她能够和普通人说话的时候,原本心里存在的两个男人变成了一个。那是内心的防御作用下无意识的选择,把一个男人的记忆给抹去了。"

听了这话,彰二刚刚抑制住的内心又被拨乱了。

"剩下的那个是谁?"

美由纪冰冷的表情依旧没有任何变化。

"不是你。"

彰二听着宣判一般的话,祈求似的盯着对方。但看不出对方有任何说谎的样子。

美由纪像是想要结束这次谈话似的,往前走了几步,说:"不管怎样,请保持和她之间的距离。她好不容易又恢复到了往日的开朗和活泼。照这么下去，她应该很快就能回"chika"打工了吧。"

自己到底还是不该来，彰二想道。此刻，他既哭不出来，也无法转身离开，在他呆呆地左右不是的时候，耳边突然传来了爽快的欢笑声。不知什么时候，智子已经走到了很近的地方。

智子正在抚摸着一只散步途中的金毛犬。那狗显得很高兴，来回地在智子身上磨蹭着。智子一边笑着，一边又有些担心金毛舔自己的脸。在她来回地扭动着自己的身体时，她那残留于左手和脖子上的火伤的伤痕，就连从彰二那里看过去也能看得很清楚。

一年前的那个夜晚，在美由纪和智子谈话时，智子突然发作了，一股脑冲到厨房的炉子那儿，把手伸到了火里。虽然美由纪慌忙地制止了她，但火还是烧到了她的衣服上，费了好一番工夫才把火完全扑灭。半个月后，彰二就像恰好被"赶走"一般出了院。

彰二感觉自己的双腿都没了力气，一屁股瘫坐在了山桂花树旁的空地上。

美由纪连头都没有回，就安静地从那里走开了。

"美由纪姐姐——"那熟悉的爽朗的声音，在彰二的耳边响起。在距离他十五米远的地方，智子朝着美由纪身边飞奔而来。

"他又写了新诗了呢！"智子从裙子的口袋里掏出了一张叠着的纸，哗啦哗啦地晃着说道。

"他又把我写在诗里了。"

智子挽起美由纪的胳膊，往彰二瘫坐着的山桂花旁走来。

"彰二一定会成为很厉害的诗人的！"智子脱口而出。

彰二简直觉得自己听错了。

"总有那么一天呀，天才诗人，盐濑彰二的名字会成为文学史的又一座丰碑。美由纪姐姐不觉得吗？"

"……是呀。"

美由纪回答道。只是一瞬,她看了一眼不远处瘫坐在地上的彰二。

彰二不假思索地站了起来。从树荫下走出来,站到了就要走过去的智子旁边。

智子也注意到了他,就从正面上下打量了他一番。

美由纪用眼神提醒彰二不要说话。彰二却对她的眼神熟视无睹,打算要和智子搭讪。

下个瞬间,智子却自己先点了点头。

彰二却变得有些心虚,一时什么都没能说出口。

但智子的表情却没有任何变化。那感觉看上去只是偶尔看到了一个陌生人,出于礼貌打个招呼的样子。然后就像什么都没发生一样,又笑着把头扭向了美由纪。

"然后呢,彰二想要邀请我一起去旅行呢。"

或许是因为美由纪没有马上搭话,智子歪着脑袋一脸奇怪地看着彰二,问道:"美由纪姐姐,你认识他?"

"不,陌生人。"

美由纪回答道。

智子安心了似的点了点头。

"然后呢,彰二想要去宫泽贤治的故乡看看。在岩手县的花卷。不住一晚的话估计是不行的。你说,大夫会让我去吗?"

"是呀,等你再好些吧。"

"为什么呀?我完全好了呀。"

说着,智子像孩子似的晃着美由纪的胳膊。

彰二站在那里完全僵住了,只能眼睁睁地看着智子远去。

渐渐地,她的身影还是远去了,只剩下那连衣裙残留的淡淡的黄色的光。最终，连那光也消失在了视线里。

智子那温柔细腻的内心里，并无法完全地消去任何一方，她或许把以前的幻觉中的躯壳原封未动，只是保留了盐濑彰二的名字，创造了一个新的恋人出来吧……

正如美由纪所说的那样，在她的心里，留下来的并不是他这个盐濑彰二。至少，不是彰二自己所坚信的这个现实中的他。

直到日暮西沉，彰二都屈蜷着身子躲在山桂花树下。樱花的花瓣被风吹落着，在他的脚边聚积了起来。

一朵山桂花的花瓣突然裂开，其中一瓣恰巧落在了他的肩头。彰二仿佛被人催促了似的立马站起身来，就朝着车站走去，直接上了电车。

车站内十分拥挤。在人群中拥挤着往前走，好不容易才勉强挤上了车。

就在彰二的面前，不知道什么人展开了一份报纸，正对着彰二的那面有一张赤裸着的女人照片。高耸的胸部，舔着嘴唇，投射着极富挑逗的眼神。

他突然就像腰背上没了气力，整个人滑倒下去。

周围的感觉变得越来越远。他又回到了一个人的世界里。在只有一个人的世界里，思念着智子。他突然捂起脸号啕大哭起来。

安稳的香味

1

被折起的伞尖上，不断滴下的雨滴，在地面上扩散开来。

在铺着地板的地面上，安静的水痕不断地扩张着。像拥有意识的生灵，仿佛正在朝着什么形状生长着一般，奥村香苗正在静静地守候着它。

水痕扩散到三十厘米左右的时候就停下了。香苗让伞歪着，水滴再次开始滴下去，水痕朝着更远的地方继续扩散起来。

香苗觉得自己内心深处也有着什么正在不断扩散着的错觉。她刚想乞求让这心中不断扩散的东西无限地伸展下去的时候，就发现自己脚下的皮鞋已经踩进了扩散过来的水痕里。

这是在东京的JR中央线，三鹰站的车站里。她为了既能够看到出站口，又不会碍事才选择站在这里的。站内绝不狭小，但随着下午的交通高峰的到来，因为人流不断增加的缘故，人群和她站的地方的距离越来越小。

她想要到更角落的地方待着而后退了几步。突然感到背后撞到了什么坚硬的物体，她本能一般地连忙点头。本是想向对方表示歉意，但道歉的话还没出口，自己的声音就被淹没了。

对方什么话都没说。香苗回头看去，才发现是一个上端装着镜子的垃圾箱。那个镜子十分老旧，把四周的景物映照得混浊不清。而正中映照着的，正是香苗自己的样子。

至肩的长发，因为很少打理的缘故，显得零乱而毫无生气。虽然双眼皮让她的眼睛显得很大，但鼻子却像一颗丸子一样圆乎乎的，所以经常被人认为她是从小就被溺爱的那种女生。现在，有时候她甚至完全不化妆，脸上的雀斑一览无余，全身上下都是土里土气的样子。茶色的短袖连衣裙，外边套着深紫色的毛线开衫，脚上套着高中生常穿的白色长袜。这样的打扮，与其说土气，更应该说是有着与二十九岁的实际年龄不符的幼稚感。

香苗把视线从镜前移开，背过身站在了垃圾桶的边上。

在确认了不会影响来往人群的通行之后，她将打湿了的透明伞立在了墙边，胸前抱着青色的尚未使用的伞。

不知是不是又有一列电车到了站，忽然人群拥上了站台。

下班归来的人群，逐一通过检票口，自然地分为左右两股向两边而去。然后人群逐渐地减少，直到稀稀散散的程度。但很快又会有另一群人拥上站台，在香苗的眼前匆忙地通过。

她感到了一阵突袭而来的寒意。

抬头看了看车站里的时钟，快要到六点半了。感觉好像只不过等了半个小时，实际上却已经在这里过去了一个半小时了。虽然说已经是五月下旬了，下午开始下起的冷雨，却给人猝不及防的寒冷感。

她把抱在怀里的青色雨伞也放到了墙边，用嘴往手心里哈起了热气，然后又从裙子上方沿着大腿不停地揉了起来。

弓着身子的香苗眼前突然出现了一个几乎撞到她的红色影子，那身影飞快地跑了过去。

红色影子在出站口前停住了，来回张望着出站的人群，然后突然就看到了香苗。三条编在一起的辫子来回地跳动着，这是一个身上穿着红色短连衣裙的十岁左右的女孩，右手拿着一把淋湿了的黄色雨伞，同时左胳膊上还挂着一把大人才会用的黑色大伞。

女孩似乎是想在身材高大的男人中寻找她想要寻找的人。而过往的女人和年轻人，女孩连看都不看一眼，只有当下班归来的男人们出现在站台的时候，她才伸直了腰板儿，前后左右地仔细观察个遍。

大概过了十分钟之后，女孩突然停了下来。她站直了身子，拿着伞的双手自然地放在胸前，看起来就像是要把此刻的喜悦都塞到体内去一样。

女孩的面前站着一个戴着眼镜看起来十分有文化的男人，四十岁左右的样子，看着女孩，脸上露出了微笑。

女孩轻轻地张开了嘴，周围嘈杂的声音瞬间消失，按说那女孩的声音完全不可能传到香苗这边，可香苗却清晰地听到那个女孩用热情而清澈的声音说道："爸爸，你回来了！"

男人拉起了女孩的手，仿佛是为了躲避人群而向香苗这边走了过来。女孩递给他那把黑色的雨伞，男人接了过来，然后摸了摸女孩的头。

看着一脸自豪的女孩的笑容，连香苗都感觉开心了起来。但是，微笑的快感很快就变回了痛苦，心里仿佛被踩躏一般地绞痛。

正在此时，自动售货机那边突然传来了很大的声响。回头看去，香苗眼前看到的是一个穿得破破烂烂，头发和脸都脏兮兮的老妇人。老妇人正在从打翻在地上的纸袋子边捡着什么。仔细看去，原来是从纸袋里滚出了四五个苹果。

苹果滚得到处都是，周围的人们纷纷抬脚避开，其中刚好有一个滚到了香苗的附近。

香苗有些不知所措。但看着老妇人可怜无助的样子，她再也没法保持冷漠了，便向前几步，弯下腰来。几乎就要抓住的时候，苹果又往前滚走了。

对于自己笨手笨脚的样子,香苗厌恶得几乎要哭出来。又往前走了几步,想要再抓住那只苹果。

"你别捡了!"

香苗听到了一个严厉的声音。

视线之前,是那个身着红色裙子的女孩,手里拿着捡起的其他的苹果。

"你把苹果都弄脏了。"

那个似乎是父亲的男人走了过来,拉住了女孩的手。女孩突然害怕般地向后躲着,把手里的苹果给扔了。男人沉默地拉着女孩的手,往北侧的出站口走了过去。

香苗握着捡到的苹果,站了起来。原本被女孩捡起的苹果,被过往匆忙经过的行人们踢来踢去,不停地在湿漉的站台上滚动着。老妇人似乎也死了心,嘴里不知道自言自语地说着什么,然后就消失在了人群之中。

不知道站在那里过了多久,在与无数人擦肩之后,香苗才意识到自己正站在人来人往的通道上。

总之要先回到刚才站的地方,她径直往后走去。

正当她快要走到垃圾箱那儿的时候,两个浑身湿漉漉的高中生打扮的人先她一步到了垃圾箱旁。他们的目光停留在了垃圾箱旁放着的两把伞上。

"哦,真走运!这儿不是有把伞嘛!"其中一个说道。

"这是谁放在这儿的吧?"另一个说。

第一个说话的人想了想,说:"谁忘这儿了吧?反正有两把呢,借用他一把!"他说完把那把还没用过的青色雨伞拿了起来。

香苗就站在五六米外的地方。她张开嘴想说:喂!那是我的伞!

虽然知道该这么说，但张开的嘴里却什么声音都没能发出来。她甚至连动都没动，就看着两个高中生小跑着离开了。除了无力地目送他们消失，什么都没做成。

直到他们彻底消失在远处，香苗的身体才又动了起来。刚刚喘不过气的感觉也消失了，呼吸顺畅了许多。她深呼了口气，回到了垃圾箱的旁边。

剩下的那把透明雨伞倒在了地上。她强忍着哭出来的冲动，想去捡那把伞。但右手里还拿着苹果，只能用左手捡了起来。回到垃圾箱前边，她想把手里的苹果给扔了。像做了什么错事一样，她把苹果放在了垃圾箱上边。

深吸了一口气，香苗感到空气中雨的气味更浓厚了。突然，她感到身后有人正走过来。

镜子中映出了一个身穿深蓝色牛仔裤和绿色套头衫的瘦弱年轻人，他正朝这边走来。

年轻人的脸看起来也十分消瘦，薄薄的眼皮下有着一双炯炯有神的眼睛，给人十分聪明的感觉，而紧锁的眉间透露出一丝忧郁，却给人一种神经质的感觉。他今年二十八岁，比香苗小一岁。或许是留着的长发和眉毛浓厚的缘故吧，和香苗一样看起来比实际年龄要小。

香苗转过身来，说："你回来了！"

"你来接我了？"秋叶茂树的声音听起来并不怎么亲切。

"我想着早上，小茂没拿伞出门，而且雨也越下越大……"

"哦，不过，我本来想淋着回去也没事。"茂树似乎故意克制自己的感情说道。说完他看到香苗手里只拿着一把伞，又问道："你就拿来了一把？"

香苗低下了头。

茂树轻轻地出了口气,但仍然被香苗觉察到了。香苗瞬间就感到自己从额头到脸颊都红了起来。

"你肯定觉得我是个没用的家伙吧?"香苗说。

"啊,不。"茂树不清不楚地回答道。这却更刺激了香苗的情绪。

"你肯定这么想了。心想这个没用的女人,真不靠谱。说是来接我,为什么不拿两把雨伞来。"香苗用力地握着那把透明的雨伞,不自觉地把手都弄得生疼。然后她接着说道:"其实我拿来了两把的,但是却只剩下了一把。说得也是,我的确是没用的家伙。"

茂树轻轻地把手放在了香苗的肩上。

"别碰我!"即使是如此轻轻地触碰肩头,也给香苗一种被责怪的感觉,让她再也无法克制住自己反抗的情绪。

"你自己又怎么样呢?"香苗看着地板上的积水,扔出了这句话。积水的表面映射着屋顶荧光灯的光线,微微地晃动着。香苗盯着那颤抖的光线,又问道:"你,自己,在公司做得如何?做得很好吗?"

茂树没有回应,一动不动。不知道谁的脚踩过了那片积水,那细微的波动瞬间就蔓延开来,然后又慢慢地恢复了平静。

而香苗的情绪也慢慢地恢复了平静。可自己刚刚说过的话,却又从那水底慢慢浮出水面,在香苗的眼前闪过。

怎么样呢?做得很好吗?结果呢?成果呢?

香苗突然意识到了什么,慌张地用手捂住了自己的嘴,抬起头来的时候,发现茂树的表情完全扭曲了。

茂树避开了她的眼神,朝着北边的出口大步走了过去。

"对不起……"

香苗嘴里道着歉,连忙追了过去。

茂树几乎是推开了那些站在楼梯下等雨停的人们挤了出去，跑到了雨中。

香苗也跟着挤过人群，跑到了雨中。

手里拿着伞的事情完全被忘记了。香苗把雨伞紧紧地抱在胸前，跑着追上了茂树，但没有叫住他。

茂树的头发和身上的衣服已经被淋透了。香苗也同样被雨水淋透，紧紧地跟在他身后。

"对不起，对不起嘛。"香苗不停地重复着道歉的话，依然一步不离地跟着茂树。

香苗换上了胭脂色的休闲便装，打开了房间的窗户。

从外边扑面而来湿润的气味，但雨已经停了。香苗把自己的连衣裙和开衫，还有茂树的衣服都挂在窗外狭窄的雨搭下横着的晾衣绳上。

他们住在距离刚才的车站步行刚好二十分钟的二层木制住宅里，房子后边面朝着一座古旧墓地。两个人的卧室刚好在房子一楼西侧的角落，窗外就是那块墓地高高围起的墙，整日不见阳光。

外边大门上边插着两张并列的厚纸，厚纸上用黑马克笔写着"奥村香苗"和"秋叶茂树"的字样。

房间由六叠大小的卧室和一叠半左右的厨房组成，还有独立的洋式厕所。房租每月三万五千块。如果条件再差一点，或者距离东京都中心再远一点的话，也还是能够找到更便宜一些的房子的。但是他们两个人现在的情况是，既不能忍受厕所公用之类的条件，而且从工作单位和医院的位置上来考虑的话，搬到三鹰站之外其他的地方也不太可能。

房间里有一台电视机和一个电视柜，一个放小东西和餐具的柜子，还有二手店买的单门冰箱和一看就知道是便宜货的微波炉。

两个人加在一起也不算多的衣服都收拾在墙柜的上边。有裂痕的墙上没有任何装饰物，只挂着一个挂历。现在，挂历翻在五月和六月的位置。

六月一号的位置被他们两个用红笔给圈了起来。挂历旁边有一张用黑色马克笔写着"还有五天"字样的报告用纸，用图钉牢牢地固定在那儿。

香苗把窗户关上，从柜子上拿出了一张新的报告纸和马克笔，在电视柜前跪下，然后每一个字都十分用力地在那张纸上写下了"还有四天"几个字。写完她才深深地呼出了一口气，又把手里的纸检查了检查。

"嗯，就这样吧。"她自言自语道。然后把墙上那张写着"还有五天"的纸换下来，用图钉钉好。

回到电视柜前，她看了一眼茂树。换上了深绿色休闲便装的茂树坐在对面，正在看电视。

香苗一边把手里的旧报告纸握成团，然后又展开来，一边说："只剩下四天了，就别吵架了好吗？"说着眼泪就涌了上来，声音也跟着哽咽了起来。

电视里正在放映的似乎是搞笑综艺节目，节目嘉宾们近乎做作地大声欢笑着。尽管如此，茂树却没有一丝笑容。

香苗和茂树始终保持着各自端坐在电视柜两边的状态。

"真不去洗个澡吗？不怕感冒吗？"香苗又问道。

茂树依然没有出声。沉默了一会儿，香苗渐渐有些焦躁起来，说道："干吗嘛，小茂你刚才不也叹了声气吗，对着我的脸，失望地叹了声气,对吧?"

然后把手里团着的纸故意不瞄准茂树扔了过去。纸团滚了滚,在他的脚前停了下来。

茂树突然站了起来,看都没看香苗一眼,就到门口去了。香苗吓了一跳。

"你怎么了?我马上就去做饭。"

茂树依然沉默着,又穿上了淋湿的帆布鞋。

"讨厌!"香苗的声音近乎尖叫一般。她站起来,跑到茂树的身后,嘶喊道:"只剩下四天了!半年的时间里,一直努力走到了今天不是吗?现在你却打算离开,真讨厌啊!"

茂树停了下来。用右拳不断地敲打着自己的大腿,这是他压制自己内心的愤怒和痛苦的时候才有的习惯。

"外边,透透气。"他断断续续地说道,就摔门而去。

香苗追了过去,把门打开微细的缝隙。

茂树站在公寓前的路上,反复地深呼吸着。过了一会儿,他却仿佛身陷于此情此景之中,似乎正在入迷地盯着那几朵勉强生长在路边少得可怜的泥土中的黄色酢浆草花。然后,他用手指轻轻地弹下花瓣上的一滴水珠。

香苗静静地关上了门,回了房间。

香苗从书架上拿下那本用绳子将数册笔记本固定起来的日记本,然后跪在电视柜前,翻开了日记。

日记从第一页开始就被细小的字写得密密麻麻,两种字体交替出现是因为香苗和茂树每隔一天交换书写的原因。日记已经写了将近一百八十页。

香苗扫了一遍茂树头天写下来的日记,然后就全神贯注于旁边的空白页上了。她捏着圆珠笔，写下了开头"五月二十八日，香苗"。然后考虑了一会儿，写道："对不起，真的对不起。我真的不太正常，绝对不该说出口的话，我却轻易对你说了出来。请原谅我。

"在车站等茂树的时候，我遇到了点不开心的事情。

"我遇到了我自己……别担心，我不是疯了。当然，我说的不是真的自己，我说的是一个跟我很像的小女孩儿。穿着红色的连衣裙，梳着三个编起来的辫子，那个孩子的嘴巴也非常刁钻。"

2

香苗的父亲在一家大型纤维公司工作，母亲年轻的时候也在同一家公司工作。两个人结婚之后两年，母亲生下了香苗。三年后生了妹妹，又过了一年生下了弟弟。

和周围年龄相仿的孩子比起来，香苗更早学会开口说话。香苗自己当然对此毫无记忆，但这让香苗父母十分开心，不停地让香苗学更多的词语，身为教师的外祖父更是劝说干脆让香苗从小时候就开始学英语好了。结果，香苗从两岁就学起了英语。当时，香苗在大人面前唱起英文歌来，大人们就一起拍着手，争先恐后地表扬香苗："真了不起啊，小香苗真是能说会道呢。"

香苗当时真是乐坏了。

那之后，甚至在双亲的朋友们或者其他亲戚面前，也总拉来小香苗表演说英语。而当面对父亲的上司或者亲友的结婚典礼之类的场合，双亲总会交代小香苗说："千万别说错了啊，不然就丢人了。"

香苗在骄傲于获得大人们的称赞的同时，对自己如果失败了就可能会失去他们的信任而心存恐惧。她时常担心自己就算这次说得很好,下次难保不会说错。

妹妹出生之后,香苗觉得父母把爱都转移给了妹妹。香苗开始对抗利用哭闹吸引父母注意的妹妹,自己则满地打滚地撒娇,但总是遭到母亲"你都是姐姐了"之类的训斥。

那之后,香苗渐渐地学会克制自己的撒娇,不只是英语,也在过早开始的习字和钢琴班的学习上暗暗地努力着。结果,不断得到"真是能说会道呢,果然是当了姐姐的孩子啊"之类的赞扬。

因为香苗的祖父去世了,只剩下祖母一个人生活的缘故,香苗全家就从自己的房子搬去了父亲的老家。那是香苗六岁时的事情。

父亲出差海外的时候很多,而母亲又和祖母不太合得来。拉扯着三个幼子,处境艰难。香苗看到如此状态下的母亲,时常会关心地问母亲:"妈妈,你没事吧?"然后也渐渐地会对母亲说:"我去买东西吧?我来帮忙打扫卫生吧?"帮助母亲照料起家务来。

母亲和祖母争吵的时候,香苗就算是想和其他小朋友去玩,也会刻意留下到祖母的身边玩耍,用她自己的方式努力让两人的关系缓和下来。

成绩上,每个学科不是"5分"[①]就是"4分"。她不仅文静,而且很自立很有责任心,在行动方面也获得了大人们很高的评价。

弟弟和妹妹却和香苗完全不同,常常被双亲和祖母批评爱撒娇,也常常和大人顶嘴。

"好好跟你姐姐学学!"就算父母或者祖母这样训斥他们,他们也充耳不闻,渐渐地大人们也只好接受了这个现实。

[①]日本小学成绩实行五分制。最高分为五分,最低分为一分。

香苗觉得弟弟妹妹那样撒娇的表现十分令人羞耻，甚至觉得那是相当不好的事情。香苗觉得自己绝不会让大人们操心，不断地表现着自己作为长女的姿态。

大概是小学五年级的时候，香苗发现自己在班里犹如透明了一般。虽然并不是被谁欺负，但同班同学们都觉得香苗和自己不太一样，觉得香苗是"好学生"，所以自然就产生了距离感。休息时间或者放学之后，很少有人会邀请香苗一起玩耍，但凡和香苗搭讪说话，无非都是因为些要拜托她所负责的事情。

等到了六年级，香苗开始偶尔出现头痛的毛病。她默默忍耐了将近一个月，然后实在扛不住才告诉了自己的母亲。母亲虽然当时就把手放到了香苗的额头上，然后却只说了句"也没发烧啊"，就打发了事，说完就去忙别的了。此时的母亲，正为照顾弟弟妹妹而忙得不可开交，同时和祖母的摩擦也依然毫无缓和。因此，香苗就再也没说什么了。

头痛的症状依然严重，又忍耐了一段时间，但是无法承受的痛楚让香苗不得不再次告诉了母亲。这次母亲倒是拿出了温度计给她量体温，结果体温基本属于正常值。母亲就有些怀疑香苗是在装病罢了。

"你不是因为学了更难的知识，所以有些懈怠了吧。你要振作点呀！"母亲说道。

等到快要到夏天的时候，香苗的头痛总算是慢慢减轻了。但是变得对什么都无法集中精神，一学期下来，香苗的成绩有三门课都只得了个"3"，和同在一所小学上学的弟弟妹妹的成绩放在一起也只是普通水平。对此，母亲失望极了，对香苗说："也就交代了你这么一件事情……"连父亲都拿着成绩单轻轻地敲着香苗的头训斥道：

"你可得给下边两个做个榜样啊!"

这之后的那个学期,香苗在集中精力上下了不少苦功夫。一学期下来,原本落后的科目都迎头赶上了。香苗欢天喜地地从学校回来,看到弟弟妹妹的成绩单发现他们依然毫无起色,便教训起来他们,说:"你们也得多下点劲儿才行嘛!"结果,一边的母亲却训斥起香苗:"你也别太得意了!"

上了中学之后,香苗都一直保持着好成绩。倒不是为了父母,香苗已经变得如果不获得好成绩自己都无法原谅自己了。

高二的时候,有次香苗无意间被女同学摸到了自己的胸部,然后对方用调戏的口吻说道:"没想到还挺大的嘛!"

这件事让香苗觉得自己简直是个怪物。刚开始她还只是减少食量来减肥,之后就从杂志上学会了让自己催吐。结果一年就瘦了超过五公斤,可家人对此却毫未发觉。

香苗就这样患着厌食症上了大学。香苗自己并没有在未来想做什么的梦想,只是班主任向香苗的双亲保证她的成绩足够能够进入全国知名的女子大学,而双亲对此十分开心。因此香苗也就自然而然地觉得应该按照他们所希望的道路前进下去。

在往返家与大学之间的日子里,除了渐渐地习惯了一旦有了烦恼的事情就会不停地呕吐之外,香苗安然地度过了平淡的大学时光。

大学期间,香苗加入了童话研究的兴趣小组,认识了一些朋友,也开始有人向自己诉说内心的痛苦,而香苗自己的痛苦却依然悬而未决。因为她深信,如果自己敞开心扉,一定会被对方厌恶。

直到毕业,也没有找到一个能称得上男朋友的异性,毕业后就找到了份在大型银行的工作。

与此同时,妹妹声称想要当设计师,进了所和服装相关的专门学校。而弟弟还想再玩几年，就继续上了大学。

在香苗二十五岁的时候，一个很喜欢她认真性格的上司给她介绍了个男友，结婚的话题也随之而来了。对方还是个有雄厚资产的家族的孩子，这也让香苗父母很开心。看到他们开心的样子，香苗很快就答应了。

但和香苗结婚的对象是个不太自立的男人，生活上都是一直依赖着父母过活的状态。婚后又时常受到盛气凌人的婆婆打压，香苗因此压力倍增，过食呕吐的症状又严重了许多。香苗去厕所呕吐的时候又被婆婆看到了，婆婆也因此期待起香苗怀上孩子来，结果检查显示香苗并没有怀孕。婆婆为此责怪她说："你是装的啊？"

但香苗呕吐的频率却愈演愈烈，连来串门的丈夫的姐姐都发现了。结果香苗就被怀疑是不是有什么心病，但是她却又没有什么可解释的理由，一气之下就谈到了离婚。而最关键的丈夫，却如同谈论别人的事情一样笑着说："什么啊，刚开始挑的时候你们也不看好再说。"完全看不出有要反抗父母主导的离婚意见的样子。

香苗因为生病而惨遭离婚的事情，连她自己的父母都显得无法接受。

母亲似乎感觉连自己教育孩子的方法都被人否定，怒气冲天，用责怪的口气问香苗道："你这么优秀的孩子，怎么会这样呢？"

香苗那段时间待在自己的娘家，无所事事地过了一段时间。

有天，香苗看着镜子里的自己，突然觉得自己的样子十分丑陋，冲动之下将镜子砸了个粉碎。然后用手继续对镜子碎片敲个不停，结果手被割伤了数处。治好伤之后，在医生的劝说下，香苗去接受了心理治疗。

半年之后，祖母因为脑出血而去世。

刚好此时，妹妹也开始进入了谈婚论嫁的阶段。一个知道香苗接受心理治疗的亲戚，在香苗祖母丧礼守夜的时候尽管座位就在香苗旁边，却对香苗的父母问道："她老祖母恐怕也就放心不下香苗吧？话说你们家二姑娘结婚的事情，对方知道香苗的情况吗？"

香苗的父母只好故作没听到。

那之后，香苗写下了"如果这个家没有自己存在，大家都会很幸福的吧"的话就离家出走了。

半天之后，深夜一个人光着脚走在街上的香苗被警察发现而保护了起来。

香苗原来就诊的心理医生介绍她去了一家能够住院的精神治疗医院，而事实上香苗自己也心甘情愿地入院接受治疗。

等到病情稳定了下来之后，香苗就去找医院院长，同时也是自己的主治医师探讨自己未来的打算。

院长是个五十多岁的胖胖的男人，干枯的头发几乎留到了齐肩的长度。面色总有些红润，时常发出爽朗的笑声。总爱说些不怎么好笑的笑话，让人几乎产生这人是不是喝多了的错觉，但事实上他滴酒不沾。平日里在医院他的笑声总是不绝于耳，让香苗觉得和自己印象中医生的形象有些不符，但因为如此反而让她觉得比较容易沟通。

被院长问起了今后生活上的打算，香苗回答道："我总是给家人和亲戚添麻烦，我根本不够好。我也看不到什么以后的希望。"

院长听着香苗的话，小声嘟囔着什么，然后脸上浮起了柔和的笑容，说："但是呢，要是说什么添麻烦之类的，其实不都是互相给对方添麻烦的吗？"院长说话的口吻极其温柔。香苗不解话中含义，只是看了看院长。

"不，我不是责怪你的父母或者家人，也不是说可以肆无忌惮地给别人添麻烦哦，只是这世上并没有完美的父母和家人。虽然每个人都很努力地想要做好，但是总会出现点什么误会或者差错的吧。责怪对方也好，担心给对方带来麻烦也好，首先得承认问题存在本身，这个才是最重要的。当事人就算没有恶意，也可能会伤害别人，或者自己也可能会受到更大的伤害。你也好，你的家人也好，首先都并不特殊，我现在所说的事情也是普遍存在的现象。你的病与其说是生病了，不如说是内心的一种疲惫，这样说更为准确。但这真的是你一个人的责任吗？而这又是你咬个牙就能独自解决的问题吗？拿喝酒来说，有人能喝，有人不能喝对吧？我觉得面对压力，人也有强悍和不强悍之分吧。不能喝酒的人没那个量，你非要灌他，结果会如何？喝倒了难道要怪这个不能喝的人吗？那么，不能喝酒的人尽量避开喝酒的场合，和能够理解自己的人一起过甜蜜的生活算是一种错误吗？避开强大的压力，和自己喜欢的人一起，一点点地消除压力，重新去寻找新的生活意义难道不行吗？"

然后院长问了香苗出院之后的住址。

结果香苗却反问道："那么……我不回娘家也可以吗？"

"当然没有问题啊，如果你想要这样的话。那么，请开始寻找自立的道路吧。"

香苗听完了院长的话，那饱含着释然和不安的泪水再也无法抑制地涌了上来。

"真的可以吗？真的……但我这样的人真的能做得到吗？"

那之后，过了一段时间香苗就搬到了"康复病房"，为了迎接新生活而接受最后的指导。

但香苗在接受资金管理和购物方法，或者是简单的对话方式以及自我保护方法之类的社会基本规则和事项的训练时,和"康复病房"的病友们之间的练习总是显得非常混乱。

首先,看到这些以前都能做到的事情现在却无法完成,让香苗对自己非常失望。其次,香苗惊奇地发现,自己连垃圾分类或者把生活费规划清楚这种事情都做不好,居然没有任何人责怪她。

同时,当自己顺利完成被给予的练习的时候,香苗也对于那种只是轻轻的鼓励而感到有些失望,她渴望能得到更多的鼓励和赞扬。她渴望成为特别的那一个。不过,当院长对她说"不管你是否顺利完成,大家都能够接受你"的时候,她很意外地并没有如往常一般感到挫败。

但香苗内心深处却不怎么相信院长的这个说法。在一次主题是去超市购买伙伴所拜托的东西的课题时,香苗故意在超市里买了不怎么符合要求的东西回来。但谁都没有怪罪她,看着香苗所买的完全不符的东西,甚至有人还夸赞香苗品位不俗。这让香苗十分困惑,随之竟哭出声来。而旁边的一个女病友,还抱住了她以表示安慰。

入院一年之后,香苗慢慢地恢复了可以外出工作的自信心。

香苗去了和医院有合作关系的造纸厂工作,每天数小时的工作是不停地把硬纸板组装成纸箱,工作结束再回到医院。

香苗每天步行从医院的所在地西获洼到工厂所在的上井草。外出工作一个月之后,香苗逐渐习惯了工作和通勤,另一个同样外出工作的病友提议,工作结束之后一起去位于吉祥寺的闹市区买点东西再回医院。

在外出工作的人中,只专念于认真面对眼前工作,以至于内心再陷入另一种疲惫的患者不在少数,他们总是对于偏离轨道的事情心存一丝恐惧。正是因为如此,在香苗他们几个外出工作的患者之间,才会有想去尝试一下这样的改变的冲动。

八个人中的五个赞成了这一想法。香苗也心怀不安地加入了。

买东西本身并没有出现什么问题，但是当他们打算回医院的时候，被车站前的人流所吞没，五个人便分散开了。

香苗被传教的宣传人员给抓了个"正着"，拉着她问个不停："你对现在的生活满意吗？""不想体验一下不同的人生吗？不想改变一下自己吗？"说着还递上了纸笔。

对方好像是示意香苗写下自己的名字，但周围太嘈杂，香苗并没有听清楚。只是感到了一种只能写下来的强迫感，也只好去接过了递过来的纸笔。

这个时候，突然有人从后边抓住了她的手腕。

惊慌和迷茫让香苗变得无法抵抗，只得任由对方拉着自己走。虽然她想喊停下来，却突然发不出声来。从人群中被对方拉了出来，对方才终于放了手。

"你干什么啊？"香苗也终于喊了出来。

"那种拉着你宣传的人的话，是不能听的。"对方回答道。

香苗这才注意到对方也是一起外出工作的一个病友。

平时和他并没有说过太多话。基本上属于自己小圈子之外的一个年轻人。他眉头深深皱着，给人有些神经质的感觉，一直让香苗觉得和他不太好接触。

"另一种人生什么的，简直是胡扯。"他嘟囔着说道，把视线从香苗身上移开，然后看着人群，说道："过自己想要的生活……如果真的想过自己想要的人生的话，就只能依靠自己拼命抗争，对吧？"香苗第一次想起了对方的名字，秋叶茂树。然后，不置可否地点了点头。

这是香苗意识到茂树是一个以异性身份所存在着的第一天。

3

闹钟响了起来。

香苗伸出手,按停了闹钟。此时是早上六点钟。

两床并排铺着的被褥中,另一边的茂树还在睡着。香苗为了不吵醒他,小心翼翼地从被子里出来。香苗钻进厕所,但上完厕所之后却依然坐在马桶上。

对于和昨日完全不同的这崭新的一天来说,需要一点自己的时间和空间,这一点是必须要有觉悟的。

今天也试着好好地活下去……

香苗这样对自己说了之后,从厕所里出来,洗了把脸。

"小茂,起床了。"

香苗拉开了窗帘。从楼墙和屋檐之间的缝隙看过去,有两朵云彩刚好慢悠悠地飘过。

这个时候茂树也慢吞吞地从被子里爬了起来,两个人都跪在被子上,互相说了声"早安"。茂树去洗了把脸后,两个人把被子叠起来,把桌子搬了出来。

香苗把头天晚上的剩饭熬成了粥,添了些梅干和海带。

吃完饭,各自都将自己的药服下了去。

昨天晾的衣服还没干。茂树换上了迷彩色的裤子和紫色的套头衫,然后把日记装进了深茶色的挎包里,声音深沉地说道:"我出门了。"就去工作了。

茂树在浅草桥的昏暗仓库里,和其他数名打工者一起,或糊纸或用金属固定,制作那些有着特殊形状、一般机器无法制作的箱子。偶尔也接些因为机器故障造成的残品修复的活儿。

香苗在茂树上班之后,把家里打扫了一边,然后换上了紫色裙子和白衬衫也出了门。锁上门后,才走出去五六步的样子,她又回到了屋子里。从所有的电灯是否熄灭,到煤气、电视是否也关上了都检查了一边之后,才再次锁上门,从公寓里走了出去。但才不过走出去了二十步左右,又变得不安起来,再次跑了回去确认了起来。

总是无法相信自己,每次出门都确认三次才能安下心来已然成了她的习惯。

她在距离公寓三公里远的田无站附近一家外卖餐饮店里工作,主要负责刷碗以及配料之类厨房里的活儿。因为是通过残障中心介绍的工作,雇主也知道香苗曾有过精神不安定时期的情况。

工作从早上九点开始到下午三点结束。准备完晚上使用的配料之后下班,再走上三公里,途中顺带在超市买些东西回去。

尽管从家到工作的地方之间有往来的公交车,但香苗总是不敢在下车前按响提醒司机停车的提示铃,她总担心会给他人带来麻烦因而十分苦恼。尽管总是被别人告知这并不会给任何人带来麻烦,而且是她应有的权利,但她自己内心却无论如何存在着无法接受的念头。所以坐过几次之后,她就开始选择步行上下班了。

回到家后,把该洗的衣服拿到附近的投币洗衣房,把三天份的换洗衣服一起洗了。她总是一步不离地等着衣服洗好,但从来不用那里的干燥机,也总是把洗好的衣服拿回房间挂到窗户外去,利用落日前仅有的一段阳光晒干它们。

之后,根据时间的充裕度,她会选择小心地打开炉子做一顿晚餐。她总是做到只需加热下就能吃的程度就停了下来。

"我回来了!"

茂树像往常一样回到了家。

"你回来了！"香苗回应道。其他的问题一概不会问起，只要看到茂树平安归来她就觉得怎么都好。

两个人在吃饭前去澡堂洗澡。即使茂树在身边的时候，香苗也总是要数次确认家里一切妥当才能真正走出家门。茂树对此也并无怨言，总是等到她安心了为止。

两个人约定好四十分钟后再在澡堂门前碰头。香苗即使在洗澡时，也会数次跑到换衣间确认时间。她无法信任自己对于时间的感觉，而且让对方等自己对于香苗来说有一种使她心痛的罪恶感。因此，她在约定时间十五分钟前就从浴室出来，十分钟前就穿好了衣服。

等到身体消散了热气可以出门时，恰好茂树也从对面走了出来，香苗便知道对方也同样注意着时间。但是，两个人谁也不曾点破这一点，总是保持着同时在门口碰面。

回去的时候他们通常到澡堂和公寓之间的散步小路上散散步。

在散步小道沿途的植被带里，有一块地方种植着栀子花。因为此时正是开花的季节，枝头上能看到有几个白色花蕾正含苞待放。看着就要舒展出花瓣的花蕾，两个人把脸凑了过去，可以嗅到微微的香气。

回到房间里，香苗把饭菜热了热。茂树把毛巾晾上，然后撑开小桌子。吃完饭后，两个人又各自服下药。看了大约一个小时的电视，香苗起来把碗筷拿去洗了，而茂树则负责铺好了床被。这半年来，两人逐渐习惯了这样周而复始的生活形态。

香苗在躺下睡觉之前，翻开了茂树在公司中午休息时写下的新日记。

"五月二十九日，茂树……"

在香苗阅读日记的时候，茂树戴上了耳机在看电视。

"昨天真是糟透了。她为什么要说那样的话呢？'你又如何呢？难道做得很好吗？'明明约好了绝不说出这样的话的，我当时觉得她真是个过分的家伙。但是，看了日记我明白了。香苗遇到了让她想起以前自己的小女孩，这让她十分痛苦。拿着伞来接我，我却什么都没有表示，对此的悔恨简直无法言表……虽然心情上无法接受，但是实际上我觉得自己都能理解。毕竟，我也经历过相似的情形。"

4

关于茂树之前的经历，通过他自己的诉说，香苗也是知道一些的。

茂树的父母是在千叶县的某个小商店街里经营女装店的，在三个孩子之中茂树是最小的那个。

茂树的父母平时十分忙碌，一起生活的祖母负责照顾孩子们的起居。可茂树才刚刚记事的时候祖母就去世了，只好由只比自己大五岁的姐姐来照顾他的生活。

但是姐姐也得上学，而哥哥比他大了八岁。自然而然，茂树需要一个人面对一切的时候变得越来越多。虽然茂树也很想获得父母的宠爱，但是看到整日不得不为了生计而苦恼的双亲，即使作为孩子也懂得不能让他们太过为自己操心。茂树学会了尽量不向他们撒娇。

偶尔，哥哥也会注意到他而带上他玩耍。但大多数时候只是为了拿他试验自己新学的格斗招数，或者只是玩游戏人数不够，并没有真正意义上带他玩耍过。即使如此，茂树也变得十分喜爱哥哥，对哥哥的话言听计从。

姐姐对他也算不错，只是常常会对他说"其实我想要的是个妹妹",甚至帮茂树打扮成女生的样子,而茂树对此也默然接受了。

随着茂树对越来越多的事情选择了忍耐的同时,也渐渐地变成了一个当被问起"你想要干什么"之类的问题时却无法马上说出自己愿望的孩子。

那是在茂树七岁的时候。有一天,茂树和姐姐一起在公园里玩,就站在茂树面前的姐姐,突然按着肚子倒了下去。

"小茂……"姐姐的表情痛苦而扭曲着,手挣扎着伸向茂树。而茂树却害怕极了,这让他什么都做不了。

旁边的人注意到了他们,这才将姐姐送到了医院。确诊是因为盲肠炎恶化而并发了腹膜炎。而之后,茂树的姐姐就这样去世了。在姐姐葬礼的时候,茂树不知为何总也哭不出来。

"你怎么不哭啊?"哥哥敲着他的头质问道。茂树这才哭了出来。但他始终没有感到自己涌出的泪有一滴是发自肺腑的。

那之后,父母并未就此事而直接责怪过他。但就算只是单纯地说起了过去的事,说起了关于姐姐的任何话题,都让茂树感到万分自责。

而周遭的老师、亲戚甚至是邻居们都经常对茂树说:"好好加油,把你姐姐的那一份也努力出来吧。"即使知道他们不过是激励自己,却也让茂树感到压抑得近乎无法呼吸。

茂树想要通过自己的行动来弥补父母的悲伤以及偿还使姐姐过世的罪责。茂树控制自己的物欲,甚至连零用钱都不要。姐姐在世的时候学习成绩很好,茂树虽然不太擅长学习,但也想通过努力换个说得过去的成绩出来。

但每当双亲看到他的成绩单的时候,更加思念死去的姐姐了。茂树数次晚上醒来,都听到父母在隔壁的屋子里谈论着姐姐:"唉,那孩子这科学得最好了。要是能继续学下去的话，说不定能考上很不错的学校吧。"话语间夹杂着无数的叹息声。

茂树上初中的时候，加入了学校的棒球部，全心投入在比赛中。他很想让父母来看看自己比赛时候的样子，但父母推托工作繁忙，始终一次也没有来看过。

事实上有一次，恰逢父母的店铺休息。这天也是茂树比赛的日子，茂树缠着父亲，无论如何也要让他来看自己比赛，父亲只好去了。但是比赛的中途，茂树回头看向观众席的时候，却看到父亲低着头，肩头在颤抖。很直观地，茂树明白这让父亲又想到了死去的姐姐。从那之后，茂树就再没有邀请过父母来观看自己的比赛。而且如果不向他问起的话，他也不再把成绩和考试结果告诉他们了。

进入高中的前一年，哥哥找了在北海道的工作，不怎么回家了。于是，周围的人都希望茂树能够继承父母的家业。事实上茂树自己对摄影很感兴趣，茫然地憧憬着自己能成为一名摄影师。但他觉得背叛父母对自己的期望，无异于背叛死去的姐姐。于是，也就再没有去实现自己梦想的计划了。

高二开始的时候，茂树为自己的前途而感到不安起来。姐姐所擅长的那科目分数直线下降，茂树为此心急如焚，不得已在高三的模拟考试中作了弊。虽然和实际的水准毫无关联，茂树却因此在年级名列前茅。老师推荐他去考取分数线较高的大学，父母也为此而感到十分自豪，但茂树却开始变得自暴自弃起来。结果，大学考试以失败告终。

一年之后，茂树也依然只是考取了个三流大学，父母对此很失望。作为接受他这个结果的回报，父母希望他在大学里考取可用于家业的会计师资格认证。茂树在大三的时候尝试挑战了认证考试，但考试途中茂树突然产生一种自己又在作弊的错觉而慌乱起来,考试没结束就草草退了场。

毕业之后,茂树回到了老家,在千叶找了份塑料加工工厂里的工作。刚一进公司就被指派去找赏花活动的地方。结果不善于竞争的茂树只抢了个不好的位置,让公司的前辈们勃然大怒。

因为不善言谈,在被分配到营业部的工作上,和客户之间的交涉常常引起误会,渐渐地大家都说他是没用的家伙。

就如得了慢性痢疾一样,茂树慢慢变得连和人接触都存在问题了。茂树觉得自己已无法适应在一般的公司工作,索性辞了职。

父母看到他这个样子也哀叹不止,或许只是想激励激励他,就用教训的口吻对他说:"你这样不觉得对不起你死去的姐姐吗?"

二十五岁的时候,茂树高中的一个朋友自杀了。那位朋友在证券公司工作,甚至结婚的事情也都差不多定了,朋友的父母也觉得虽然看起来如此如意的人生却不知为何儿子会选择了结自己的生命。

对于茂树来说,他算不上自己无法割舍的挚友,毕业之后从没见过,茂树觉得此事对自己不会带来什么影响。但是,在丧礼之后数日,茂树却出现了幻听。茂树觉得那是姐姐的声音。

"怎么样呢?做得很好吗?结果呢?成果呢?"

茂树没有把幻听的事情告诉任何人。一直待在家里也让茂树感到无法呼吸般的压抑,于是决定开始打工,在仓库里负责做货物管理。但是即使在工作的过程中,茂树也时常会出现幻听。

一个月后,茂树竟然在工作中失去了意识。后来,即使恢复了意识,却变得躺在床上无法起身,慢性痢疾也发作了。检查了几次都没查出病因来,最后不得不进了精神病院。

茂树接受了心理治疗,随着逐渐厘清了和父母、兄长、死去的姐姐之间的关系之后，茂树的慢性痢疾也随之而愈，然后慢慢地开始能够自由活动了。

茂树从内心深处明白了姐姐的死并不是自己的错，等到他偶尔会发自肺腑地想到姐姐时而流泪的时候，他就已经被允许转移到"康复病房"了。

香苗和茂树自从经历了吉祥寺事件以后，慢慢开始学着交流。

偶尔下班回来的时候，还会一起到饮茶店坐坐。

但对于两人并不算深入的交往，有的患者还是说起了闲话，"本来是因为生病而碰到了一起，居然还……"

而院长却对两人互相鼓励支撑的做法表达了赞赏，成了他们的有力支持者。

香苗和茂树一起在"康复病房"度过了八个月。虽然两个人甚至都很少和对方说话，但已经成为对方生活中不可或缺的存在了。

去年十一月，茂树约香苗去医院附近的善福寺。因为"康复病房"是开放病房，所以对于外出的问题原则上是自由的。

在公园里枫树下的长椅上，两个人并排坐在一起。

茂树把院长劝说自己出院的事情告诉了香苗，然后吞吞吐吐地询问香苗，说："能不能和我一起出院？"

"你什么意思？"香苗看着他的嘴唇，反问道。

"你不是也要出院了吗？"

"是呀。但是之前也跟你说过，这次我弟弟也要结婚了，和我父母一起住。就算我出院了，也没地方可去啊。"

"所以说，你能不能在外边和我一起生活？租个房子，两个人一起，你愿意这样吗？"

香苗对此感到很吃惊。虽然茂树应该都知道，但香苗再次将自己比茂树年龄大，以及已经结过婚的情况说了一遍。

"没关系的呀。"茂树干脆地回答道。

"但是……"

因为香苗自己之前所经历的失败，让她变得对此十分懦弱，十分迷茫。

"你不害怕吗？"香苗质问道。

"你指什么？"

"本来嘛，我们就算是出了院，但我觉得都还有不安定的可能性啊，会怎样谁都不知道不是吗？被生活琐事所逼迫而不知如何是好的时候，我们两个人真的能对付得了吗？和我在一起，你不会害怕吗？我们两个在一起真的没问题吗？"

茂树没有回答，而是用手掌来回地揉搓着自己的大腿。

此时，微微渲染上红色的枫叶，微妙地拂过两人的双膝。

香苗在想他或许放弃了吧。香苗一边劝说着对方放弃的话，一边心痛不已。她感到连坐在茂树旁边都很难过，干脆从长椅上站起身来。

茂树突然握住了香苗的手。

香苗就这么被拉着手，又坐了下来。

"我也很害怕。"茂树说。

香苗把脸扭向了茂树，茂树努力不让自己的眼神逃避香苗的凝视。

"虽然我很害怕，但是住院之前也是这样的，只是那个时候我并不知道。"

"不知道什么？"香苗问道。

"害怕是很正常的事情。"茂树回答道。或许他在不停地组织自己的语言,所以停顿了数次,"和别人一起生活的话……伤害到重要的人,或者被对方伤害到的情况也会与日增多。所以,真的是十分令人畏惧的事情,危险的一面也必然会有的对吧?住院之前,其实我并不懂。因为和别人一起生活,而变得漠然和不安的我,是完全不行的家伙……作为一个人那是失去了最基本的能力,为此我也责怪了自己,现在我知道会感到不安是很自然的事情。但是,其实还没有真正明白这个道理的人是不是还有很多呢?一起生活,并不是单纯地生活在同一个屋檐之下而已,那是会将完全赤裸的自己毫不掩盖地呈现给对方的……所以,那是必然会引起恐惧和不安的呀。但是,即使如此,却依然想要在一起。想比在一起所引发的恐慌,分开的痛苦是更加强烈的。两个人一起生活的确很让人担忧……但是,内心已经了解了担忧的存在,这本身就跟以前不同吧。本来嘛,我们可以提前做好准备啊,院长先生和朋友们也会帮助我们的。虽然是两个人,但并不只是我们两个人,这么想的话会不会好些呢。"

不知什么时候开始,下起雨来了。

两个人却还是一动不动地坐在那里。十一月,正是气温下降的时候,而此刻的香苗却丝毫没有感觉到哪怕一丝的寒意。和茂树牵在一起的手里,有源源不断传来的温暖。

"好温暖呀。"茂树说道。

香苗也用力地点了点头。

5

香苗读完了茂树写的日记,合上了日记本。

她走到正在看电视的茂树的身边,从后边一下抱住了他,在他散发着香皂气味的脖子上轻轻地吻了下去。香苗说想要和茂树紧紧抱在一起,然后把茂树扭了过来。

第二天早上,茂树去上班之后,家里的电话响了起来。

香苗也好,茂树也好,都对接电话有些畏惧。听到电话铃声,总有种什么不好的事情即将扑面而来,或者是被什么人追讨而来的感觉,这让他们感到十分不安。但是,两个人刚开始在一起生活的时候,就被院长强烈要求至少要学着开始接听电话。

香苗拿起了话筒。但是她并没有先说出自己的名字,对方先开了口,是须贺院长。

"哦,有没有乐观地好好生活着啊?"他的语气丝毫不掩饰自己热情本色。

"没什么问题。"香苗的声音虽然听起来有些小,但是很干脆地回答道。

"嗯!这个声音听起来似乎的确是没什么问题呀。药呢?"

"每天都在吃着。"

"恭喜啦,不知不觉都独立半年了。"

"其实算上今天,还有三天。"

"后天的那个周日,大家都很期待着哦。你的母亲昨天也给我打了电话,问你过得如何。我告诉她如果你担心的话,自己就打电话问问你才对。"

"她一次也没有给我打过。"

"是吗，你为此而感到生气吗？"

"不……"香苗的声音变得有些模糊。

"这件事你发火也是应该的哦。"须贺的声音依然热情而阳光。香苗能想象出他此时微笑着的表情。

"我总跟你说这个，人发火并不是什么不好的事情。一个人希望对方按照自己的某个愿望去做，而对方并没有按照你的愿望去做的时候，人会感到不快，有时也会生气，这是很自然的情感呀。觉得发火是不好的事情，把感受都深埋在心里，心情会变得混乱，进而变得无名地发火，或者采取奇怪的行为。把情感表现出来是件好事，能够正常地发泄怒火说不定就是尊重自我的一种表现。从你住院到现在，你还没真正地发过火吧？说不定从更早的时候就是如此了……要接受会发火的自己。不如此的话，你就不能真正地原谅对方，也会厌恶自己的。"

"是。"

"你的母亲其实也不知道如何打破你们之间的沉默吧。正如你现在怨恨自己那样，你的母亲现在也在责怪着她自己。之前我也告诉过你，完美的双亲是不存在的，即使是母女之间，也不要幻想着对方能够完全地理解你的想法哦。"

"我知道。"

"这个周日，你的母亲和你弟弟会来。尽管你父亲不打算来，但是他说了绝不是反对你们的生活。他只是担心自己来的话，会不会给你和茂树带来不必要的紧张。你家的每个人都渴望成为支持你的人哦。"

"我真的很感谢他们。为了我们这样的人……"

"你看，你看，不要把自己看得这么卑微啊。正是多亏了你们，他们才不断地懂得了新的人生啊。可以说是你们把他们从狭隘的价值观中拯救了出来,我觉得这个完全成立。就算是遇到了令人悲伤的事情,不要只是从艰难、痛苦的一面去看待悲伤的遭遇,也要慢慢养成从相反的一面去看待的习惯。其实人啊,香苗……人被允许的事情,比你想象的要多很多哦……"

"茂树呢,也没有偷懒好好去上班了吗?"

"他刚刚出门去上班。那个,他家那边是什么想法呢……"

"我马上就联系他们。大家真的都是希望你们俩好好的,只是因为很难抛弃旧观念和固有地看待事物的角度,所以学会面对你们两个,需要跨越一些内心的障碍……就这么回事而已。这一次,你们通过半年的努力和坚持,也给了他们改变自己价值观的勇气和力量。很伟大呀,你们真的做得不错。"

"多亏了大家的帮助……"

"是你们两个人的力量啦,保持着自信的心。不是奉承你们哦,你们两个真的很了不起哦,我觉得了不起这个词就是用了也令人不太相信。哈哈哈,不过请相信我所说的话。周日,记得把表和印章拿来啊。申请表你已经准备好了吧?"

"我今天准备去拿。"

香苗挂了电话,抬头看了看挂历旁边用图钉固定住的那个笔记本。上面写着"还有三天"。

工作的时候,香苗感到身体意外地有些疲惫,胸口有些不舒服,忍不住跑到了厕所呕吐了一下。虽然香苗有些担心自己是不是老毛病又犯了,但是明显地感觉到内心在涌动着对周日的期待感,或者,应该说是对于那天所产生的紧张感。

工作结束之后,她朝着武藏野市役所走去。四点左右到了那里,她四处寻找着市民课的位置。在各式各样的问询处中,她最终还是找到了目标。和香苗同一个年龄层的女性职员坐在那窗口前。

香苗不知该如何开始,只是在那窗口前停住了脚步。女性职员朝香苗看了过来。香苗有些慌乱,就从那儿逃开了。

她在厕所的镜子前,反复地深呼吸着。然后再次回到了那个窗口前,但依旧只是站在窗口前一动不动。

没事的……这是我的权利……可越是这么告诫自己,脚却越是不由自主地往后移动。结果,居然又退回了大厅。

接近五点的时候,通知即将停止办理业务的音乐响了起来。

坐在大厅沙发上的香苗,胸口又沉闷了起来,从下腹到喉咙都有针刺般地疼痛游走。

"那个……"突然有人跟她搭讪。她以为是因为要关门了来通知她,小声地道歉道:"对不起……"然后就站起身来准备离去。

"您是有什么要办理的吗?"

说话的是刚才窗口的那个女职员,她站在香苗的面前问道。女职员一脸询问的表情看着香苗,又问道:"您是日本人吗?我说的话,您能听懂吗?"

这让香苗更加无法开口回答了。她的眼前,感觉突然被渲染成了一片红色。说不清是因为紧张,还是因为太过害羞。

"您是要申请什么吗?"对方终于问到了这个问题。

"结婚的……"香苗回答道。

没等香苗把话说完,"啊,您是说结婚申请表吧?"女性职员说着就走回了窗口。然后,她取了一张结婚申请表,又回到了香苗身边。

"请您将这张表填好,您的户籍登录是属于这个区域的对吧?"

香苗接过了结婚申请表,紧紧地握在手里,然后竟昏厥了过去。

香苗的手,此时正被一个身穿白大褂的女人捏着。

香苗一惊,把手缩了回去。

那个女人也有些吃惊地看着香苗,说:"你醒过来了?"语气给人感觉似乎松了口气的样子。她还没对香苗解释任何事情,就又抓起了香苗的手。然后看到香苗又想抵抗,才苦笑着说道:"放心,让我帮你把把脉。"香苗这才意识到对方似乎是个护士。

香苗回头看了看,确认了下周围的环境。小小的房间里摆放着数张床铺,自己也躺在其中一张上,身上的衣服倒还是自己的。

"你加入国民健康保险了吗?"护士问。

香苗还没彻底搞明白此刻的情况,只是呆呆地看着对方。

"手续上还有些需要确认的事情啦。"

"那个……这里是?"香苗终于把问题问了出来。

"医院呀。你似乎是晕倒在了市役所?然后你就被救护车送到了这里哦。给你做了各项检查,大概是因为贫血吧,导致了呼吸障碍。有身心上疲劳之类的精神方面的情况吗?"

香苗不置可否地点了点头。

护士似乎是确认完了脉搏,就轻轻地拍了拍香苗的手背说:"不要太勉强自己了哦,现在这个阶段正是需要保持平静的时候。今天当班的妇产科大夫来的话,你可以好好把情况跟他说一说,最好再让他帮你检查一下。"

"妇产科……"香苗反问道。

护士皱起了眉头,说:"你还不知道你自己身体现在的情况?就是你肚子里怀了孩子的事。"

不知道是不是因为精神上的压力所致，香苗从离婚之后生理期就变得有些紊乱，那之后无论是在"康复病房"的时候，还是出院之后一直都未曾恢复正常。而最近两个月生理期一直未来，香苗也始终坚信只是因为和茂树生活在一起所产生的紧张感所造成的。

自己会怀上孩子，或者说自己的身体还能够怀上孩子这种事情，香苗从来不曾设想过，甚至也从未想象过自己拥有一个孩子的生活。也说不定是她自己无意识地回避了思考这些问题。

香苗在接受护士嘱咐的关于周一记得带着健康保险证再来复诊的事情和怀孕期间的注意事项之后，离开了医院。

回到公寓的时候，已经是日暮时分了。

在公寓前的小路上，有一个不安地来回踱步的身影，那是茂树。他也注意到了香苗，自己跑了过来。

茂树把香苗从手到头发梢都确认了一遍，说道："怎么了？我回来之后看你还没回家，很担心你呀。你是去买东西了吗？"

香苗有些犹豫不知道该不该告诉茂树实情。

"你一直在外边等着我来着？"

"你不是去买东西了？出什么事了？"

"我去了市役所，但是在那儿突然感觉不太舒服……就到附近的医院休息了一会儿。让你担心了，很抱歉。"

"医院？"

茂树的眉头皱得更紧了。

香苗觉得那件事到底还是说不出口，就强装出微笑说道："可能是因为后天就是咱们约定的日子了，不自觉地就有些紧张了吧。大夫说是可能有些贫血。不过，已经没事了。只是……结婚申请表，虽然拿回来了，但是弄得皱皱巴巴的。"

香苗从手提包里把结婚申请表拿了出来给茂树看。

茂树只扫了一眼说道："没事呀，没弄破就行了。"

比起这个他更想表达自己对香苗的关心，所以又把视线转回了香苗身上。

但香苗却对茂树直视的眼神十分不适，连忙说："我忘了买吃的回来，晚餐什么都没有啊，我马上去买吧。"说完就转过身去，往来时的方向走去。但手腕却被拉住了。

"算了吧，家里总还有剩下的吃的。"

"但是……"

"我来做，你回去好好休息吧。"

香苗就这样被茂树拉着，回到了公寓的房间里。

茂树让她好好躺着休息，自己往锅里加了水放在了炉子上。等水烧开了之后，茂树煮起了泡面。

吃完饭后的药之后，茂树在纸上写下了"还有两天"的字样，照例用图钉固定在了墙上。

香苗望着茂树的背影，问道："今天的日记，我可以不写吗？"

茂树有些疑惑地扭过头来看着香苗问："为什么？不是约定好了每天交换写的吗？"

"虽说如此……"

"这是作为见证的日记哦，哪怕有一天是糊弄过去的话，恐怕就无法让人接受它作为见证的力量了。"

"我有些不舒服。"

"你不是说已经好了吗？"

"虽然说是好了……"

茂树在她旁边蹲了下来,把手放在了她的额头上。

"倒是没有发烧的样子。"

香苗借助点头的机会躲开了茂树的手,说:"头倒是没有痛。"

"稍微写点就行啦,一两行也没关系的。"

"嗯……"

"那今天换作我来写吧?不过,看起来可能有些奇怪就是了。"

茂树自言自语般地说道。

香苗慌张地摇了摇头。"没关系,抱歉。懒惰是不行的,连这件事都拜托你代替我是不行的呀。"香苗笑着说完了就把日记本打开放在了桌子上。

她握着笔,找到了空白的一页。

她不想写下谎言。因为这样做会让这半年所有的一切都变成谎言,但她也无法写下此刻的真实心情。

茂树就坐在她的旁边,把结婚申请表上被弄褶皱的地方都温柔地抚平。

香苗用力地闭上了眼睛,再睁开时,开始在笔记本上写下了第一个字。

"还有两天,脑子里想着为还有两天而努力。但这区区两天却又如此遥远……"

6

第二天是星期六,对茂树来说并不是休息日。他如往常一样在同一时间出了家门。

香苗自己也要上班，把家里打扫了一边之后也出了门。但是，阴暗的情绪挥之不去，刷碗的时候数次停了下来。店长批评了她几次。

好不容易才撑到工作结束，当香苗准备回去的时候，却被店长的妻子叫住了说："香苗姑娘，稍微来一下。"店长妻子一边忙着对购入材料的账单一边说道："虽然我也不想跟你说这个。你工作时间不长，得好好干啊。我把本来能一直工作到晚上的人给拒绝了，专门让你来干这段时间的哦。"

香苗几乎把头缩到脖子里了，低着头，说："真是对不起。"

结果店长的妻子长叹了一口气，说道："哎，真是的，我说了什么难听的了吗？"然后摇了摇头，合上了账本。抬头看着香苗，只勉强露出局限于嘴角的一点笑意，继续说道："我家最近也有各种事情……刚才说的就当我没说。没事的香苗姑娘，想休息的时候就不要勉强，随时告诉我就是了。"

香苗感到更加无地自容，就这么低着头离开了工作的地方。

她不怎么想直接回到家里，便拐进了在回家的路上遇到的一个住宅区里的小公园。

她坐在了刚刚萌出新绿的樱花树下的长椅上。公园里，在母亲们的看护下，一群小孩子在快乐地跑着。在那些站着聊天的母亲们之间，横七竖八地摆放着各种颜色的婴儿车。

香苗在看似寻常的母亲们和孩子们之中，注意到其中一个母亲长得和自己的妈妈年轻的时候十分相像。一直盯着看了一会儿，香苗简直觉得那就是自己的妈妈一样。

那个母亲把婴儿车放在自己的身边，和朋友正在聊天。那婴儿车里一个不到两岁的孩子正在熟睡。

香苗也有这样年幼的时候，母亲也如这般地曾在一旁守护着吧。

妈妈……香苗几乎都要脱口而出了。妈妈一边在聊天，一边数次地确认了自己是否正处在安眠中。而自己躺在婴儿车里，假装睡着偷偷看着妈妈。如果呼唤她一声的话，她一定会把脸凑过来的吧。不过算了，香苗此刻并不想让她更注意自己。香苗只是想呼唤她，是因为能够看到她守护在自己身边而感到开心。哪怕只是想到母亲如这般守护在自己身边，内心就有着满溢而出的情感。

妈妈……香苗小声地喊了一声。

突然，周围小孩子的欢笑声由远至近而来。

就在香苗的不远处，有一个四五岁的小女孩儿，欢笑声敞亮，往前奔跑着。后边有一个三岁左右的小男孩儿紧追而来。

那男孩儿刚好跑到香苗面前的时候，脚下绊了一下，全身向前狠狠地摔了一跤。他的表情有些惊慌，随之嘴角一撇，一声低沉的痛苦叫声随之传来。然后声音慢慢地不断升高，最终变成了哭号。

香苗感到有些呼吸急促，她想帮那小男孩儿做些什么。她意识到自己应当走到他身边，说几句安慰的话，再把他抱起来。但是，香苗又担心自己的行为会不会反而给他带来什么伤害，然后身体就僵在了那里。

"哎呀，你又干什么呢这是？"看起来比香苗要小上不少年纪的一个头发染成了银色的女人跑了过来，手法老练地把那男孩儿一把抱了起来。三言两语之后那男孩就停止了哭啼，两人就从香苗的眼前离开了。

虽然那对母子也好，周围其他的母亲们也好都未曾指责香苗什么，甚至也没用什么异样的眼神给她，但香苗自己却切身地感觉自己是个没用的家伙。

香苗回到家之后,干什么都提不起精神来,自己一动不动地抱膝坐在房间的角落里。

茂树比平时晚回来了半个小时,不知不觉间屋子里都已经变得漆黑一片了。

"怎么了,也不开灯?"茂树把灯打开了。看到香苗又没有准备晚饭,问道:"身体还是不舒服吗?"

香苗站了起来。"没事。就是想了会儿事儿。"

"你看,小礼物。"茂树把手里拎着的纸包裹着的东西和便利店袋子装着的罐装啤酒递了过来。

"是烤鳗鱼哦。终于坚持完了半年,我想着祝贺一下。"茂树的表情看起来有几分羞涩,但也有几分自豪。然后又嘟囔地说反正没准备晚饭的话,更是恰好不过了。

"烤鳗鱼一会儿就凉了,所以吃完再去洗澡吧。主食的话,还有冷冻的饭团吧。"

香苗只好去厨房把鳗鱼拿出来放在盘子里。虽然鳗鱼的香味扑鼻,却让香苗一阵反胃。等到微波炉里的饭团也热好之后,香苗只拿了一双筷子和一个杯子过来,放到了茂树的面前。

"怎么了?"茂树又皱起了眉头。

香苗往茂树的杯子里倒着啤酒说道:"我不太想喝,也没什么食欲。"

"你还是什么地方不太舒服吧?"

"那倒也不是……"

"昨天你写的日记也有些令人疑惑的地方,是不是你有什么心烦的事情啊?"

茂树十分担心的样子,让香苗更加心痛。如鲠在喉的想法和话语,让香苗生生咽了回去，说："没什么事情啦，你老是瞎操心。"香苗刻意让自己的声音听起来很有精神，然后又从桌子边跳起来一般地站了起来，说道："是啊，在这半年的时间里，我们两个人努力地坚持了下来，的确应当祝贺一下啊。"

然后转身又从柜子里拿来了一个杯子，回到桌子前，说："给你，帮我倒上。"香苗表演一般地把杯子放在了茂树的面前。

从公共澡堂回来的路上，在散步道上的栀子花都开了。茂树从里面选了一枝，摘了下来。

茂树把栀子花插在了倒上水的杯子里，放在了柜子上。过了一会儿深吸一口气，感觉整个屋子里都是甜甜的花香味儿。

茂树在纸上写下了"就是明天"的字样，依旧固定在了墙上。

夜晚，关了灯之后，茂树把手放进了香苗的被子里。

香苗握住了他的手。但是，到她感觉当茂树有打算移动过来的时候，就轻声地说道："抱歉，最近不太舒服。"

"没事。"说完茂树就打算把手抽回去。香苗却紧紧握住不肯松手，然后又把茂树的手紧紧地放在了自己的胸口上。

第二天，香苗和茂树两个人比往常都更早地醒了过来。

尽管约定的时间是下午，但是两人的心情一直无法安宁，数次地看着时钟以确认时间。

出门的准备也从很早就开始了，茂树选了件灰色的西装，香苗则穿了一件乳白色的正装。这两件衣服都是两个人住院之前穿过的衣服，为了这一天能穿上，因此放在衣柜里的最深处好久了。

发型也都修整了一番，剩下的大概就只有关上门去赴约了。

"大家，应该都会来吧。"香苗自言自语地说道。她又看了看在镜子前调整领带的茂树，接着说道："大概谁都不会来吧？我感觉他们都不会来，白费工夫啊。"

茂树从镜子里看了看香苗，问道："你很害怕吧？"

"那倒也不是……"

"就算是谁都不来的话，我们这边还是完全遵守了诺言完成的啊。到时候，让院长先生和其他工作人员做见证者不就好了嘛。"

香苗盯着自己的手发着呆。"但结婚申请表弄得皱皱巴巴的，我周一再去拿张新的不更好吗？"

"院长先生也还在等着我们呢，我们自己可不能自己打破约定的哦。"

"话虽如此……"

香苗无意识地把手放在了自己的肚子上。

他们比约定的时间早了一个小时到了西荻洼的医院。院长须贺似乎预料到了一般，出门迎接了他们。

"我是专门告诉了你们比实际时间晚了一个小时的时间哦。我知道是你们的话，肯定会早到的。"

在须贺的带领下，他们两个进了医院。

茂树的双亲、香苗的母亲和弟弟已经在声援席位上坐着了。和这里的每个人都是半年未见了，茂树和香苗的表情都有些凝固了。

须贺不知是不是想要消除一点两人的紧张，走到了两人和家人之间，把手大大地张开，向声援而来的家人们介绍道："好了好了，两个人要登场了哦。和当时与我们约定的那样，他们两个人在半年的时间里努力坚持工作，完成了约定。"

两个人在须贺的劝说下，坐到了面向两人家人的沙发上。

"坚持每两周来复诊一次，而且我听说每天工作也没有欠工或者迟到的现象。两个人相濡以沫，完全为了遵守约定啊。"须贺说着，跟他们两个人要了他们的日记。

茂树递了过去。须贺翻着日记,确认了一天不差之后,对大家说:"你们看看如何?"然后交给家人互相翻阅。他一边把日记交给坐着的人,一边说道:"入院的病人之间的结合,引起家人们的担心也是很常有的事情。正是因为如此,为了证明两个人有足够的决心结婚,茂树君的双亲提出了让两个人用半年的时间来尝试能不能一起认真地对待生活这样的方案,香苗姑娘家里也同样有这样的想法。两个人一起工作,不仅没有病情加重,并且坚持下来的话,大家就会认可他们的决定。提议每天写日记是我的主意,而且两个人也做到了……如果是一个人的话,我觉得肯定是坚持不了的呀。今后,我觉得他们两个人在一起,可以互相支持,相濡以沫,在得到周遭大家的帮助的同时,以他们自己的方式自立起来,继续好好地生活下去。"

香苗把手放在腿上紧握在一起,自己盯着自己充血而发红的指尖发呆。

家人翻看两人日记的声音,相当一段时间里不绝于耳。

"应该是没问题的啦。"茂树的父亲似乎确认好了。

茂树也向香苗点了点头。

"好啊,做得不错啊。"又听到了香苗母亲的声音。

香苗这次自己点了点头。

"把脸抬起来。"香苗的母亲说道,声音听起来十分柔和。

香苗并没有动。她觉得如果看到了母亲悲伤的表情,自己一定还会责怪自己的。这会让母亲想到以往痛苦的经历,她讨厌那样的自己。所以,她没有看母亲。

"约定,所以说啊。"茂树的父亲似乎下定了什么决心,却咳嗽了起来，周围人都笑了起来。他接着说："说实话，我真的没想到他们能够坚持到现在呀。真是感动极了，两个人都很了不起啊，应该学习的恐怕是我们这些人才是啊。"

"是啊……我也觉得他们做得很好啊。"香苗的母亲应和道。

香苗的妈妈提起了声调，继续说道："明白了，能让这孩子获得幸福是对于我们这些人来说最欣慰的事情了。"

须贺拍了一下手掌，说："好的，那决定了。"说完他回头向香苗要了结婚申请表。

香苗从手提包里把结婚申请表拿了出来，放在了桌子上。

"怎么搞的，怎么这么皱巴巴的？"须贺苦笑地说道。他确认了一下整张表的正反两面，然后说："无所谓了。这张表如果得不到大家的认可，它就只是一张纸而已。"然后他拿着这张表，找两家的家人在证人一栏处署名并盖章。茂树的一方由茂树的父亲进行，香苗的一方则由香苗的弟弟进行，双方都签了字盖了印章。

"那么，最后由两个人签上自己的名字吧。"须贺又把那张表格拿回了茂树和香苗的面前。

茂树写下了名字，然后拿出在公寓附近文具店买来的印章盖了上去。然后他把表格推到了香苗面前，把手里的笔递给了她。

香苗在面对初婚、再婚一栏时有些痛苦。然后，表格上的那个"妻"字也让香苗感到胸口有些沉闷，在准备写下自己名字的时候，她的手停住了。

"香苗……"

香苗听到了茂树的轻声呼唤，她感到自己握着笔的手指在颤抖。

"你怎么了？"

茂树的声音变得不安起来。香苗手里的笔滑落了下来。

不只是茂树，香苗感到所有人都在看着自己。那些眼光中不仅仅是不解，还混杂着斥责。

香苗不堪忍受，从沙发上站了起来。没等众人开始叫住自己，香苗就先捂上了耳朵，从院长室跑了出去。

香苗绕到了医院后门，从后门跑出医院。她穿过医院后门前的那条狭小的小路，然后朝着善福寺方向走去。这是她当时住院外勤的时候一直走的路。

天气很好，阳光也很充足。香苗还没走上一会儿，就大汗淋漓，有些喘不过气了。但即使如此，她也没有停下来，横穿了一条车流往来如梭的大路，继续朝着公园的方向前进。

直到看到了郁郁葱葱的树木时，香苗才开始放慢了脚步。她之所以来这里并不是有着什么特别的想法，只是就像个被训斥了的小孩子似的，在茂密的森林里，一直躲避到日暮西沉。

此时，却听到从后边传来追赶的脚步声。"香苗！"对方呼喊道。

香苗再次跑了起来，但是双脚却有点不听使唤。

茂树跑到了香苗的面前，但她却不敢直视茂树的脸，只是听着对方喘气的声音。

"对不起。"香苗把身子扭了过去背对着茂树。公园里种植的紫阳花，有几只正在香苗的面前开出了淡淡的花。她甚至连那花也不愿多看，避开了目光，说道："我做不到呀，我真是没用。"

"你说什么呢啊！半年来不是都努力坚持过来了吗？"茂树焦急地说道。

香苗摇了摇头。

"但是，从今往后就坚持不了了。"

"为什么？"

"因为本来就事先知道肯定也会有这种情况发生,却毫无准备地做了那事。抱歉啊,我这么没用,真是抱歉啊。"

茂树转到香苗面前。"难道说……你怀孕了?"

香苗抬起头来。

茂树一脸疑惑地看着她问:"真的吗?你有孩子了吗?"

香苗没有回答。

"你之前也说了身体不适,我就猜想是不是……你真的怀上孩子了吗?"

"对不起呀。"

"你为什么非要向我道歉啊。"

茂树的表情变得有些困扰。双手来回地揉着自己的大腿,说:"该道歉的是我呀。"

"不是的。"

"让你变得内心不安,如果我能够再努力些的话……"

"真的不是的。"

"但是……我觉得我应该能做到的。"

茂树揉着大腿的手停住了。他不仅是说给香苗听,也是激励自己而说的,他用力地点了点头。"孩子的事情肯定没问题的呀。如果是一个人的话,可能做不到……但是两个人一起的话,肯定做得到的呀。香苗能在我身边,我完全不会感到艰难的啊,有你支撑着我,我一定会努力的。"

茂树眉间的忧郁散去了。看着坚强而镇定的茂树,香苗几乎有些眩晕。喜悦之余,却一时不知道该对茂树说些什么,好不容易才挤出一句:"真的吗?"

茂树用微笑回答了她。

香苗也笑了起来。

突然,香苗感到身体内部一阵刺痛。

从脚尖开始全身的力气都像是没了似的。香苗伸出手来,想要拉住茂树。但疼痛更加强烈,香苗无法站住,跪在了路边上。

"你怎么啦?"

茂树的声音听起来变得很远。

香苗感到有温热的液体从大腿处流了出来。一直流到脚踝,然后在路面上绽开来了。

香苗扫了一眼,血红色的液体。

"茂树……"香苗用尽全力喊出了一声,眼前的镜像开始晃动了起来,茂树的表情也僵硬了起来。香苗看得出来,茂树也陷入了极度恐慌的状态。

"小茂。"香苗又把手伸了起来,但并不是想要茂树救助自己,相反她是想救助茂树。

茂树僵直着身子,颤抖了起来。香苗也向茂树呼喊着,但是实际上到底有没有喊出声来,她自己也不太清楚。

"小茂,抱歉啊,抱歉让你惊慌了。没事的,你想到你姐姐的事情了?不过和那个不一样呀,我挺得住的……"

香苗的视线里,茂树的身影渐渐模糊。

"怎么了?"从远处传来了一个声音。

"你在这儿傻愣着干什么呢?傻子!"一个身影跑过来,推开了茂树,想要过去搀扶起香苗。

小茂,没关系的呀,你能在我身边就足够了。千万不要留下阴影啊,不要因为我而留下创伤……

7

秋日晴朗的一天。傍晚的时候，天气突然转阴，下起雨来。下了电车准备走回家的人们，在打算离开车站的时候，都只能仰望着天空叹息。

香苗此时站在三鹰站的出口处。

她撑着塑料的透明雨伞，怀里抱着还没打开过的青色雨伞。从出站口走出人群的时候，她总是一个个地看过去，生怕漏掉了。

三个月前，倒在路边的香苗被送往医院救治，她自身没出什么太大的问题，但是腹中的孩子却流产了。

当时把倒下了香苗抱起来，并且送到医院去的是她的弟弟。香苗一恢复意识就着急着寻找茂树的身影。香苗的弟弟跑出去喊了他，但是发现茂树在大厅的椅子上正蜷着身体，嘴里不断地念叨着责备自己的话。

过了一会儿，茂树的双亲硬是把茂树拽到了病房里。可茂树始终低垂着脑袋，不愿正视香苗。

"小茂，你看，我没事的呀。都好了，真的没事啦。"香苗拼命地喊着茂树，但茂树却始终低着头，一直摇个不停。

此时赶过来的须贺院长，诊查了一下茂树的状态，在和他双亲商量了之后，办理了再次入院的手续。

那之后，香苗的身体逐渐地恢复了起来。出院的时候，母亲劝说她回娘家调养一段时间。但是，在娘家住着的弟媳刚刚生了孩子。虽然父亲让她一直住下去，而且弟弟和弟媳都始终笑脸相迎，但是香苗总觉得麻烦别人自己心里很不舒服，所以在娘家住了两天之后，她又回到了自己在三鹰站的公寓。

五天以来香苗第一次回到自己家的瞬间，扑面而来的除了微弱的潮湿气息，还有一丝轻轻的甜腻香味飘散在屋子里，那是茂树摘下的栀子花的香味。原本纯白的花朵已经开始有些发黄，但凑过去闻一下，却有着香草般的味道。

　　香苗很想告诉茂树这件事。但是，房间里却没有人。香苗抬头看到了那张固定在日历旁的纸，上边还写着"就是明天"的字样。香苗感到有种半途而废的感觉，就抓起了栀子花扔到了窗外。

　　第二天中午，香苗去医院见到了茂树。
　　他依然在自责。
　　"都是我的不好，我把孩子给害死了。"
　　"不要这么说呀，小茂没有什么错呀。"
　　无论香苗如何劝说，他都无法停止责备自己。
　　此时，须贺院长走了过来，安慰香苗说道："还需要点儿时间。"
　　香苗决定在茂树康复出院之前，自己一个人继续他们俩一起坚持了半年的生活。去饭店工作，然后一个人去公共澡堂洗澡，接着吃饭、吃药，每天写日记。每天睡觉之前以及早上醒来的时候，香苗都思考一下自己在获得生命之后，却又丧失了的那些东西，在那之后相当的一段时间里，她每天都向自己的内心祈祷。

　　从须贺开始医院的相关人员一一都给香苗打了电话，一位亲切的护士还来公寓看望过她两次。但即便如此，不到一周之后，香苗还是开始感觉到了痛苦。所有东西都变得虚幻了起来，甚至偶尔会自然而然地将目光落在厨房的刀具上。

　　她想将心头的负面情绪挥去，就把和茂树一起写了半年的日记打开了。

还有五个月，还有一个月，读着这些满浸着他们俩一起坚持奋斗的文字，香苗无法停止自己的回忆，途中她数次抬起头来，不给自己一点时间去抑制自己的感情，她根本就无法通读下去。

工作休息的日子，她去了医院，在医院的中庭见了茂树。两个人并排坐在了长椅上。

"你读读这个嘛。"她把日记递给了茂树。

但茂树接过来放在了长椅上，并没有打开的意思。

第二周，香苗又和茂树在中庭见了面，再次试图把日记交给他。

可他连接过去的意思都没了，只是自言自语地说着："我不行啊，我这样的完全不行。"

在那之后的一周里，香苗都在思考着茂树的性格特点，她想要找到一些不会刺伤他的，能够给他的心灵带来一些帮助和鼓励的话来。如何说可以激励他，如何说可以给他支撑的力量，香苗不停地思考着如何组织自己的语言。

但是，真到了下一周见面的时候，香苗却一个字都说不出来了。她突然感觉无论自己现在说什么话都无法打动对方，自己的期待也随之枯萎。连日记也只是从包里拿出来，放在了她和茂树之间的长椅上。

在超过一个小时的时间里，两个人就这么什么话都不说地坐在那里。

最终，突然下起了雾状的细雨。两个人的肩膀和腿上都很快被打湿了，身上的衣服也在不断地被雨水侵蚀着。护士提醒见面时间结束了的声音，从远处的楼里传来。

香苗看着茂树，想说些什么。至少也想让他把日记收下。

茂树沉默着站了起来，肩膀低垂着，双手耷拉在身体两侧，朝着病房的方向缓慢地挪动着。

长椅周围盛开着的醋浆草的黄色花朵,被他的脚碾过。

香苗的胸口烧灼一般地疼痛着。眼睛里也似乎有什么东西发出了破裂的声音,她感到自己的视线也变得赤红。手脚跟着颤抖了起来,她无法保持平静,跟着从椅子上站了起来。她努力咬着嘴唇,然后抓起日记朝着茂树的后背扔了过去。日记一瞬间贴在他的后背上,然后慢慢滑落了下来。

茂树停住了脚步。

香苗张开了嘴巴,有一种灼热的感觉在她的喉头来回游走。

"我也很痛苦啊!让我不烦恼的日子根本连一天都没有,但是把罪恶感推在自己身上也不行呀。那不是又向忧虑的老路回头了吗?我知道茂树很痛苦啊,但是那个没有能存活下来的小生命难道希望给我们带来这个结果吗?不是的啊,我觉得他一定是个孝顺的孩子啊,想要孝顺的孩子……"

香苗说完感到眼泪快要涌出眼眶了,咬紧了牙关,又把眼泪给憋了回去。她看了看掉在地上的日记,在被踩落了的醋浆草的花朵旁边,表皮已经被那雾气一般的雨水打湿了。

"的确是不能忘记呀。但是,已经发生的事情就无法改变了不是吗?不管你如何责备自己,能够改变的是从现在开始的一切……这之前,我们不也都说好了,一起面对生活然后走过来吗?"

香苗走了过去,朝着呆站在那里的茂树的后背打了几拳。

"你给我转过身来,转过来啊……"

茂树静静地转过身来。香苗打着他的胸口,说道:"你不是跟我说没事的吗?说两个人一起就可以继续下去什么的,别总是在没事的时候装潇洒说说而已啊。觉得痛苦了的时候,你也不能背对着我!你觉得剩下我一个人,那是怎样的感受啊?对于失去的小生命,不能当作视若不见，而是认真地接受他和失去了他的事实，这不才是我们的义务吗？人生并不是只有一帆风顺的呀。痛苦的经历也能一起承受，这才叫作家人吧？坦然面对痛苦，然后朝着下一个新的生活迈出第一步……是我一个人无法完成的呀，我会崩溃的。只有小茂才能帮我，你的存在是必要的呀，你是必要的呀……"

香苗抓住茂树那毫无力气的手，不停地晃动着。然后又把他的手拿到了嘴边，把嘴唇轻轻地放在了他的指甲上。

茂树依旧什么都没有说。

香苗松开了手，茂树一动不动。远处又响起了护士的呼声。

茂树突然蹲了下来。伸出手去，把那本重要的日记捡了起来。擦拭着表皮上的水滴，为了擦拭掉背面沾上的泥巴，他不停地用自己胸前的衣服擦拭。

回到公寓的香苗，第二天傍晚接到了须贺打来的电话。她说开始看到茂树积极改变的征兆了。

两周之后，香苗接到了关于茂树直接转到了"康复病房"的消息。

须贺问香苗他们两人之间到底发生了什么。但是香苗感到有些不好意思，所以并没有回答他。

茂树被允许回家住了一晚，据说并没有发生什么问题。香苗也找到了附近医院的保健医师，咨询了关于今后怀孕方面的注意事项。

在茂树再入院三个月后，香苗接到了他自己打来的电话。

"我被允许出院了，所以……"

出院当天，香苗本想去医院接茂树的，但是茂树说想到答应让他再回工作的工厂去寒暄一下，然后他会自己回家的，让香苗在家等着就好。

然后，那一天就这样到来了。

香苗抬头看了看车站里的时钟，已经过了六点。就算是去了工作的地方，这会儿也该到站了。

每逢电车到站，都有很多人从车站拥出。一半的人都已经从夏装换成了秋装。人群刚刚疏散开，下一班的人群又涌了出来，从香苗的眼前走过。

香苗突然感到有些冷。

虽然穿着白色的娃娃衣和茶色的裙子，低腰的鞋子上配着她喜欢的长筒棉袜，但夏天的热力尚在，香苗的寒冷并不是因为天气。

在无数与她擦肩而过，对她视而不见的人群中，香苗还是怀疑自己是否真的存在于这里，不……或者说就算是存在这里还有没有意义，对此她开始变得不安起来。

而且，对于茂树还会不会回到她这个连是不是真的存在着都变得模糊的人的身边，她也感到十分害怕。

香苗把两把伞立在了身后的墙边，然后抱起自己的双臂。

我不是发了火吗，香苗自己问自己道。而且茂树不也接受了我的抗议了吗？我不是很彻底地对他发了火，而且把想说的话都说了吗？那我的存在就绝不是可有可无的……

这么想着，香苗感到身上的寒冷在一点点地消散，胸前也温热了起来。

香苗看到一个看上去有些眼熟，很知性的男人从出站口走了出来。

香苗回想了下那是谁，然后想起来他就是在五月的某个雨天，一个穿着红色连衣裙的小姑娘来接的男人。

那个男人出了站，四周望了望。不知道是不是在寻找接他的人。

但是,那个小姑娘并没有出现。他等了五分钟之后,又往北出站口走去了。

他走后还没有一分钟,那个记忆中的小姑娘跑到了南口来。今天她穿着青色的连衣裙,但依旧编着三根辫子在脑后。她打着黄色的伞,手里拿着干着的黑色雨伞。

小姑娘抬头看了看车站的时钟,表情有些焦急,不停地在四周寻找着。因为太着急的缘故于是和别人撞在了一起,摔倒在湿漉漉的地面上,旁边的人伸手去拉她。

但或许是有些害羞,她没有接受帮助而是自己站了起来。然后逃跑一般地向车站里跑去,黑色的伞虽然始终抱在怀里,但是那把黄色的伞却丢在了湿漉漉的地面上。

或许是小姑娘此刻被焦急和疼痛包围才丝毫没有意识到自己弄丢了那把黄色的伞吧。几乎要哭出来了,手一直在揉着自己的膝盖。

香苗走了过去,把地上黄色的伞捡了起来。然后走到小姑娘的身边,把随身带的手绢递了过去。

小姑娘有些害怕地往后躲了躲,一脸疑惑地看着香苗。

在那一瞬间,香苗感到自己也有点胆怯了,但内心的那股温热的力量支撑了她。香苗想到小姑娘或许依然很不安,就蹲下来保持和她一样的视线高度,微笑着对她说:"手弄脏了吧,用这个擦擦吧。"

小姑娘为了确定香苗的表情一直盯着她看着,然后才接过了手帕,说道:"谢谢……"

"也擦擦衣服吧。"

香苗看到小姑娘的裙子角和胸前都弄脏了,脸上的表情也都快要哭出来的样子,不由得有些怜惜。

可能是又一班电车到了站,人群又潮水般地拥了上来。小姑娘抬起头来，挤过香苗追赶人群去了。

香苗伸手拉住了小姑娘。"你爸爸已经回去了。"

小姑娘眨了眨眼睛问："你认识我爸爸？"

"不认识，但是之前看到过你和你爸爸在一起。你爸爸刚才为了确认你有没有来接他而到处找你，最后放弃了然后回家就是刚刚的事情哦。"

"他没生气吧？我中途拐了个弯儿，所以来迟了。"

"一点都没生气呀。"

"……但是，我把衣服弄脏了。"

"没关系的。你能来接他，你爸爸就一定很高兴了。迟到的事情，弄脏衣服的事情，都不怪你哦。一点都不怪你。"

小姑娘一脸不解地歪着脑袋，不安地看着香苗。

看着小姑娘闪烁的眼睛，香苗还是有种那是曾经的自己的错觉。但是，那并不是曾经的自己，香苗的内心此刻却已经萌生出了虽然并不多但足以使她肯定自己的自信。

她冲着小姑娘点了点头，说："真的没关系的。"

小姑娘终于露出了一些笑容。"那我不早点儿回去的话……"说着就看向了车站的出口。

香苗把手里的黄色雨伞递给了她。

小姑娘挥着手说拜拜，拿着香苗给她擦手的手帕离开了车站。

香苗就这么目送着小姑娘直到消失在视线里，自己又慢慢地走回原来站着的地方，突然她的表情就像被人打了一拳似的凝固了。放在墙边的雨伞不见了……

不，透明的雨伞只是倒在了地上，而那把完全没有使用过的青色雨伞却正在被一个喝醉了的男人拿走。

香苗想明确地告诉对方住手，那是她的东西。

但是，就在她想要喊出来的瞬间，脑中却浮现了各种画面。那个男人是不是也需要帮助呢？会不会因此而刺伤他呢？在人来人往的街头，这样做会不会让对方也让自己变得十分尴尬呢？不把伞拿在自己手里自己也有责任的。为了这么一把伞大吵大闹起来的话，似乎也有点奇怪。

结果，香苗还是没有喊出声来。内心感到有些痛苦，行动也变得困难起来。

最终，那个拿了她的伞的男人也消失在了人群之中。

香苗突然觉得有些可笑，觉得自己很滑稽。只为了能够正常发一次火出来，就弄得自己如此神经兮兮的，真是太笨了。抱怨茂树的时候说得那么漂亮，其实自己却连这么一件事都做不到。

渐渐地，脸上的笑容终于变成了哭泣。她为自己的无力而感到悲伤，自己太悲惨了。连双腿都没了力气，无法继续站立着，一屁股坐了下来。

但有人从背后抱住了她。

并不是很粗壮的手腕抱住了她整个人，同时耳边听到对方说道："能继续下去的。"

声音很轻柔，但却有种坚强地力量蕴藏在那声音深处。

"什么都没说出口也没关系，没能勉强做到什么也没关系……没关系的呀。不管怎样，总是能继续下去的。"

香苗就这么被对方抱着，轻轻地点了点头，然后又用力地点了点头。

被雨打湿了的身体散发出来的气味，包围着香苗。她感到那是任何东西都无法替代的、安稳的香味。

给逝去的你 ———

1

保志浩之的替身倒了下去。

同时，闹钟的铃声响了起来。浩之厌烦地哼了一声，把游戏机手柄扔到了床上。显示屏上的画面中，作为他的替身而被选择的人物，被敌人所攻击，正在掉入无尽的黑暗之中。

很想再重新开始。但是已经是上午九点了，勉强能赶上去打工的时间。最近老是迟到，他已经被店长说了好几次了。虽然他并不喜欢在便利店打工，但是再去找个新的工作也很麻烦。

两个月前染的金发，和新长出来的黑发混在一起。下唇下面留着短短的胡子。他刚好十九岁，恰好又逢上现在这种就职困难的时期，这种形象去新地方面试，不是那么简单就能被通过的。

浩之站了起来，把显示器的画面换到了正常电视节目的频道。

画面上出现的是装饰了各种灯饰的杉树，他才想起今天是圣诞夜，大概便利店里也会来不少喧闹的客人吧。浩之叹了口气，换下休闲便装，穿上了牛仔裤和毛衣，然后又套上皮衣，把空调给关上了。

刚想把电视也关上的时候，电视的画面刚好出现了一个满脸鲜血的人。

这似乎是个外国人。周围的建筑大多是石造的，旁边还有一辆正在燃烧的汽车。在飘荡着的黑烟之中，惊恐的人们正在四处逃避着什么。一个倒在血泊之中的男人，被人们抬到了大楼的阴凉处。

这是欧洲，还是中东，或者是非洲？对世界局势毫无兴趣的浩之，就算知道那个城市的名字也不知道那到底在哪儿。

是内战、恐怖袭击，还是什么游行？虽然弄不明白怎么回事，但的确有人死去，而且能轻易推测出还会有更多的人死在那里。

"又是这种事啊。"浩之自言自语地说着，把电视给关上了。

浩之哼着正在流行的嘻哈曲子，抱起背包和摩托头盔，然后蹬上了双短皮靴出了门。

浩之住的是破旧的老式木制房子，门很不好关，外墙上还能看到裂痕，随时都会倒塌下来的样子。但外边楼梯的后边有一块空地，摆放一辆四百cc的摩托车十分方便。

走出这间位于东京上板桥的公寓，浩之骑上摩托从川越市街插入环状八号线。打工的便利店的路程骑摩托要十五分钟左右，位于光之丘大型住宅区的旁边。

不知道是不是因为圣诞节的原因，路上的交通状况十分混乱。到处都是违章乱停和横冲直撞的车辆，让浩之去上班变得更加耗时。

浩之加大了油门，哪怕几乎撞上别的车也毫不在乎地在各种车辆之间的缝隙中穿梭而过。平时即使一点小伤也会害怕得要命，此时此刻却生出不可思议的勇气，让他一路狂奔。

这种时候，浩之就觉得自己简直一文不值。就算是死了大概也没人会觉得可惜，然后他就有种想把这种想法跟别人倾诉的冲动。这个世界即使没有自己依旧会正常运转，越是这么想就越来气，不知不觉间摩托的速度就跟着上去了。

反向车道上，响着警铃的救护车匆忙而过。大概是什么地方出事故了吧，浩之全速和救护车擦肩而过。

到了打工店的后面，浩之把摩托停了下来。为了防盗，浩之打工的便利店没有工作人员的专用入口，只能绕回前边从正门进去。

浩之脱下摩托头盔，从正门走了进去。

入口内侧放着装饰用的圣诞树，店里放的歌曲在一周之前就全变成了应景的圣诞歌曲。此时店里的客人只有杂志区前的五六个人，主要是住在附近住宅区的人们，或许是有许多在东京都中心工作的上班族的缘故，即使深夜也能见到各种各样的客人。

正站在收银台的一个四十多岁的男人就是店长，浩之对他点了点头，然后走进了柜台里侧。

浩之在里边的小房间换上了工作服，打了卡。刚好十点钟。晚上十点到早上七点是他的工作时间，和他搭伴的大学生，早已经到店里了。浩之对着镜子整了整头发。

"你不能再早来五分钟吗？"

店长面带不快地说道。因为熬夜的缘故，店长的眼周围生出黑黑的眼圈。

据说店长是把原本已经传了两代人的饭店换成了便利店。他住在离店只需五分钟的地方，每天早上七点钟开始在店里工作。

"预约圣诞节蛋糕的人没我想象的那么多啊。过了十二点，打个八折好了。"店长疲惫地交代道，说完就回家去了。收银台前的桌子上放着远远多于已预约数的蛋糕，至少还有七八盒的样子。

随着附近电车站的到站时间，店里忙碌了起来。浩之和搭档的大学生忙完收银，就马上去包装客人要购买的包子和炸鸡块，还有照顾快递的包裹以及接收洗照片的业务。

过了凌晨一点，客人终于少了起来，而圣诞蛋糕却只卖出了一盒。大学生到了休息时间，钻进了里边的房间。浩之想要去整理书架上的杂志，从柜台里走了出来。

特别是摆放色情杂志的架子，总是最乱的。最近，从补习班回来的小学生们也光明正大地翻看起这些内容裸露的杂志。店里对这些只看不买，甚至偶尔偷杂志的人们基本不管不问。从整体来看，或许是因为已经赚回本钱了吧。

不过，对于浩之来说，不管是通过裸体或者偷窃杂志而获得愉悦感的人们也好，还是赚钱赚到可以对这些行为不管不问的人们也好，都与自己无关。别人是别人，反正自己也没什么了不起的。

浩之上学的时候其实成绩并不算差，但是却在枥木的公立高中只读了一年就退学了。浩之在忍耐着上大学或者进入普通人的世界这样的生活中找不到任何意义。他的父亲是出租车司机，也谈不上有什么能让他继承祖业的东西。上边四个兄长都留在了老家，所以浩之决定总之先到东京去再说。

最早，他也曾憧憬过总有一天自己会让别人刮目相看，但事实上却始终找不到自己喜欢的工作，甚至连他自己都开始感到想要放弃了。

虽然总是被人说"你才十九岁啊"，但浩之自己却总觉得自己"已经十九岁了啊"，每每想到未来，胸口都有一种难以表达的沉闷感。靠着和女生交往，沉浸在音乐和游戏的世界来打发时间，日子也就一天天的过去了。遇到连这些都也无法掩盖自己苦闷的时候，他就会开着摩托狂奔，用速度将痛苦抛之脑后。

"啊，今天是圣诞节啊。"浩之听到背后传来了声音，连忙转过身来。

在堆满圣诞蛋糕的桌子前，一个三十来岁的男人站在那里。

似乎是下班回家的途中路过这里的。他的体格十分健壮，手里拎着一个公文包。或许是刚喝了酒，脸颊上泛着红晕。这么看起来并没什么特征，浩之对他那张温和的面孔有些记忆。或许作为客人，他曾来光顾过几次吧。

男人配合着店里播放的圣诞歌曲用鼻子哼唱了起来。

"家里应该买过蛋糕了吧。"男人自言自语地说道,然后就从蛋糕和巧克力的柜台前离开了。

当浩之想到蛋糕果然卖不出去这件事时,就不觉地冷笑了两声,然后钻进了柜台里侧。

男人拿着圣诞节特别包装的饼干套装,像是在挑选大小的样子。身体却晃悠了起来,看来醉得不轻。

结果,男人晃着晃着就顺势坐到了地上。不知道是不是因为不舒服,把手里的提包扔在了一旁,紧接着干脆躺了下去。伸直了手脚,整个人躺成了"大"字,似乎要安静地慢慢睡着了。

浩之之前也遇到过几次酒鬼的情况,要么把店里的东西打翻,要么就像这样干脆倒下去。浩之也没从柜台里钻出来,直接问道:"客人,您没事吧?"但没有任何反应。

"您躺在这儿,会让我们很困扰的。"

浩之看看店外,没有一个人,又叫了声搭档的大学生,然后自己从柜台里钻了出来。他走到男人的身边,提高了声音说:"客人,拜托了!"但客人依然一动不动。

浩之又喊了一遍,看他没反应就用脚在他命根子的地方轻轻踩了一下。

"你这样会给别人带来困扰的啊,快起来呀。我报警了啊。"浩之看他依然没有反应,就加重了力度又踩他一下。

然后,浩之又叫了声搭档的大学生。或许是拿着货架上的色情杂志进了厕所也说不定,这人完全没有出来的意思。浩之凑近那男人的脸庞一动不动地盯着他看,又晃了晃他的肩膀。

"客人,你要睡觉的话回家睡行吗?我真的叫警察了啊,行吗?"

虽然对方依然没有说话,但浩之感觉到对方轻轻地哼了一声,连梦话都算不上。

"客人,真的,你赶紧起来嘛……"

浩之觉得有些害怕,更加强烈地晃了晃对方的肩膀。那男人的脑袋毫无力气地跟着晃了晃。

浩之一下就跳了起来,飞一般地跑回到吧台内侧。

他冲着屋子里大喊出事了,然后抓起了电话。在等着救护车到来的时间里,那个大学生搭档才慢悠悠地从里屋走了出来。

两个人都不知道如何实施急救,浩之只能待在那男人旁边看着会不会有什么变化出现。是不是该捏着他的手,或者应该离他远一些,浩之都拿不准。只好选择一个相对中间的位置傻站着看着对方。大学生跑出店外,把准备进店的客人都拦了下来。

过了五分钟之后,才终于听到了救护车的警铃声。店门被大大地打开,冲进来了两个急救人员。

"怎么了?"其中一人把这个问题抛给了浩之,同时另一个在试图问倒下的男人同样的问题。

"他刚才在买东西的时候,突然倒地不起……"

浩之感到郁闷和不安同时袭来,仿佛自己在借口开脱一般。

两个急救人员跪在了那个男人的旁边,试着摸那人的脉搏。另一个人趴在那男人的耳边大声地问"你没事吧",然后又把他的眼皮撑开看了看。

"没有脉搏。"急救人员的声音中充满急迫感。

浩之感到胸口一沉。

急救人员又麻利地给那男人做起了心脏复苏,同时也给他的口鼻上套上了氧气面罩。

倒下之后过了多久,知不知道这男人的姓名和联系方式……问题接二连三的抛给浩之,让他觉得有些天昏地暗,只剩下脑袋摇个不停。

2

那男人被搬出去之后大约二十分钟,接了和浩之搭档的大学生的电话后,店长匆忙地赶了过来。

浩之把整个过程,按照顺序说了一遍。只不过,他隐瞒了自己用脚碰客人的事情。

"作为店方的回应没有什么问题吧?"店长问道。大学生首先脱口而出说没有。浩之想了一会儿,才回答他觉得应该没什么问题。

店长回去之后,浩之一边收银,清点进货物品,一边对警察何时来询问自己而忐忑不安。

那个倒下的客人如果缓过气来,控诉便利店的店员用脚踢他该怎么办……如果真的出现了这种情况,自己该如何作答呢?光是想想就让浩之头痛不已。浩之疲于再思考什么解决办法了,心想要是店长再问起整个过程,就把自己踢了客人的事情说了。

但在早上七点,还一脸困相的店长丝毫没有再提及昨晚如何处理那男人的事情,只是说着"昨天你们不容易啊,这是一点心意",就把没卖完的蛋糕都给了浩之他们。

浩之把蛋糕绑在摩托车的后座上,回到了自己的公寓。

房间里很冷。浩之打开空调,把蛋糕放进冰箱里,又从里边拿出一瓶啤酒，浑身颤抖地喝着。虽然嘴里哈出的都是白气，但是往下灌冰镇啤酒的行为可以缓解自己受到的打击。

越是做着这种愚蠢到极点的事情，浩之越是想让人知道自己也受了伤害。但没人知道，也只好说给自己听。

脱了衣服，按下CD音响的开关，里边传来了由儿歌改编成的猥琐的Rap歌曲。浩之躺到了床上。房间也渐渐温暖了起来，而浩之的脑海仍是一片空白。

但是，他却一直睡不着，那个倒在地板上的男人的样子，在浩之的眼前始终挥之不去。不知从什么时候开始，倒在地上的那个男人的身影，在浩之的脑海里变成了自己。

在模糊不清的深渊里，浩之感觉自己的身体不断地下沉，手脚也变得不自如，想要爬起来的话，就会被什么狠狠地按住胸口。

"喂，你买了礼物啊？"浩之耳边突然传来一个满是笑意的声音。

他用手揉了揉脸，睁开了眼睛。

从窗帘中透射进来的阳光下，有本美季笑着站在那里。

她和浩之都是十九岁，眼睛有些细长。她自己也意识到了这一点，因此化妆时总是刻意把眼睛化得很浓，这让她的眼睛看起来很大。她的额头有些高，下巴很小。笑起来总能够看到门牙，给人一种可爱的小动物的感觉。

美季穿着粉红色的套头衫和豹纹的超短裙。她突然跳起来骑到了浩之的身上，两手按在浩之的胸前，轻佻地问道："唉，没什么要给我的吗？"

浩之也懒得坐起来，又闭上了眼睛，指了指厨房，说："蛋糕在冰箱里呢。"

美季从浩之的身上下来，然后传来了走到厨房的脚步声。美季拉开冰箱门说:"什么嘛,这不是你们店里卖剩下的嘛。"

"昨天出了各种事儿啊。"

"遇到讨厌的客人了?"

浩之想跟她说说那个倒下的客人的事情。但是,他又觉得要想说清,一幕一幕地去回想起来实在是没有勇气。

"……总之,根本没空啊。"

"就说了这个理由啊?这可是圣诞节啊,作为交往的对象,不能连个糖豆都不送吧?把忙碌当作借口的话,那就是老头子了!"

"那你呢?"

"你看看我胸口呀。"

浩之抬起了头,从刚才起美季脖子上就挂着一个小箱子状的饰物。

打开小箱子,里边放着一对银色的耳环。

"什么嘛,我耳朵又没开耳洞,根本带不了啊。"

"当,当当!"美季的声音变得热情起来,手里拿着一个订书机一样的东西。

"我跟饰品店的朋友借来的。打耳洞的方法,我也让他教我了。"

"别胡扯了。"

"不会弄痛你啦,我会轻点打的。那个,小浩,说起来你和好几个人上过床对吧?到底几个,在我之前?"

"烦死了!"

"别发火啊,说说嘛。"虽是这么说着,但此刻美季的眼神已有些放空。不知道是不是因为涂抹了带有荧光粉的口红,让她的嘴唇看起来闪着亮光,仿佛在颤抖一般。

美季出生在东京,本地的高中毕业之后,上了专门的美容学校。晚上在有天妇罗盖饭的料理店里刷盘子,赚来的打工费用来做学费。

他们相识在今年六月的一次相亲聚会上，美季先搭讪说"让我给你剪头发吧"。浩之觉得这也没什么大不了的，于是干脆晚上就在公园里让美季给自己剪了头发。美季的水平差极了。但剪出了奇怪的发型，美季自己倒先哭了起来。之后，浩之买了咖啡，和"理发费"一起递给了她。她一边呜呜地哭着一边说："说你接受了嘛！"浩之听了不由得笑了起来、然后美季也跟着笑了起来。那之后，两个人就在公园里连手都没碰一下，聊着音乐和游戏的话题一直到天亮。

美季第一次在浩之家过夜是两个月之后的事。那天晚上本来还是在公园里，浩之又让美季帮他理发，可周围的蚊子实在太多，浩之就问美季说："不如去我家好了？"美季点点头，说："反正我也不想回自己家。"

即使是现在，美季也偶尔会说自己不想回家，似乎也有意诉说些什么。但浩之却从没去问过她究竟为什么不想回家。他觉得如果问了，她或许会告诉自己。不，从美季的样子上来看，她或许很想有人问她这个问题。但浩之却依然没有去问，他总觉得那个答案会让他背负一些什么。

"总之，先让我帮你打耳洞吧！"

浩之抓起装耳环的小箱子扔了回去。

"别白费心思了！"浩之对美季发起火来。

"我要是想打耳洞，会自己去正规店里打的。"

"可是我想帮你弄嘛。"

"这跟理发不一样，打了就改不回去了啊。"浩之从站在厨房边上的美季身边走了过去，想要去厕所。

"我想在小浩身上留下些什么。"美季小声地说道。和她说自己不想回家时的声音很像。"对于和小浩交往，以及对于在这个屋子里生活过，我想要留下些什么印记。"

浩之一时找不到合适的回答，逃离一般地钻进了厕所。

浩之从厕所出来，在厨房水池洗了个脸。回到卧室里的时候，不知美季是不是心情变好了些，正在玩游戏机。

"啊！被打败了。"

美季小声叫道。显示屏里，受到了敌人攻击的游戏角色轰然倒地。

浩之感到游戏角色倒地的样子又和便利店的那个男人的样子重叠了起来，只好移开自己的目光。他忽然向瘫坐在那儿的美季的短裙深处看去，然后走到美季身后坐下，从后边抱住了她。

"讨厌！我正在玩游戏呢。"浩之把美季的身子扭过来正对自己，和她接起吻来。之后为了把美季拉上床，暂时分开了重叠的双唇。

"做这种事，真的这么有趣吗？"美季随即问道。

浩之又把嘴唇贴了过去，所问的问题也就不了了之了。浩之又把手放进了美季的衣服里。

"那个人死了！"当晚，便利店的店长这样跟浩之说道。

说这话时，浩之正在换工作服。店长所说的情况是，白天的时候，所辖警察来店里询问了关于那个送去医院的男人当时的情形。

"送到医院的时候，那个人就不行了。警察说想知道当时的情形，我就把你跟我说的话告诉他了。我告诉了他真正叫救护车的是咱们店夜间的工作人员，我估计他可能还会再来，也说不定会找你询问啊。不过，照实说就好。咱们这边没什么问题。"店长说道。

浩之犹豫地点了点头，他依然无法接受那个男人已经死了的事实。

"原因是什么？为什么就死了呢？"

"具体的警察也没说。但听咱们这里所说的情况，看他推断的意思或许是过劳死。最近这样的症状挺多的，看来我也得小心点了啊。"店长说完活动了下自己的肩膀。他一边打算离开一边指着监控摄像头说："警察拿走了一卷监控录像，说确认了没问题的话再还给我们。他要是拿回来了，记得帮忙收下。"

浩之有些不安了。他感到自己的罪行就要被发现了。

"店长看了录像了吗？"

"没啊，怎么了？"

"虽然……也没什么特别奇怪的地方。但是，我当时是不是应该再早点儿叫救护车什么的啊？"

店长又走回浩之面前，或许是想要安慰他一下，苦笑着说道："别管是谁，突然有人病倒在面前也会变得不知所措啦，不用放在心上。"

但是，浩之却丝毫没有感到轻松。店长并不知道自己曾用脚碰了对方，更不知道自己还对着对方命根子的地方踢了一脚。虽然对方不太可能是因为自己的那一脚而丧命的，但是浩之此刻踢人的那只脚却像突然抽筋了一般抬不起来。

第二天，浩之再去上班的时候，店长递过来了一盒点心。

据说两个自称是死者的亲属的人来了店里，似乎是从警察那里得知了死者倒下的地方。

"说这是为感谢你打急救电话的一点心意。那两个人又问到了当时究竟是什么情况，我就又把你告诉我的情况又讲了一遍。他们说十分感谢你。还说如果又想起了点什么，如果能再联系他们其中的某一人的话，就更感激不尽了。"店长说道。

点心包装绳上夹着一张便笺纸，上边写着两个电话号码和住址。

其中的一个地址写的是群马县的某地,另一个则是这附近的某个小区,连单元号和公寓的门牌号都写得极为清楚。

"群马县似乎是那位死者的老家。"店长说道。也就是说,另一个附近的住址大概就是此人现在的住所。紧接着住址之后,写着"宫前幸乃"的字样,上边还标注了片假名。

浩之实在是无心享用死者家属表示感谢的糕点。于是,对店长说:"这个点心在休息的时候,给大家吃吧。"说完将点心盒子塞给了店长。店长抓起了那张便笺纸,说:"那这个你收着吧。"塞给了浩之。

那棵放在店里的圣诞树被人搬了出去,取而代之的是,在同一个地方摆放上了门松①。

浩之的新年也是在店里度过的。虽然被父母嘱咐过年的时候要回来,但浩之以工作为借口推托了过去。

不喝酒就不会吐露真言的父亲,总是唉声叹气的母亲,还有原本总是不务正业却突然变成上进青年的哥哥,被这些人不停地质问未来的发展对浩之来说,实在是件头疼的事情。

和美季再见是元月三日。

"其实我本来是想和小浩一起过年的呀。但是被妈妈不停地说至少过年也得和家人一起过啊,一起去神社祭拜啊什么的。大概都是被'老头子'说了才这样的吧。"美季已经好几次把自己的父亲称作"老头子"了,浩之觉得说不定并不是她的亲生父亲吧。但是,或许是每每说到父亲的时候,浩之都装作没听到的样子,美季也就不再深入谈起自己的家事。

---

①日本新年摆放在门前的装饰物。

元月七日，警察把拿走的监控器录像带还了回来。不知道从什么时候开始，浩之已经忘记被借走的录像带的事情了，他对此有些疑惑。虽然死者倒在店里不过是两周之前的事情，但对于浩之来说，仿佛是在一年前发生的事情。而与死者有相关的人，从那之后都没再出现过。

"看起来没什么事吧。"警察什么都没说，店长一脸终于如释重负的样子。他把录像带递给了浩之，但又觉得继续使用这盘带子有些不舒服，于是嘱咐浩之把带子丢掉。

店长回去之后，浩之就把那盘录像带扔进不可燃烧垃圾所用的袋子里了。

过了一会儿浩之又想了想，从垃圾袋里把录像带给捡了出来，偷偷地放到了自己的背包里。下班之后，浩之把录像带带回了家，在塞满漫画书的书柜里找了个角落塞了进去。

"白天，有个挺漂亮的女人来找你哦。"店长告诉浩之这件事的时候是浩之偷偷拿回录像带的四天之后。据说是一个三十多岁，穿着很朴素但气质十分出众的女人。

"还是和那个倒在咱们店里的男人有关，好像是他老婆。"店长又说道。

浩之对此十分困惑，他在想为什么突然在这个时候出现呢。或许是店长觉察到了浩之的异样，走过去拍了拍浩之的肩，说："耽误了你的时间真是抱歉啊，她是想来对你当时所做的一切表示感谢。对于当时的情形，我按照你告诉我的话又跟她说了一遍。只是，她想知道她丈夫在倒下之前，有没有跟你聊过些什么。我就说那就只能去问问本人了吧。"

"这个……我当时并没有和他说过什么啊。"

"就算如此，说到底不是听你亲口说起，对方还是不甘心吧。我告诉她你的工作时间了。她说会再来找你的。"

那之后，浩之总是有一种被人指责了的感觉，从而变得魂不守舍，他本想有机会的话就找个借口早点儿回家算了。可是，今天的搭档是个新人，是一个自己工作了三十多年的公司突然倒闭了的五十多岁的老头，浩之完全没法儿扔下他一个人然后自己逃跑。

凌晨一点之后，店里的矿泉水卖出了许多，浩之就去了补给的仓库里再拿了一些过来。可还没拿完，就听到了店里有人叫他。浩之从仓库探出脑袋来，看到搭档的老头正往这边跑来。

"保志先生。"老头这么叫他。

老头比自己大了将近三十岁，浩之自己都觉得被这么称呼怪怪的。

"直接叫我名字就行了。"对方露出一种会意的笑容来，指着店里的收银台说道："客人找你。"

在浩之还没看过去之前，他就感觉到自己正被那边的某人一直盯着。

一个穿着灰色大衣的女子正站在收银台前看上去，不到三十五岁。扎在后边的头发有些要松散开来的样子，眼圈有些红肿。小小的脸庞，看起来十分文静。没有化妆的痕迹，脸色也很差，但眼睛里却闪耀着类似坚韧的目光，正紧盯着浩之。

浩之走了过去。

"您是保志先生吗？"她先开口问道。她的嘴唇很薄，声音比预想的还要纤细轻柔一些。

浩之点了点头。

她深深地鞠了个躬，说："我姓宫前，不久前，我的丈夫得到了您极大的帮助。"

浩之只是回应了几句客套话。

"其实本想早些来当面向您致谢的,只是时间就这么过去了,真是非常抱歉。"

"没什么。"

浩之盯着自己的双脚。脚趾在鞋子里时而曲起,时而伸直地来回动着。

"那个……"

对方又想要说些什么,只是仿佛有什么东西堵住了她的喉咙,始终没能顺畅说出来。

"请问,我的丈夫是在哪个地方倒下的……"

浩之回头看了看那个男人当时倒下的地方。

那是在摆满商品的两个货架之间的一个十分狭小的地方。那个地方的地板在那之后早已经过了无数次清扫,自然也不可能留下当时的任何痕迹。在荧光灯的照射下,锃光发亮。

"是去拿……"听到那个女人又说了话,浩之就把头扭了过来。

"他当时是准备去拿什么东西来着?"女人问道。

"这个……"说完浩之低下了头,又开始盯着自己脏兮兮的鞋子发呆。

"为什么……"浩之听到那女人说道,那声音听起来就像是顺着气息溜出来一般地虚弱。

"为什么会在这种地方……"

浩之依然没有抬起头。

这个时候,店门被推开了。欢笑声瞬间打破了周围的宁静。

十人左右的一群年轻人,几乎在同一时间一股脑儿地挤进了店里。看他们的打扮和样子,好像只有十来岁。好像都喝醉了酒,用嘴发出各种奇怪的声音,分散到小小的便利店的各个角落。其中几个人晃荡着身体,碰掉了不少商品。

"抱歉,失陪一下。"

浩之跟那个女人说道,然后就跑过去捡那些被碰落的东西去了。虽然是一些麻烦的客人,但现在自己多少还能补救一下。

浩之一边捡起地上的东西,眼睛的余光看到那个女人正对着地板的一处,闭着眼睛默默地祈祷着。

不一会儿,那女人微微点头施礼,然后匆匆离开了便利店。

浩之回过神来,突然感到有些心痛。周围充溢着高亢而嘈杂的欢笑声,那群年轻人中,有几个正在那猝死男人倒下的地方模仿着某种舞步不停地扭动着。

浩之感到心里不太自在,就冲了出去,去追那个女人。外边的风很大。看着那个女人在朝着小区走去的背影,被强风吹得摇摇晃晃,无力支撑的样子。

"那个……"浩之搭讪道。

过了一会儿,那女人回过头来。

"明天中午,我有时间。"浩之想都没想说道。

那女人沉默地看着浩之。

"这附近的家庭快餐店,您知道吗?"

女人点了点头。

"下午三点的话……"浩之又说。

她停顿了一会儿,才点了点头。

浩之自己都弄不清自己究竟是出于一种怎样的目的说出了这些话。同时他又感到再也无法直视对方的眼睛,就低着头回店里去了。

3

耳边响起了嘈杂的信号忙音。

勉强睁开双眼，美季正靠着床玩电子游戏。

浩之扭过头，去确认桌子上的闹钟的时间，四个小时都还没有睡到。浩之对出现在店里的女人十分介意，所以睡得不太好。浩之从被子里伸出脚来，轻轻地在美季的脑袋上碰了碰，说："别玩了。我好不容易才保存好这个进度。"

"大早上就开始玩，算什么嘛。"浩之又说。

美季整了整头发，说："根本就不是早上了啊，都中午一点了。你还说早点开车出去呢，小浩！"

浩之和美季都是周六晚上休息，因为是周末的缘故，美季的学校也休息，之前就约定好了在这天远行。不知道是不是为了坐摩托出门的缘故，美季穿着高领的套头衫和牛仔裤。她把游戏的开关给关了，说道："去哪儿呀？你觉得冬天的海边怎么样？"

浩之把脸埋在了枕头里，眼前又浮现出了那个女人的样子。

和她见面的时候，该说些什么好呢？告诉她关于她丈夫是怎样倒下，自己又是如何应对的吗？一件一件地说下去的话，浩之觉得自己会不自觉地把自己并没有立刻就拨打急救电话的事情，以及踢了那男人的事情都说出来。这样一来，浩之会被对方认为是因为自己的迟疑而造成了那男人的死亡。

"凭什么要怪我啊。"浩之一不小心就小声地说了出来。

"什么？"

"没什么。"

浩之坐了起来，抓住了美季的手腕，一把将她拉到了床上。

"讨厌！老是做这个。"

啊，是啊，浩之突然很想这么喊。我只是想上你哦，我很坏的哦……类似的话在浩之的内心涌动着。但是，令浩之非常意外的是，他突然感到，比起美季来他更厌恶起自己了，就自然地松开了美季的手腕。

美季一脸委屈地揉着被抓疼的手腕。

"我来那个了！"美季说道。

美季指的是自己的生理期。以前的话，即使这么说，浩之依旧会强来的事情也时有发生。只要浩之表现出些许地不高兴，美季就会反过来顾忌起浩之的感受，放弃自己的坚持而答应下来。往常也有数次，就是这样让浩之得逞的。

但此刻浩之内心对自己的厌恶感愈加强烈。

"准备出门吧。"浩之掀开被子，从床上爬了下来。

浩之把备用头盔递给了美季，让她坐在摩托车的后座，往台场方向出发。

不知道是不是天气比较暖和的缘故，虽然还是一月份，但台场附近聚满了恋人和全家出动的人们，甚至还能看到身穿和服的女人。

想拍张两个人的合影留个纪念，美季去买了一次性相机回来。

"算了吧，没必要非要两个人一起照嘛。"浩之不喜欢去拜托别人照相。

"不是挺好的嘛，会成为美好的记忆呀。"美季十分积极地去拜托路人为他们两个人拍照，然后两个人就拍了数张合影。

两个人在人工的沙滩漫步，偶尔用海水嬉闹着，一直玩到天空变成了淡紫色才作罢。回去之前，两个人在电视台旁边的家庭餐馆里吃了晚餐。

美季还在劝说浩之打耳洞的事情,说自己难得送礼物给他,什么时候让自己帮他打了。

"不要问什么时候,别闹了。"

"我想给你打嘛。"

"连头发你都理不好,还说什么呀。"

"马上就能理好了!我毕业实习的店已经快定好了,在表参道哦。"

"那也有好坏之分吧。"

"我工作后就可以从家里搬出来了。"

一看又说到了这个话题,浩之就开始专注于正在吃着的汉堡了。

美季继续说道:"实习的话,一个月只能拿到五六万块钱。估计也没有空闲去打工了,虽然很辛苦,但我还是准备租房子,我想和同一个店的姑娘一起合租。我妈知道我开始工作了,也不能再反对我了不是?亲戚朋友之间,也不会觉得我搬出家是因为什么人的缘故,因为有正当的理由啊。"

如果浩之此时问到这到底是怎么回事的话,估计美季会对此进行详细的说明,但浩之并没有问出口。浩之并不想知道美季的家庭有怎样的阴暗,或者和父母之间有着如何的摩擦这样的话题。

两人沉默了一会儿,美季摸着自己的耳洞,说:"不然在肚脐上也开一个吧,挂脐环的。"

浩之吃惊地看着她,问:"干吗啊,肯定很痛。"

"没什么大不了的,一点疼痛算得了什么。"美季不屑地说道。表情也有些变化,看起来不怎么高兴。

"那我打你一顿吧?"浩之撅着嘴巴说。

美季皱起了眉头,"干吗,干吗呀,你这是什么意思嘛。"

"你不是说一点疼痛算不了什么吗？"

"意思不一样好吧。被喜欢的人打的话……疼痛感，必然是不同的啊。"

她说完似乎感觉到了什么，眼眶瞬间湿润了起来。浩之视若不见，拿起了第二个汉堡塞进嘴里。

或许，最终美季还是控制住了自己的情绪，两人之间的气氛也逐渐缓和了下来。浩之的眼睛呆呆地看着上边，美季也开始专注于吃自己还没吃完的汉堡了。

等到日暮西沉之后，两个人踏上了回家之路。

浩之一边开着车，一边又想起了那个女人的事情。不知道她是不是按照约定去了见面的地方——肯定没有去吧。就算去了估计也会马上离开的吧。浩之这么告诉自己。

浩之也有点怨恨那个倒下的男人，他为什么偏偏倒在自己的面前呢？如果他不来店里，自己也就不会被卷入这些事情里了。浩之真想把这些令他痛恨的事情都倾诉出来。

浩之的摩托倒没怎么受到路上连续堵车的影响，但是回到公寓的时候，已经过了八点半了。美季跟家人说了要在朋友家过夜。

虽然直接回家也可以，但是浩之却绕了远路故意路过和女人约定好的那间家庭饭馆。

浩之觉得见面还是太令人心烦。虽然他想肯定对方这个时候不会还在，但内心深处却又有一种希望对方还在那里等着自己的想法。他放慢了速度，向饭店的每个窗口都看了过去，寻找那女人的身影。

结果，在角落的位子上，那女人的身影出现了。浩之一惊，同时居然又有几分开心，但内心马上又沉闷了起来。现在距离约定的时间已经过去六个小时了。

他把脸扭了过来，摩托车开过了家庭饭馆。但在信号灯前因为红灯不得不停住了。这样好吗，浩之扪心自问道。可以吗，就这么回家的话自己真的不会感到后悔吗……

浩之突然全开马力，横穿过斑马线，摩托画了一个大大的 U 字形。坐在后边的美季觉得有些不对劲，用力地拍着浩之的后背。浩之无视美季的反应，将摩托一头开进了家庭饭馆的停车场里。他并不想浪费太多时间，把车开到入口处才熄了火。

美季把头盔的面罩打开，说："我没觉得饿啊！"

"没事啦，你在这儿等着。"浩之把自己的头盔塞给了美季，自己跑到店里去了。

他走到那个女人的面前，问道："您一直在这里等着吗？"

那女人抬起了头。空洞的双眼，看着浩之一时居然未能对上焦点。盯了浩之看了一会儿，说："我在等人。"

"所以，我就是问您还在等我吗？"

她用力地眨了眨眼睛，或许真的把浩之当作了其他客人或者店员了吧。

"我不是跟您约在了三点吗？您怎么一直等着呀，这都等了六个小时了。"浩之说道。

她这才终于反应过来站在眼前的是浩之。模糊的视线也仿佛找到了目标，恍然大悟一般。

之后她马上诚惶诚恐地站起身来，低下头说："非常抱歉。"

"不，应该道歉的是我。"

"专门让您跑一趟，实在过意不去。"说完她又十分郑重地低下了头。她虽然没有化妆，但头发规整地梳在后边，穿着一身给人洁净感的紫色连衣裙。旁边的椅子上放着大衣、手提包和围巾。虽然外表看起来并没有什么奇怪的地方，但是给浩之的感觉却有种并不简单的异样。

"你没事吧？"浩之问道。

她似乎没有听到，依然紧锁着眉头。突然，她的右眼下方抽动了起来，她连忙用手捂住了脸颊。

"小浩，她是谁啊？"

背后，突然传来了一声打破沉默的声音。美季两只手各拎着一个头盔，站在浩之的身后。

浩之突然感到有些丢人，回头对美季说："回去！"然后就把头扭了回来。

那个瞬间，浩之并非只是觉得被美季看到了眼前的这个女人而丢人，也觉得被这女人看到美季而有些丢人。

"你停的车，挡着人家车的路了，我是过来告诉你一声好吗。"美季一脸怒气地说道。

还没等到浩之的回答，站在饭店入口处的店员喊道："开摩托来的客人在吗？"

"非常抱歉，我的车挡到别人了。"浩之对面前的女人说道。

那女人站起身来，拿起用餐的账单，然后抱起自己的大衣和手提包，对浩之说道："昨天我那么晚打扰您，我只是想对此表示一下歉意。"然后轻轻地点了点头，就从浩之和美季两人之间穿了过去，朝着出口走去。但黑色的围巾却忘在了椅子上。

浩之连忙拿起围巾，去追那女人。刚打算递给正在收银处交钱的她时，却被店员给拦了下来。

"您的摩托车，挡住了别人的路，能否请您移动一下呢？"店员的声音听起来十分迫切，外边也不断地传来令人焦躁的喇叭声。

他本想把那围巾塞给店员,但转念一想,又觉得还是自己亲手交还给对方比较好,就索性直接冲了出去。停着的摩托车,挡住了其他车辆的出口。

浩之跨上了摩托车,才发现没有钥匙,此时刚好美季臭着脸走了出来。她晃了晃手里的钥匙,说:"插着钥匙不就让人偷了吗?"

浩之把车移到了停车场里面。

然后他又马上跑回了收银台前,却发现对方早就离开了。看了看四周,也没看到她的人影。浩之刚想在四周再找找看的时候,却听到身后传来了一声巨响。

浩之回头看去,看到自己的头盔正在柏油马路上滚动着,美季满脸怒气地站在摩托旁。美季把摩托的钥匙拔出来,一把扔了出去,又抓起另一个头盔扔向摩托车,头盔从摩托上弹了出去,然后一直滚到了停车场外边。

浩之咂了下舌,捡起头盔和钥匙,追赶美季而去。

4

第二天的下午,浩之开着摩托穿行于一个住宅区建筑林立的一角。

沿路树木都落光了叶子,光秃秃的细枝在北风中颤抖着。浩之此时终于找到了他在寻找的那栋建筑,于是把摩托停在了附近的一棵粗大的树木旁边。

他手里拿着头盔,走进了那个建筑。他觉得等待电梯下来实在麻烦,索性爬上了楼梯,到了三楼一间间地找了起来。

靠近中间位置的一套房子门口贴着"宫前卓彦／幸乃"的铭牌。

浩之对那个女人昨天的样子和状态有些放心不下,而且自己也还没就让对方等了那么久的事情而道歉呢,因此内心忐忑不安,居然咬牙找到了这里。他左顾右盼,企图抑制自己的慌张,连身体都有些颤抖。

真的打算见面吗?见面后该说些什么呢?连浩之自己都无法揣测出自己的内心究竟作何打算。

还是回去吧……浩之把身子移动了一下,背着那房门想道。啊,不,他想到至少也得把围巾还给人家吧,就又转过身来了。那把围巾挂在门把手上,还是塞到邮箱里算了呢?就在他站在门前犹豫不定的时候,那扇门突然要从里边打开了。浩之慌张了起来,狼狈地跑到了楼梯口去。

"行啦,不要送我了。"门被打开了,然后听到了一个热情的声音。

浩之又退到了楼梯的拐角处,只露出一点脸出来偷看。从房间里走出来了三个女人,看起来都是三十多岁的样子。走到走廊的时候,三个人都穿上了大衣。

那个之前约定见面的女人紧接着走了出来,她身着朴素的灰色连衣裙。

"宫前幸乃。"浩之在嘴里嘟囔道。那女人的脸色看起来依旧不太好,但是表情却柔和了许多。

"真是个艰难的新年啊。"一个穿着毛皮大衣的女人说道。另一个化妆很浓的女人把手放在了幸乃的肩头,说道:"打起精神来,总是唉声叹气的话,我想卓彦也一定会不高兴的。"

幸乃微微地笑着回应了对方。穿着羊毛大衣的小个子女人,不知道是不是还在哭泣,用手绢擦着眼角说道:"回头打电话联系啊,一起吃个饭什么的。"

而那个穿着皮大衣，头发剃得像个男人似的女人，啪啪地拍着幸乃的手腕，说："要是有不错的相亲会的话，我叫上你哦。"

幸乃似乎是想说声好的，但只是嘴皮微微动了下并没有发出声音来。

三个女人或许都想给幸乃打打气吧，一直热情地聊着走到了电梯口。幸乃大概出于礼节多送两步，就跟着一起坐上了电梯。

浩之把背包放了下来，从里边把那条围巾拿了出来。

门并没有锁上。现在过去的话，可以直接放到屋子里去。但他朝着那屋子刚踏出去两步，就又变得举棋不定起来。

如果打开门进去，被对方或者其他什么人看到的话，自己该作何解释呢？自己到底是为了什么而跑到这里来的呢？与其偷偷把围巾放到她屋子里，还不如昨天干脆把围巾交给那餐厅的店员更加省事一些吧。

浩之又自问了起来，和对方见面到底该如何是好呢？为她丈夫的事情而道歉吗？其实自己不是打算好了对这件事绝口不提了吗？事实上，在她出现之前，自己就是想彻底把此事抛在脑后的。如果自己真的打算道歉的话，那不就是说自己其实是想做一个好人吗？但一直背负着罪名，真是件令人痛苦的事情……

或者说，其实自己是觉得自己根本就没有勇气跟对方坦白真相，就算索性大大方方地把围巾还给对方，这事就从此一笔勾销吗？或者先让对方觉得欠自己一个人情，然后再把事实告诉对方，难道自己只是不想让对方怪罪自己吗？

但不管是什么理由和做法，浩之发现自己想到的都是些懦弱和伪善的想法，对此他感到十分懊恼。

还是索性回去吧，他想。把围巾拿给那饭店的店员就可以了。

浩之转过身去，看到幸乃就在离自己数个台阶之下的地方站着，不知为何她竟然爬楼梯上了楼。浩之没听到脚步声，以至于幸乃走到这么近的地方，他都全然不知。

但幸乃并没有看他。她的眼神空洞地盯在某一点上，眉间依旧紧锁着，嘴唇也被用力地咬着。刚刚才看到她柔和的表情，此刻突然又变得如此，让浩之有些恐惧起来。表情看起来像是有些发怒，但更多地像是在责备自己。

幸乃从浩之的身边侧身而过，往屋子的方向走去。她拉着门把手，然后就把头靠在了门上。肩头松弛下来，叹了口气。之后深深地吸了口气，马上又全部呼了出来，让人听起来如若悲鸣。

"那个……"浩之主动搭了讪。

幸乃转过身来。浩之战战兢兢地一边往前挪动着，一边问道："你没事吧？"

幸乃似乎并没有看出浩之是谁。

浩之连忙组织了下自己的语言，说："昨天让您白等了一趟，真是十分抱歉。那个，这个，您忘了拿……"说着浩之把手里的围巾递了过去。

不知幸乃是不是还没想起来，她在浩之的脸孔和围巾之间来回确认了数次。

那屋子是两室一厅，整体看起来十分整洁。

他们似乎还没有孩子。看起来只有两个人生活，不存在有其他人生活过的痕迹。比浩之整个公寓都大上数倍的客厅里，摆放着一张设计大方的白木桌子，上边放着四个咖啡杯子和放着蛋糕的盘子。

"不打招呼就跑来拜访，不太好吧。"浩之似乎自言自语一般地说道。然后浩之对幸乃说了自己在便利店里如何得到了她的住址的事情，这些在浩之正式踏入她房间之前告诉了她。

"您能过来一趟真是太感谢了。"

幸乃笑着对浩之说道。她觉得客厅还没来得及收拾，就带浩之去了里边的和式房间。

朝南的八叠大小的和式房间里，从窗户洒入的阳光让这个房间显得十分明亮。在阳光所落下的地方，摆放着一个藤制的柜子，上边放着几个花盆。

本应是插满五颜六色的绽放花朵的景象，每一枝花却都枯萎了，叶子散落在各处。

摆在前方显眼处的一个花盆里摆放着一品红和标记的标签。圣诞的时候经常被拿来装饰用的花，所以浩之也知道名字。但连那枝一品红的花朵也变成了黑色，如果没有标签的话恐怕也很难认出来。

幸乃请浩之坐在了布垫上，问道："咖啡可以吗？"浩之有些疑惑。

像这种场合，该不该客套一下，浩之心里对这方面的礼节并没有什么概念，甚至连坐下来还是马上离开这样的事他都显得有些踌躇，最终扬起下巴，点了点头。

在等幸乃倒咖啡的时候，浩之看了看这个房间的四周。

墙上有几张被裱起来的风景照片，祭奠节日时的神舆[①]，倒映在映照湖面的富士山，风中摇曳的樱花等……每一张都拍得十分漂亮，但每张看起来都像是明信片的风格。

浩之又看了看另一面的墙壁。

依旧是裱起来的照片，照片下方摆放着矮柜、书柜……它的旁边摆放着一个小小的灵台。灵台的中间有一个用白布包裹着的盒子，

[①]日本传统节日庆典时，将神社的象征神灵的牌位或者物品放在一个可供人抬出的轿子状的物品。

两侧的花瓶里插放着鲜活的菊花。黄白相间的菊花无论是枝叶还是花朵本身都生机勃勃，包裹着一丝苦涩的清香阵阵飘散，和摆放在藤制柜子上的那些花儿对比鲜明。

灵台上也装饰了那男人的照片，露着白色的牙齿，一副开心地笑着的模样。

真的是倒在店里的那个男人吗？浩之感觉和自己记忆里的那个男人的样子完全无法联系起来。

"没有让您感到困扰的话……"突然一个柔和的声音传来。

声音从客厅里传来，幸乃正看着这边。浩之察觉到或许这是让自己"去给死者上个香"的一般礼貌性的说法。

"啊，那么……"浩之说着往灵台那边移动过去。

幸乃点上蜡烛，打开放着线香的盒子，然后自己又退回客厅去了。

浩之模仿着幸乃的样子，拿起一根香来，在蜡烛上点了火，然后立在了照片前的香炉里。回想着电影或电视剧里的情节，双手合十，双眼紧闭起来。

但该祈祷些什么，脑子里却是一片空白。

浩之至今尚未遭遇过亲友死亡的事件。小学二年级的时候，外祖父去世了。但外祖父一直生活在山形县的乡下，浩之只不过在很小的时候见过，所以对于他的去世，自己并无实感。

反倒是此刻面对的死亡，总给浩之一种距离自己很近的感觉。

从记事的时候起，电视上就会看到什么人死去了的新闻。杀人事件或灾难，当然也有交通事故之类的。有因病去世，有自杀的，也有因个人的疏忽大意所造成的……

人的死亡，每天就发生在人们的饭桌前。人是会轻易死去的，这种印象从那时候就留在了浩之的脑海里。

死，有时候是很轻微的。新闻报道时间不过三十秒的死亡也是有的，每十秒就变换成其他场景的交通事故报道也没什么稀奇。那些上不了报道的死亡，更是数不胜数了。

　　对于生命脆弱的消亡，让浩之感到挥之不去，但不知道什么时候开始就慢慢淡忘了。最近的一段时间里，老家的朋友打来电话，告诉浩之中学时代的一个同学出车祸死了。当年浩之也和他一起出去玩过几次，但面对他的死讯也不过只是说了句："唉？是吗？"就抛之脑后了。

　　是自己习惯了轻蔑死亡的方式了，还是因为彻底厌倦了呢？但凡不是自己的父母去世，恐怕自己都无法认真地去学会面对死亡这个问题吧。不，家人的情况也不得而知。

　　即使如此，看到眼前的这个男人的照片，想到他已经和自己不在同一个世界了，浩之依然感到胸口有些刺痛。愿你安息于地下吧，浩之想到了这句普普通通的祷告词，低下了头。

　　"非常感谢。"幸乃在客厅跪了下来，边施礼边说道。

　　浩之自己先松了口气。

　　幸乃站起来回到厨房去，不一会就用托盘端着一杯咖啡回来了。她客套了一下让浩之喝咖啡，又用手把烛火轻轻抚灭了，然后抬着头看着那男人的照片说道："你也算是在一个好人面前倒下的呀。"

　　浩之拿着咖啡杯的手停住了。

　　"我这些日子也一直在想，如果当时是在没人的地方，或者是汽车穿梭而过的地方的话……"说着，幸乃又轻轻地叹了口气。

　　浩之虽然不知道该不该在这个时候提问题，但还是问道："那个，为什么他会突然倒下呢？"这是浩之最顾忌的问题。

　　"是急性心功能不全。"幸乃回答道。声音听起来倒还自然。

"那之前,他的心脏并没有什么问题。只是在那个时期,工作突然变得很重,工作到很晚的情况就变成了家常便饭。到了年底,出差和加班的也变得接连不断……但是,圣诞节的时候,貌似拖了许久的工作终于结束了,他还十分轻松地给我打了电话。说和同事们稍微喝点就回家……心情听起来也不错的样子。"她用淡淡的口吻诉说着,声音虽然有些低沉却还算平静。

浩之也很自然地回想起了那个晚上。似乎自己也是被对方的话给带了进去,浩之接着说道:"好像是,晚上过了凌晨一点半左右的时候,店里边也没有其他的客人,我正在整理着漫画。听到响动,我回头看过去,一个男人站在蛋糕的货架前。"

"蛋糕的货架?"

"圣诞节蛋糕。那晚,还剩下很多没卖出去。这位客人……"说道这儿,浩之突然对称谓有点犹豫,想了想一般的表达方式之后,又说道:"尊夫……当时看到了那个,或许是想起了当天是圣诞节吧,自言自语地说或许家里已经买了吧之类的话,又去看了另外的货架。"

"请问是什么货架呢?"

"我想应该是曲奇和巧克力的合装礼包。用圣诞风格包装着的,摆放在一个货架上……尊夫大概是想要拿一个曲奇和巧克力的礼包吧。但是,拿之前他却坐在了地上,接着慢慢地躺了下来……倒也不是撞着头那样倒下的,像平时睡觉似的安静地躺下了。"

"是——这样啊。"幸乃的声音低沉了下去。

浩之觉得此刻如果自己低下头去,更有一种做坏事的感觉。于是,他只是闭了下眼睛,又说道:"对不起,至今我依然觉得自己当时还有些什么没有做到。"

幸乃摇了摇头,说:"您当时不是叫了救护车的吗?"

浩之想把对方当作醉鬼，而并没有立刻叫救护车，以及还踢了他两脚的事情都说出来。他想，说出来的话，就算是忏悔着向对方道歉，也比现在要轻松些吧。

"今天真是非常感谢。让您专程跑来一趟，还为他上了香，我想他也会感谢您的。"幸乃低下头的样子，让浩之感到她十分漂亮。那是如此的悲情，又如此的柔弱，让浩之瞬间有守护她的冲动。

而另一方面，浩之也接受了自己的天真和软弱，自己也想说些温情的话鼓励对方。现在说出事实，让对方变得痛恨自己或者讨厌自己的话，浩之会觉得十分痛苦。

浩之借助喝咖啡的方式躲避开了，视线转移到了墙上的照片说："很漂亮的照片啊。"

"那是他的爱好。"

幸乃也跟着看向了墙上的照片。一张一张地看过去，自言自语似的说道："旅行和摄影是他的爱好。"然后她指着那张富士山的照片，说："这张是在河口湖照的。当时为了看富士山的风穴，还租了自行车。我还记得当时为了爬上一个很陡峭的坡着实吃了不少苦头，但在回来的时候，一口气冲下面朝着河口湖的大坡，真是十分爽快啊。"她的声音也随之变得爽快了许多，浩之感到再次被挑起了话题，又接着说道："河口湖我也去过的呀，不过是开着摩托去的。旁边的那张照片，是下田水族馆吧。我虽然没有进去，但是也开着摩托走到那附近过。那个旁边的樱花照片，也很美啊。"

"那是在秩父①拍的。从这张开始，基本上都是一日旅行时候拍的了，都是去过数次的地方。"

---

① 秩父是埼玉县西部的一个著名景点。

"秩父我也去过了好几次,居然还有这么漂亮的樱花呀。"

"您没看过吗?"

"我一般都是夏天去。天很热,也没什么钱,干脆开摩托车飞奔。"浩之有些不好意思地挠了挠头。

幸乃脸颊露出点笑意,然后从书柜里抽出了一本相册。她翻开来,说道:"去年春天,去秩父的寺庙时拍过一张照片,那是棵树龄六百岁的樱花树。那天刚好风很大,樱花树枝来回扭着,感觉像是随时要被桃色的波浪给吞没一样。"

她说着,从相册里边取出了一张,放在了浩之的面前。

背景是寺庙里白色的墙壁,幸乃和一个男人像是要被随风摇曳的樱花树包裹住一样站在那里。那摇摆的花枝,似乎将幸乃从悲伤的谷底拉了上来,表情绽放了些,笑容也变得像是发自肺腑的了。

"这张是狭山湖畔的藤花。"

她又抽出了一张照片来。

那是一棵被木栅栏围起来的貌似很古老的树。粗壮的藤条交错而上,从藤架上开始,有数处葡萄状的紫色花房垂下。幸乃和那男人在那藤架前比着胜利的手势拍下了这张照片。

"当时本来是想去看樱花的,但樱花的季节过去了。但是,刚好正是藤花盛开之时。真的,那样美丽的藤花,我从来没有见过,我当时甚至有那么一瞬间都觉得再也不会看到这么美丽的藤花了。"

幸乃说到这里,沉默了。

忽然,浩之感到一阵并非香水,更近似于乳汁般甜腻的香味从幸乃的身上发散出来。

浩之突然意识到自己居然距离对方的脸如此之近。盯着对方的眼睛看让浩之有点害怕,就把视线移到了对方的耳朵上。淡淡的桃色的耳垂，上边还有一个戴着耳环的耳洞。

"如果你愿意的话，不想去看看吗？"浩之很自然地把话说了出来。

浩之自己也感到有些吃惊，然后不得不接着说道："开摩托的话，马上就能到。如果是去狭山的话，从这里出发有四个半小时就能回来。所以，如果说真是想去看的话，不妨去看看哦。当然，如果你愿意的话。"

"非常感谢，如果真能去的话那当然最好不过了。"说完她有些寂寥地笑了笑。

浩之把咖啡杯拿到了嘴边。不知道是不是自己不知不觉间全都喝完了，杯子里居然一滴都不剩。

幸乃把浩之送出门，来到外边走廊的时候，浩之回头看了过去，幸乃说道："您今天能亲自来一趟，真是非常感谢。如果您愿意的话，随时都欢迎您再来。"幸乃的脸上浮现出柔和的笑容。

5

在那次拜访之后的星期六，浩之醒过来的时候，美季已经过来了。他听到打开显示屏发出的声音，美季在玩游戏。时间已经过了中午十二点了。

美季前倾着身子，用枪不断地攻击着前来袭击主角的怪兽。专心致志的程度，整个身体仿佛都要跳起来似的，跟着游戏发出声音来。

关于幸乃的事情，浩之跟美季说那是在打工的地方常受照顾的客人的夫人。

美季所控制的主角,此时被怪兽抓住了。美季马上关了游戏。

"哦!"浩之欢呼了起来。

美季只是把头扭过来,问道:"咦,醒了?"

"打不过对方就干脆连游戏机都关上,你这算什么玩游戏的啊?"

"我不想看到自己死嘛。"美季嘟着嘴撒娇道。

浩之坐起身来,去亲吻美季。美季欣然接受。接完吻之后,美季问道:"今天去哪儿啊。"

浩之感到有些不尽兴。"又去哪里啊?"

"天气这么好,感觉可以咻——地飞起来啊。"

"你不是穿着短裙吗?会被看到的。"

美季穿着迷你蕾丝裙,上边穿着厚毛线衫。美季往下拉了拉裙角,说:"被人看到,我又不会成为那些家伙的东西,再说你怎么这么了解那种人的想法啊?"

"我借你件毛衣,你绑在腰上吧!"

"无论是在电车里,车站的楼梯上,学校里,这种色狼到处都是。别管去哪儿,都有人偷看、偷摸,甚至问你多少钱……放在洗衣机里的内衣裤也有人会偷啊……你开什么玩笑呢。"美季一口气把话全吐了出来。

浩之对此什么都没说,自己去了厕所。

浩之上完厕所出来,看到美季已经躺在床上了?戴着耳机正在听音乐。浩之洗了把脸,冰凉的水接触到皮肤的瞬间,浩之想到了幸乃的话。他回到屋子里,把美季的耳机拔下来,说:"去秩父怎么样?有棵特别漂亮的樱花树哦。"

美季有点来兴致了。"但是现在也不是樱花开放的季节嘛。"

"那这样的话,就去狭山湖吧。很近,而且据说有棵被称为天然纪念物①的藤树呀。"

"藤树是什么，能吃吗？"

浩之开着摩托带上美季，沿着新青梅街道往西开去。

开了一个多小时之后，他们到了狭山湖畔，近处有个棒球场，面向棒球场开着一间便利店，浩之去那里打听了有关藤树的事情。美季又买了个一次性相机。

浩之把摩托停在了狭山湖公园的入口处。他们沿着被树木环绕的土路，按照便利店的人所指引的方向走去。穿过了这片杂木林之后，右首出现了一个小小的山丘。在山丘上，浩之看到了那棵和照片里完全一样的形状独特的古老的树。

"那个就是你说的树？什么都没有嘛。"

正如美季所言，粗糙的藤枝缠绕着搭在藤棚之上，本是开花的地方却连叶子都掉光了。简单说就是光秃秃的。

一直幻想着看到鲜艳的紫色藤花的浩之，也大吃了一惊。

"不过仔细看看的话，感觉还是挺不错的。"美季说着就在藤树的四周漫步起来，到处摆姿势拍着照。

她又站到了藤树前面，对浩之说："把这个当作背景给我照一张吧。"

浩之无可奈何地接过相机，从取景器里头看了看。

结果浩之却有种奇妙的感觉，他感到仿佛在什么地方看到过这个画面。

想了想，他明白过来是因为看了幸乃的那张照片。美季此刻站的地方和幸乃夫妇俩当时站的位置几乎一样。

---

① 天然纪念物是指本身拥有突出独特的价值，又因其固有的稀少而具备代表性自然特质或文化意义的地理事物。包括动植物、地形地貌、遗址遗迹等。

"怎么了?"美季问道。

浩之先把相机放下来,确认了下美季和藤树的位置之后,再次看向了相机上的取景器。但是,总感觉有些什么不对的地方⋯⋯

此时,浩之听到了有人的声音渐渐接近,又把相机放了下来。一对穿着运动休闲服装的中年男女往藤树这边走来。

"对不起,能帮我们拍张照吗?"浩之主动跟他们搭讪道。然后把相机递给了男的一方,自己站到了美季的右边。

浩之又回忆了下那张照片的样子,然后和幸乃的丈夫当时那样,又挪到了左边去。

"今天拜托别人时你的态度不错嘛。"美季很开心地说道。

"行啦,来,一起比个胜利的手势啊。"

"啊,真老套。"

"哎呀,偶尔来一次还是可以的啦。"在浩之强烈要求下,两个人一起比出了胜利手势。

第二天的下午,浩之把摩托又停在了幸乃的住宅附近。

从摩托上爬下来之前,浩之犹豫了很久。在小区的入口处,他往返了好几次。

他觉得自己真是无聊透顶。自己来到这里真实的目的,连他自己都说不清楚。但自己好不容易去了趟狭山湖,如果沉默着什么都不说又有些不自在。至少,对方很在意的那棵老藤树的样子也该让对方看看吧,想到这里他才爬上了楼梯。

在幸乃的房门前,浩之至少又徘徊了十分钟。他想了想如果对方不在家的话,那么这次就算是结束了,然后按响了门铃。此刻他的内心深处,非常希望对方不在家。

但幸乃的应门声很快传来。浩之报上了自己的名字之后，听到对方的声音明显变得热情了起来，说道："能稍微等我一下吗？"

门打开了。幸乃露出了脸来。她穿着灰色的高领毛衣和黑色裙子，头发却没有如往常一样扎起来，而是散垂在肩头。她的样子一下变得年轻了，这让浩之寒暄时都变得有些反应迟钝。

浩之感到有些尴尬，慌忙之中说道："藤树，我找到了。狭山湖的藤树。"

幸乃微微皱了皱眉头说："总之，请先进来。"

浩之走进了客厅。就在他刚刚坐到了饭桌旁边的椅子上的时候，幸乃问道："咖啡可以吗？"

"啊，好。但如果太麻烦的话……"

"没事，刚刚好。我刚才一直在写信，刚好想休息一下。"

桌子上散乱的放着许多信笺。上面是秀美的笔迹写着"之前受到了您的许多照顾……"之类的话。似乎也有几封写好了的信，旁边放着几个写着住址姓名并封好的信封。

幸乃把这些收拾了起来，拿到了里面的和式房间去。

灵台上遗骨旁的菊花更加鲜艳地绽放着，也说不定又加进了新的花。同时，那些摆放在藤制柜子上的花盆里的花依旧枯萎着放在那里。

幸乃回到了客厅里，苦笑着说道："我本来就不是什么勤快的人，别说是工作了，稍微做点什么事情就感到十分疲倦。"她看起来比一周之前消瘦了许多。

她又去了厨房把咖啡倒进了两个杯子里，端了过来。她把其中一杯放在了浩之面前，然后坐在了对面。

"今天您怎么了？刚才您说到藤树什么的……"

浩之把刚刚洗出来的照片从背包里拿了出来，放在了桌子上。

在藤树前和美季的合影虽不能说和幸乃夫妇的合影完全一样，但却十分相似。

幸乃似乎立刻就看出了那是什么地方，瞪大眼睛看了起来。

"我去了狭山湖，那棵藤树还在呢。我旁边站着的是一个关系一般的朋友。"

浩之刻意解释道。

"是吗，藤树，还在啊。"

"虽然还没开花。"

幸乃拿起来照片，似乎能够透过照片看到背后的东西似的，凝视着。

"那个滑坡，现在还有吗？"幸乃自言自语般地说道。

"啊，在，它还在呢，像是用石头砌成的吧。我领着一起去的那位，她还像是个小孩子似的，来回地滑了好几次呢。"

"我当时也滑了的……也像个孩子似的。"幸乃抬起头来，看向浩之的目光闪烁着光芒。

她接着说道："你们还做了其他的什么？请一定给我讲讲，是什么样子的。"

"什么样的？"

"其他还看到了什么，闻到了一些什么味道之类的。你们都去了些什么地方呢？"

浩之被幸乃的话和气势给压了下来，只好把在狭山湖公园所看到的，和美季一起经历的过程都老老实实地说了一遍。

公园里并非只有落光了叶子的树木，也有很多在冬天依然呈现浓密绿色的树木，深吸一口气，有种空气比平时进入了身体更深层的感觉。四周到处都能听到鸟鸣之声，美季问是不是燕子的声音。浩之回答道："傻子，一月能有燕子吗？"

"那……是什么鸟啊？"美季反问道。浩之回答说是仙鹤吧，美季笑了起来："你才是个傻子呢。"跑到脚边的排球，浩之想去踢结果自己却狠狠地摔了一跤。浩之本来觉得肯定会被美季笑话，没想到美季却一脸紧张地跑过来问他有没有事。西沉的夕阳，犹如被颜料涂抹了一般地染红了整片天空，两个人都为此而深深震撼，并排站在那里看了好久。他们两个都觉得在自然的景色中，看到这么纯粹的颜色，似乎是他们长大之后都未曾见过的了……

"不过，真的也没干什么值得一提的事情啦。"浩之觉得有些不好意思，在适当的时候打住了话题。

幸乃沉默了，过了一会儿，站起来走到厨房去，说："听起来很有趣的样子。"

不知道是不是又去准备咖啡的续杯了，浩之杯子里还有一半没有喝完。他本想告诉幸乃不用续杯了，但是看着她十分认真制作的样子，又觉得不好开口。

"啊，对了。"幸乃的声音突然提了起来。她从厨房出来，去了和式房间，从书柜里把相册拿了出来，打开其中一页。"水户不是有个皆乐园①嘛，梅花很出名。这是四年前在那儿拍的。过了五月的话，就不是梅花了，全是盛开的杜鹃花……这种花特别红。你刚刚不是和我说了吗，自然景观中的那纯粹的红。我们当时是在那里看到了你所说的那种纯粹的红色。"

说着，她把一张照片放在了桌子上。

---

①皆乐园，位于茨城县水户市的园林，是日本三大园之一。

照片上并非平时在路旁所种植的那种矮小的杜鹃花,都是超过人的身高的,高大挺拔的杜鹃花树。所见之处无不是盛开的花朵,在那成片成片的红色之前,站着幸乃和她的丈夫,而他们的身后看起来简直犹如有一座由红色所渲染成的小山一般。

"这种颜色的花朵,也说不定现在都看不到了。"

浩之想说一定能看到的啊……却没说出口。

幸乃把照片拿在手上。

"那之后,我们去水户车站附近吃了饭。那里有一间有名的意大利餐馆,真是好吃极了。那感觉就像是长这么大之后就没吃过那么好吃的东西一样,连从不喜欢夸奖什么的丈夫也称赞不绝。我也总是对他说,一定要再去呀。"

6

一个月之后的那个星期六,浩之开着摩托带着美季,朝茨城县出发了。

那天的风很凉,美季途中数次闹着想要回去。浩之说带她去吃特别好吃的意大利料理才说服了她,顺利到了水户市。

皆乐园里刚好有早开的梅花。参观的人们聚集在树下,可谓是香色倾城。美季看到了这么大的庭院,心情也一下好了,看着梅花欢呼了起来。

浩之却对梅花没什么兴趣。他从人群中跑出来,找到了管理员。管理员一边对他的问题感到惊奇不已,一边告诉了他园中何处种植的杜鹃花最多。但是,却连花蕾都还没爬上枝头。

"你干吗呀！"

浩之一边被美季抱怨着，一边苦苦寻找那个有小山一般感觉的杜鹃花树。看了一棵又一棵，对比了背后的景色和角度，他的脚步在其中一棵杜鹃花树前停了下来。

"来，咱们在这棵树下照张相吧。"浩之冲美季招了招手说道。

"不要！什么花都没有嘛。"

"没事啦。拍出的照片一定会好到超出你的想象，来啦。"

美季被浩之拽了过去，让她站在比他们俩还要高的杜鹃花树前。浩之拿起一次性相机，从取景器里观察美季站的位置。他为了让自己之后也能被一起拍到，就让美季再往右边站了点。

可惜周围完全没有人影。浩之跑到了挺远的一条小道上向一对老夫妇搭讪，硬把对方给拉了过来。

"其实并不在这里，去梅花盛开的地方拍你们觉得怎么样呢？"浩之被老夫妇劝说道。浩之笑着鞠了个躬，然后连拍摄的位置之类细微的地方都一一确定之后，才跑到美季的身边站好，让老夫妇按下了快门。

从皆乐园出来后，他们就朝着水户车站的方向开去。在车站前把摩托停好之后，浩之开始寻找那家意大利餐馆。

那家店已经没了。问了附近的人之后才知道，那家店的店长两年前由于外债太多，把店抵押了出去，现在已经变成了牛肉盖饭的连锁店。

结果，只好让美季忍着吃了牛肉盖饭。

第二天的下午，浩之开着摩托往幸乃的小区开去。在小区的入口处，他还是有些踌躇。可是，当他走到幸乃的房门前时，就沉住了气毫不犹豫地按响了门铃。

幸乃似乎是一直在等着他一般，带着温柔平和的笑容给他开了门。浩之坐下来之后，恰当好处的调制咖啡就被端了上来，幸乃还拿来了泡芙。浩之不由得想道，难道她知道自己要来，所以前一天就专门买好了吗。

浩之觉得对方在专程等着自己，十分开心，就用报告的口吻对幸乃说："昨天我去了水户。"说完就把照片放在了客厅的餐桌上。

幸乃也丝毫不显得吃惊，拿起了照片看了起来。

"虽然还没有开花，但全都是高大的杜鹃花树啊。"浩之说道。

幸乃入了迷似的看着照片，用手指轻轻抚摸，纤细修长的手指从照片里的浩之和美季身上滑过。

"梅花看了吗？"

浩之回答说看了。园内实在太大，除了梅花还有很多其他值得一看的景物，仅仅是走路两个人就累坏了。两个人刚忍不住坐在精心修剪的草坪上，就被管理员教训了一番……在纪念品商店的时候，美季发现自己的手提包不见了，惊慌起来。后来还是浩之提醒她说你刚才不是上了厕所吗，美季慌忙回公厕才找了回来。浩之觉得对着为此道歉的美季发火的话，她也显得挺可怜的，就安慰她说那就好了，结果美季像个孩子似的笑了。

"挺无聊的吧，都是些这种事情。"浩之说着说着自己都觉得没劲，揉着脸说道。

"怎么会呢？"幸乃拿出教育对方的口吻说道。然后轻轻地叹了口气，接着说道："我很喜欢听你们两个的事情。"

"是吗，我觉得都是些很琐碎的事。"

"琐碎不也挺好的嘛。那家意大利餐厅去了吗？"

浩之刚想说已经没有了……却不知为何总也说不出口。

"那个地方……我怎么找都没有找到。"

"是吗,那是间食物非常好吃的店,好想听听你们俩的感想啊。"

"啊,那么如果您知道其他的美食店,也请告诉我吧。有品位的店我是一个都不知道的啊,就算是带女生出去,也经常把对方带到汉堡店了事。"

"是啊,什么地方比较好呢。"幸乃考虑了一会儿,想起了什么于是走去了和式房间,又从书柜里拿出了相册,苦笑着说道:"一个人干想,一下子还真想不出来呢。"她一边翻着相册,一边继续说道:"我还是去过各种各样的好吃的店的……啊,巴黎之类的你们现在也不能去呀,那里的牡蛎很好吃。除了平时在日本能吃到的牡蛎以外,还有很多其他的品种呢。在瑞士吃了芝士火锅,不过不是我们一般看到的那种,而是用油炸过的。鹿儿岛也挺远的吧,丈夫的叔叔请客去吃的鸡肉料理也很好吃的。那个时候,没觉得非常好吃的东西,现在想起来都觉得美味得不得了呢。就算不怎么好吃,也都还想再吃一遍啊。不过,这么告诉你会让你困惑的啦。"

那之后,浩之又带着美季去了箱根。

美季看起来并不怎么想去的样子,浩之说这次一定带她去吃好吃的。

"那这样的话,你一个人去不就好了嘛。"美季说道。

浩之对此一脸认真地回答道:"我就想和你一起去!"美季才算是接受了。

浩之并没有说谎,没有美季一起去的话是不行的。和她一起体验,一起拍照才是让这小旅行有了某种意义。

浩之开着摩托沿箱根的温泉町走着,然后在町内流过的河边把车停了下来。他们走上了横跨那条河的一座大桥，然后在桥中央附近停住脚步。浩之前后确认了一下，确定好了周围风景的角度，然后又拿起相机看了看取景器，对于美季站的位置以及手的姿势之类都一一让她调整好。

"真是，哪里拍不都一样嘛。"美季急了，说着就想要走开。

浩之连忙拉住她，让她还站在和幸乃的照片上重叠的位置。浩之也站到了她的旁边，他还把手放在了美季的肩头上，尽管平时他从不曾这么做过。最后拜托路人按下了快门。

照完之后，他就拉着美季准备去桥另一端的荞麦面店吃饭。美季走到店前就不走了，拉下脸说："你不知道我吃荞麦面会过敏的吗？"美季吃了荞麦面就会出湿疹，小的时候还曾因此而病倒过，浩之之前的确听美季说过。

"没事啦，稍微尝下而已。"

"浑蛋，也说不定吃完会死的。"

"只是进去而已，进去吧。里边说不定也有荞麦面之外的东西嘛。"

结果在那间店里，除了荞麦面什么都没有。

浩之点了幸乃告诉他的那种荞麦面。"你也稍微尝点吧！"他劝说美季道。

"真是无法置信！"美季发了火，摔门而去。

浩之对此并不介意，继续吃完了他点的荞麦面。但浩之觉得并没幸乃所说的那么好吃，不过他对自己的味觉倒真不怎么有自信。浩之很快吃完，离开了那家店。

出来发现美季没了踪影。给她的手机打电话也没人接听，浩之就在附近找了起来。

直到找到了一个稍微有些距离的商店街里,才看到美季正站在面包店前吃着三明治。浩之刚走过去,美季就瞪着浩之说道:"我绝对再也不和小浩去任何地方了。"

第二天,浩之告诉幸乃那家荞麦面店的荞麦面非常好吃。
"你这个女性朋友呢?她怎么说?"
幸乃拿着浩之和美季在桥上拍的照片问道。
"她也说非常好吃啊,还说要感谢告诉了我们这个地方的人呢。"
"真的吗?"
幸乃的脸上绽放出笑容。
"真的啊,她说第一次觉得原来荞麦面还能如此好吃呢。"
"真开心,能被人这样评价。但是,很抱歉,我说了个小小的谎话。"
"啊……谎话?"
"我当时是觉得很好吃,那是真的。但是我丈夫并不喜欢吃荞麦面,因此为了到底要不要进去而吵了一架,结果他自己去了别的店……所以,现在想起来,那家店的荞麦面到底好不好吃我也变得不太确定了。"
"是这样啊……不过,真的很好吃的呀。"
"你们俩去帮我验证了这件事,真是太好了,而且两个人都吃了,不知为何都有种让我安心了的感觉。"
"请再告诉我些地方吧,我还会去的。"
幸乃只是笑了笑并没有说什么,然后目光又落在了浩之他俩的照片上。盯着看了一阵儿,自言自语地说道:"真是可爱的女孩啊。"
"挺丑的啦,还爱耍脾气。"

"不能这么说呀,她是学生吗?"

"是个还没学成的美容师,而且没什么品位。"

"有自己的梦想,不是很伟大的嘛。"

"只是赶潮流选的这个啦,又找不到别的什么能做的事情,比较之后觉得这个大概还能尝试下吧。倒不是说自己非常想做这个,并没有不做不可的意识……基本上,大家也都是这样想的吧。"

"是吗?也有不一样的吧。"

"如果有的话……那家伙的运气也真好呀。"

"运气?"

"虽然也不是什么新鲜的说法。如果一个人决定了自己要走的道路,然后按照自己所设定的那样顺利前进了,那这家伙肯定是被上天眷顾了的。"

"是啊……但是,无论什么梦想不都需要努力才行的吗?"

浩之点了点头。但马上又摇了摇头,说:"你不觉得很羡慕那些为了梦想而毫不犹豫闷头努力的家伙吗?"

幸乃扬起了下巴,寂寥地笑了笑,回答说自己也很羡慕。

浩之稍稍安了点心。

幸乃温柔地看着浩之,说:"那么,保志君还没有找到自己的梦想吗?"

"怎么说呢……我对于梦想本身,微妙地感觉有些茫然。不想不去适应社会,而且确实也没有找到什么适合自己的道路。怎么说呢,似乎无论选择什么道路都有可能被人利用的感觉。最后变得有些自暴自弃……虽说不该全部怪罪给命运本身。毫不后悔地前进之类的想法,我也想要拥有。如果运气好的话……"

幸乃想说些什么,但并没有说出来。脸上的表情有些异样,与其说是在微笑,更像是悲伤地想要哭泣的感觉。

浩之其实有些被迫和无奈的感觉,这些话他对谁都未曾说过。

"我也偶尔考虑过的呀。找个不会被别人利用的方式,不会被命运也不会被任何人玩弄的方式……但是在这个地方,在这个世界上,还是做不到的吧……或许在您听起来这些都是很弱智的想法。"

幸乃紧紧地闭上了眼睛,然后又睁开来,目光看着远方的某处,说:"你是说你并不想为谁做任何事情吗?还是说准备为谁做些至今为止从未做过的什么事情?"

自己想要为什么人而奉献些什么吗?浩之从来没有考虑过这个问题。给父母和兄长,给美季,给朋友,还是给社会?为什么非要奉献不可呢?为什么他们非从自己这里得到些什么才能接受自己呢?而眼前的这个人,她又想要获得些什么呢?

"我很想让他们给他做手术的。"

幸乃断断续续地嘟囔道。但并没有悲伤或者愤怒的成分,更像是堵在胸口的一声叹息自然宣泄出来的感觉。

她手里拿着浩之的照片,但目光却呆然地望着远方。

"医院给我打电话的时候,我问他们是否会给他动手术,但他们却说详细情况请您来了再向您说明。我记得我反复地说拜托了,请先给他做手术吧。大概那是在凌晨两点之后了吧……一时变得呆坐在那儿什么都做不了。然后等我反应过来,就跑出去在漆黑的夜路上狂奔,但完全打不到车。当时我感觉自己真是被命运捉弄了,太过分了,到了这种时候却还在捉弄我……我当时大喊不要再捉弄我了!结果,他们真的没有给他做任何手术。说是没有用了……就算是没用,我也想让他们试一试。虽然如此,但却解剖了他。据说只要不是在医院死亡的,都要如此。他送回来之后,我看到了一直缝到了他喉咙的线。看着那缝合的地方，真的太痛苦了。"

她用丝毫不掩饰自己情感的声音诉说着。浩之却不知该回答什么，只是始终盯着她那偶尔微微颤动的睫毛。

"是不是我平时没有注意到什么才会让他如此的？那之后，我被无数的人问起过。母亲也好，兄长也好，甚至他的父母也都问了……大家都是很温和的人，谁都没对我说什么难听的话，最近有没有发现他有什么异样啊，最近是不是感觉他很累啊之类的话……我却只能用道歉回答他们。只能弯下腰去，然后说，对不起，如果我再多留些心的话……"

她的声音开始颤抖了。突然，浩之插话道："那不是你的责任呀。"其实他想说或许是他的责任，如果他更早点儿叫救护车的话……但还是没有说出口。

"这是无法知道的呀，也无法做到。一个人，将来会如何，不也是任何人都说不准的事吗？我觉得这也是没办法的事情啊。"

说完，浩之却有了一种在为自己辩护的感觉。他觉得自己太伪善了，于是闭口不再说话。

幸乃从椅子上站了起来。她走到厨房，打开了水管，往水壶里灌了些水，然后打开了煤气，将水壶放到了炉子上，看着燃烧的火焰发呆。

浩之觉得盯着幸乃一直看有些不好，就把目光移到了里边的和式房间去。藤制柜子上的花盆，今天看起来有些自暴自弃的感觉。浩之也想换换话题，说道："花盆里的花都已经枯萎了。"

幸乃朝这边看了过来，似乎并没有明白浩之所说的说话，歪了歪脑袋。浩之又说了一遍，然后把目光移向了那些花盆。幸乃眨了眨眼睛。"啊，什么时候……怎么办……"似乎变得有些混乱了起来。

"浇点水是不是会好点呢。"浩之建议道。

幸乃在水池那儿往浇花水壶里灌了些水,拿过来后开始往花盆里浇起水来。

除了红色的一品红之外,还有颜色原本是桃色的仙客来,类似白色野菊感觉的雏菊,以及犹如群蝶飞舞一般的紫罗兰……幸乃一边看着花瓶里的花朵一边介绍着。浩之也终于知道了这些花的名字。

"看起来不行了吧。"幸乃看了看浩之。求助的眼神让浩之不敢随意胡说。

"不如放在日光下一段时间试试看看?"

幸乃点了点头,开始把花盆挪到阳台上去。浩之也过去帮起忙来。

阳台上也放着几盆花。大部分已经枯萎了,都低垂着脑袋。

大概从过年开始就没有再给这些花浇过水了吧。浩之在水池和阳台之间来回跑着,不断地把水接来。

幸乃给每一盆花都浇上了水之后,突然抬起头,不知道是着对浩之说,还是花儿们轻声地说了句:对不起。

7

"向日葵不可能这个时候开花的好吗!"

美季说道。此时她正坐在浩之的房间里打着游戏机,眼睛一刻也没有离开屏幕中正发生在战场上激烈的战斗画面。

浩之站在她的身后,说道:"就去看看而已,行吗?"

"不是说了不去吗?我哪里都不想去,而且今天我是穿了超短裙的。"

"既然如此的话,就绑个毛衣。"

"不要,我要玩游戏。"

"别大白天的就玩这么血腥的游戏啦,出去玩比较有意思哦。"

"你自己还不是在我睡觉的时候,一个人拼命'杀着'玩儿吗?再说了,去的都是老头子才会去玩的地方,然后拍照还总是对人家下各种不知所谓的命令。说什么吃意大利料理,结果却吃了牛肉盖饭,去箱根居然让我啃了个三明治就算了事。"

"今天去吃美季的想吃的东西啦,朝着两千块左右努力。"

"真抠门儿啊!"

"那晚上带你去唱卡拉OK。"

"烦死了。我在玩游戏呢,想去的话你自己去呗。"

的确,浩之一个人去的话更加简单。但是,一个人没法拍照,对于幸乃想沿着丈夫的脚步再重新回顾一遍的想法也无法实现了。这件事到底有什么意义……浩之自己也想不明白,但是他只是想尝试下沿着幸乃夫妇的脚步重走一遍,在那些地方和自己重叠在一起的感觉。

"去公园走走也行啊。沿着街道走一圈,接下来去喝茶,然后再去个图书馆看看什么的。"

"图书馆?"

美季的声音高到都有了回声。她回头看了看浩之,说道:"你没发烧吧?平时只知道漫画的人。"

"你说什么呢,现在的漫画更有哲学性啊。"

"还哲学,你知道哲学是什么意思后再说好不好。"

"烦死了,我去借张CD总行了吧。"

"干吗非跑那么远去图书馆借去?所处辖区不同,根本不会借给你的啊。"

"所以……我有点想搬家啊。"

"胡扯，为什么突然搬家啊？"

"在这一带待腻了。"

"是因为杉树吧，那边的杉树会更加高大吧。"

"所以，方方面面我都想去确认下啊。从这儿过去不过二十分钟而已，先去了就行，其他的都听你的。行吧？"

虽然美季还有些不满，但是浩之已经把头盔递了过去，然后用膝盖压在美季的肩膀上。

"疼死了！野蛮的家伙！"美季噘着嘴，慢吞吞地站了起来。

从公寓里出来之后，他们从环状七号线上往南，一直快开到河边才停下。那之后又往西开了五分钟左右，到了一个沿河而建的开阔的公园。他们把摩托停在了桥边的某个地方之后，一边四处观赏一边进入了公园。

正如美季所说的那样，种植着向日葵的地方，什么色彩都没有。

按照幸乃所介绍的，这里沿着河种植的樱花到了开放的季节，十分的漂亮。园内的一角，还有一片小小的向日葵田。到了夏天就会开出金黄色的花。

幸乃说当时看着在强烈的日光照耀下的金黄色花儿们，不知道为何却有种在看烟花的感觉，同时还有西瓜的味道在飘散的错觉。比起樱花，她更喜欢这一片向日葵田。

之前周日在幸乃的公寓里，浩之帮她搬完花到阳台上之后，看到了掉在了榻榻米上的一个相框，相框原本摆放在那个藤制的柜子上。

是足可以摆放两张照片的那种相框。其中一张是以那片向日葵田为背景的，幸乃和丈夫并排站在那里照的。另一张是在雪地之中，他们两个站在淡灰色的建筑之前，幸乃抱着一个种着红色花的花盆，而幸乃的丈夫则捧着一个雪球。

两张都是在结婚之前拍摄的。

"冬天的那张是在结婚时搬到这儿之前，在我之前居住的公寓门前照的。在圣诞夜时他送给我一盆一品红……第二天早上，大雪就积了起来，然后在那公寓门前，让隔壁的女生帮我们照的。"

然后她又介绍说那张夏天的照片是在当时经常去的一个公园照的。

"周日总是很晚才吃早饭，在那之后就去公园散步，接下来再去图书馆逛一圈成了当时每个周日的'功课'。图书馆也能借CD，当时我总是租借古典音乐，而他大多是听摇滚乐。回来的时候，在饮茶店坐坐，互相讨论着所借的书或者CD……具体都说了些什么，现在已经想不太起来了。总之，都是边喝茶，边说些没头没尾的话题。夏天的时候，一出汗他就很想喝些甜的东西。当时是点了加冰淇淋的咖啡布丁吧？"

她还说图书馆角落里摆放着一个青铜的女性头像雕塑。她和丈夫都很喜欢那个雕塑，每次去图书馆总是去看一看。

"是个非常漂亮的面孔啊，似乎是表达圣女形象而创作出来的。线条不仅仅是清晰，更是有一种透彻的感觉。看起来就像令人类苦恼的贪欲也好，无法救赎的真实也好，她都坦然面对并——去默默承受着的感觉，甚至还有一种曾为我们而哀叹的感觉吧。但是，她试图将那种哀叹隐藏起来，所以才以那样端庄，在某种意义上单纯的美来表现自己吧……大概就是给人这种感觉。我虽然没有宗教信仰，可那是一个会让人想要去祈祷的雕塑。大概是让我相信，就算此刻在现实中无法被救赎，自己的祈祷也能在这儿被聆听。所以才会在看到那雕塑时变得十分平静吧，或许只有人们真正发自肺腑的祈祷被严格审视之后所接纳并净化，所形成的美丽结晶才能是那样的面容吧……"

幸乃说完之后，浩之问她有没有拍上一张纪念的照片。

"拍了。拜托了图书馆的管理人员，我们两个站在头像后边照的。但搬家之后那张照片找不到了，现在想想都觉得十分可惜。"

那之后，浩之就告别了显得有些倦意的幸乃，自己则打算去寻找那个她所谈及的充满了夏日向日葵回忆的地方。

但实际来到这个公园之后，无论如何都找不到什么标示和痕迹。索性放弃寻找，最后在一片满是枯草的空地之前停住了。

"过来，在这儿拍张照片吧。"浩之从皮夹克的口袋里掏出了他自己买的一次性相机说道。

但美季丝毫没有要过来的意思。

"干什么呢，快点儿过来啊。"浩之冲着美季挥了挥手。

"不要。"美季背过脸去。

"干吗啊，不是为了留作纪念嘛。"

"你这是哪门子的纪念啊。"

"纪念来过这里啊。"

"我又没说想来这儿，更谈不上想纪念一下啊。老是急着拍照拍照的，你怎么这么奇怪啊。"

"不挺好的嘛，来啦，站在这边。"浩之走到美季身边，挽住了美季的胳膊。

"不要！跟你许诺的根本不一样好嘛！"美季甩开浩之的胳膊，往来时的方向走去。旁边也还有些其他的游客，无论是大声喊她，还是追上去，浩之都觉得有些不好意思。

除了自己一个人拍也别无他策了，浩之自己站到了空地前。高涨的激情一下就冷却了下来。

如果和美季一起站在镜头前，就算是季节不同，但和幸乃他们站在同一个地方，以同样的姿态拍上一张照片，还是有着某种真实感的。浩之感到有种自己的存在穿越了时间和空间的惬意的魔幻感，在某些瞬间甚至有种感到身边站着的是幸乃本人的错觉。浩之偶尔会感到那种从幸乃身上飘散出的高贵的乳汁般的香甜气味，随着快门被按下的瞬间在他的鼻子深处扩散开来。

但当他一个人站在这里的时候，什么魔幻的感觉都没有了。为什么自己要在这种什么都没有的地方拍照，浩之有些担心周遭其他人的目光，无论如何也没有勇气去按动快门。

为了告诉幸乃自己曾经到过这个地方，最终浩之对着无人的风景拍了几张照片。

美季正在摩托车旁边等着，看着浩之过来也没有多看他一眼，说："我要回去了，你要是不送我我就坐电车回去。"

"别这么任性好吗？这边的公寓和周围的环境都还没去看呢，至少去喝点东西啊。"

浩之反复劝说美季，最终把她拉到了幸乃所说的饮茶店去了。店在公园的入口处，名字没有变，所以马上就找到了。美季点了杯番茄汁，浩之问店员有没有加了冰淇淋的咖啡布丁，店员说只在夏天才有售。

从饮茶店里出来，浩之带着美季，开车寻找幸乃以前住的那栋公寓。

他没有问幸乃那栋公寓的具体名字，只有看了照片后的记忆，因此一直没有找到。

从大路往旁边的小道拐过去的地方，他在一栋三层的公寓前停了下来。淡灰色的墙壁和清洁感的外观，整体的感觉和那照片上的房子很像。

"你准备干什么啊，不去房地产中介，这么看有什么意义啊。"美季一边从摩托上爬下来一边说道。

浩之没有回答，往公寓的四周走去。浩之站到马路边上，拿起相机对准了公寓的正面。一层的房间都能够拍得进去，浩之想象着幸乃和她丈夫站在那里拍照时的样子。

"你到底要干吗啊！"美季尖声喊道。

"这里作为我搬家的候选之一啊。美季，站到门前去。"

"你到底是想干什么啊！"

"两个人一起照张照片啦。我想看看合不合这里的氛围呀，你以后也会来的不是吗？在这儿居住，去刚才的公园逛逛啊，或者还会再去那个饮茶店喝东西啊什么的。"

"真奇怪啊你，小浩，神经病！"美季依旧一动不动，还有些生气。

"奇怪也好，神经病也罢，你按着我说的去做就好啦。"

浩之抓住美季的胳膊，拉到了公寓的门前。

美季抗议地喊着疼死了。浩之也没有要松手的意思，反倒如同要和她接吻似的，贴着她的脸说道："你想象下正在下雪哦。"

此刻天空晴空万里，东京今年一场雪都没下。

"你想象着周围积起了好多的雪，然后拍照哦。然后假设你这个时候正抱着一盆花。是我送给你的，作为圣诞节礼物的红色的花。我呢，这个时候和你一起做了个雪人，拿在手上。行吗，想象着这些然后站在这里拍照哦。"

美季听完不停地眨起了眼睛，她的沉默反倒让浩之有些不耐烦起来。

"你听明白了吗？"语气也跟着强硬了起来。

美季摇了摇头。但那看起来并不是在否定，而是某种恐慌。

"随便吧。总之，就这么想着站在那儿。你拿着一盆花，圣诞节的红色的花——一串红。"

"谁？"美季突然问道。

"什么谁？"

"你这是看着谁呢？在你眼里我……还在这儿吗？"

浩之有些困惑。但马上又装作没听到一样，到周围寻找能帮他们两个拍照的人去了。但因为是在住宅区的小路上，完全看不到人影。

"放手！"美季挣脱了想要离开。

浩之想要再去抓美季的手，就闪到美季的正面去。美季抬手就给了浩之一耳光。

浩之一时还完全反应不过来到底发生了什么。耳朵就伴有了轻微地耳鸣，脸上也是辣辣地生疼。浩之慢慢把头扭回来，正和美季慌乱而闪烁的眼神撞在一起。

不知为何，刚才浩之深信幸乃的面容就在公寓那里。

或许是因为浩之的表情上显露出什么了吧，就被美季找到了疑点。

"太过分了。"美季扔出了这句话，就从他旁边离开，朝着大路跑去了。

浩之无计可施，只好看着美季远去。

然后，他对着无人的公寓门口，按下了快门。

这里距离图书馆也并不太远，浩之暂时扔下摩托，在街道上转了转。在那些幸乃和她丈夫可能走过的地方，想象着他们的样子，溜达了起来。偶尔在想象中的场景里，会变成浩之自己。每当这个时候，浩之都会停下脚步，拿起相机拍下那一刻的风景。

走到图书馆之后，浩之询问了那个雕塑的位置。他被告之那雕塑在地下一层多媒体阅览室前展出。

浩之原本以为这个青铜头像雕塑会更大一些，结果看到后才发现和人脑袋正常尺寸没什么不同，被罩在玻璃保护罩中。浩之想，如果不是听了幸乃的话，就算自己看到这么个雕塑，也绝不会认真停下看它，而是毫不注意地走过吧。

这个带着一丝微笑的女性头像，正如幸乃所说的那样，线条不仅仅是清晰，更有一种透彻的高贵感。雕塑表面被仔细打磨过，柔滑度犹如真的皮肤一般。让人感觉如果抚摸一下的话，能马上感受到肌肤的温润感。不过同时也感觉到，那一定赶不上普通人的温润。倒不是因为那是青铜的，而是那形象太过高贵，浩之觉得和自己的距离有些遥远。虽说如此，却也有种感觉，这个铜像不会那么轻易地放过每一个观赏者。

比如说，面对一个有十分清秀面容的歌手或者偶像组合的话，浩之自己也会产生一些低级的欲望出来。但是，面对这样一个铜像时，浩之感到欲望是变为其他形式出现的。

那是因为浩之更想让这个"圣女"从灵魂深处接受自己，或者说，浩之更想祈祷的是希望作为他自己所存在的灵魂，被对方深深地拥抱着。他感到有一种以欲望为名义的强烈念想，从某个遥远的地方向浩之扑来。

"这个，我能拍张照吗？"浩之向附近的图书管理员询问道。

被告之只是几张的话就没问题。浩之按下了快门。

浩之爬上三楼之后，面前的电梯门也刚好打开了。

两个皮肤黝黑的高大男人手里抱着大衣从电梯里走了出来。那两个男人比浩之走得更快，然后到幸乃的房间门口按响了门铃。

门打开了之后，一个穿着黑色连衣裙的，浩之并没有见过的中年女人走了出来。

"我们在公司经常受他照顾的。"一个男人说道。

"让您专程来一趟，非常感谢。"那女人鞠了一躬。

男人们进了屋子。门关上的瞬间，屋子里传来了一声钲①的响声。

浩之躲到了楼梯拐弯处，想要观察一下发生了什么事情。不一会儿，从房间里走出来了一个穿着正式法衣的和尚。不知道是不是为了出来送客，适才的中年女人和打着黑色领带的中年男人等几个人走了出来，对着和尚一起鞠了一躬，但并没有看到幸乃的身影。

浩之查了查从幸乃的丈夫在店里倒下到现在过了多少日子。是四十八天，所谓四十九日法事的习俗，浩之也是听说过的。今天刚好是周日，或许是刻意提前了一天做法事吧。

这些浩之完全不认识的人们也和幸乃有着某些关系，浩之再次认识到，自己即使不存在幸乃依然照常生活这个事实。浩之一边觉得这也是没办法的事情，一边又有种自己被当成了局外人的寂寞感。他用拳头在墙上敲了几下，走下了楼梯。

第二天下午，浩之又来到幸乃的公寓，结果没人在家。周二的下午又来了趟，结果还是没人。他在外边晃悠了一个小时之后，又跑上去按门铃，还是没人应门。

但不想这样放弃。浩之在小区的街道上走了好几个来回，几乎要被周围的人当作可疑分子了。浩之决定最后再按一次门铃就真的

---

① 钲，原本是从中国传入日本的一种雅乐的乐器。现多见于日本丧礼中使用。

回去了，然后就又朝着幸乃的公寓走去。结果在楼下看到一辆出租车停在那儿，幸乃一个人坐在车里。

幸乃并没有穿丧服，她穿着一件翻领毛衣和一条裙子，外边套着一件黑色大衣。从车上下来的她，右手里抱着一个被布包裹着的东西，左手拎着一个旅行包。

浩之先从后边绕了过去，站在了楼梯口那儿。往他这边走过来的幸乃脸色低沉，表情暗淡。但认出了他之后，"啊"了一声，表情稍稍明媚了些。

浩之仰起脸来打了个招呼，问道："您是去旅行了吗？"

幸乃淡淡一笑，说："是的，去了一下。"

"去了哪儿？"

"群马的……"

她没把话说完，就停住了。想来她丈夫的老家的确是在群马，浩之想到了之前拿到的留言便笺上写的地址。

"我刚好路过过来看看，您一定累了吧，我这就回去。"

"没关系的，如果您愿意的话，请上来吧。"

浩之和幸乃一起走进了电梯。幸乃按了三楼的按钮之后，就索性那么背对着浩之站在了那儿，把肩靠在了电梯的墙壁上。看着幸乃有些要倾倒的站姿，浩之有些冒冷汗。

幸乃轻轻地叹了口气。感觉她的纤细的肩头也随之向下低沉了一节。

浩之把摩托头盔和背包放在了客厅饭桌的脚边，然后就坐到了他每次坐的椅子上去了。幸乃把大衣和手提包放到了里边的房间，然后稍稍收拾了下，又把那个用布包着的盒子拿到和式房间去了。

拉着窗帘的窗子，有阳光从缝隙溜进来。

屋子里没有留下任何举行过法事的痕迹。灵台也好，幸乃丈夫的照片也好，甚至菊花和原本装着遗骨的盒子也都消失得无影无踪了，取而代之的是一个五十英寸的小小的佛坛。

幸乃占到了那个佛坛前，把手里的布包打开，露出了一个灵位牌来。她把那灵位牌放到了佛坛的中间，然后双手合十。溜进来的光线，打在虔诚祈祷的幸乃身上，突然有种融进她的身姿之中的感觉。

浩之有点连大气都不敢出的感觉。她静静地放下了手，然后回头望着浩之笑了笑。

"你不是周日也来找过我吧？"

"啊，不，那天刚好有点事……"

"那太好了。那天，刚好这边也有各种事情。虽然有点冷，请允许我多开会儿窗子啊。昨天也不在家，不换换空气的话……"

幸乃拉开了窗帘。一瞬间，阳光就洒满了房间。窗子也被大大地打开了，她望了一下阳台说："结果，那些花儿还是不行了。"她这么说着，口气却十分平静。她往阳台上的一盆盆花望了过去，又说："那之后，我也尝试着做了各种补救，但花都还枯萎着。虽然我也浇了水，可能这次是浇过头了吧。"

浩之突然想到了那些放在灵台前的菊花来，就扭头看向了原本摆放着灵台的地方。

幸乃转过头来，注意到了浩之的目光。

"你看，什么都没有了吧。骨灰被安置好了，在他老家……这次他是彻底不在身边了，只剩牌位了。"

她以调侃的口吻说着，自己也看向了佛坛，然后就那样一动不动地看着。

浩之突然感到自己不该继续待在这里了。但是自己才刚刚走进来，马上就说离开，似乎也不太好。

"咖啡就行吗？"

说着幸乃就往厨房走去。

浩之又看向了那个和式房间。太阳的位置移动到了更低的地方，淡淡的光线打在了已经空空如也的藤制柜子上。窗帘随着微风轻轻晃动，那光线也跟着摇曳了起来。

"久等了。"过了一会儿，幸乃端着咖啡走了进来。她把杯子放在了各自的面前，自己先端起来尝了一口。和皮肤的颜色几乎没有差别的嘴唇，有种淡淡的红色。

浩之突然和幸乃目光撞在了一起。他连忙躲开了，然后思索着什么话题。

"我去了那个杉树茂盛的地方。"

"啊，说得怎么样？"

幸乃的声音听起来有了点精神。

浩之这才有些安下心来。"向日葵还没有开啊，到底是二月份。另外，那个饮茶店倒是找到了，但是加了冰淇淋的咖啡布丁只有夏天才有得卖。"

"啊，是这样的啊。"

"您住的公寓我顺带也找了下。"

"你是说我住的那间公寓？"

"就是您照片上的那个。"

"可你也不知道地址呀。"

"找了很久。我找到了一个和那个看起来很像的，不过说不定是找错了。"

浩之苦笑着，等着幸乃说让我看看照片。这么一来，他就不得不去忍受那一小段沉默的时间。

但幸乃却什么都没说,只是喝着咖啡。浩之也没有办法,只好喝着咖啡继续沉默。有那么一会儿,整个屋子里就只剩下两个人喝咖啡发出的响声。

屋子里既没有菊花的苦涩香味,也没了祭拜的香火气息,连原本从幸乃身上飘散过来的那种甘甜的乳液般的香味也无影无踪。即使是咖啡的香气,浩之也不确定是否真的闻到了。浩之想要从这沉默的深渊中浮上来。

"我也去了图书馆。那个青铜的女人头像,我找到了。"

幸乃的表情兴奋了起来。

"真的吗?"

浩之有些得意。"那么漂亮的雕刻,我还从没见过。当然,本来我也没太仔细看过什么艺术品。我还拍了照的。"

"是吗,能让我看看吗?"

"啊,但是拍得并不太好。用的是一次性的相机,那雕塑也放在玻璃罩里,有些反光。"

"但是,你还是拍了对吧。"

"只是拍下来而已,真的,一点也不好看。"

浩之一边解释着,一边从背包里把洗好的照片拿了出来。

在那个有雕塑头像的照片里,昏暗的走廊的墙壁中间,反射了闪光灯的强光。在本该能够看到头像的地方,由于光线散射着,几乎什么都看不到。

幸乃把照片拿在手里,眉头紧锁,仿佛想要看穿那反射的强光之后的东西一般地凝视着。

浩之把其他照片也拿到了桌子上。

"我在可能是向日葵开花的地方也拍了照片,比那张图书馆的照片稍微好点。然后,还有,在我觉得可能是你之前公寓的房子前也拍了照片。或许,有可能猜中了也说不定啊。"

幸乃一张张地拿起来看,表情却渐渐地严肃了起来。来回数次地看了几遍之后,她突然问道:"怎么回事,这个?"那声音仿佛从喉咙里溜出来似的,听起来像是根本没有真正发出声来一般。

"您说什么?"浩之反问道。

"为什么一个人都没有照啊。为什么,谁都没有……"

浩之有些困惑,不知该怎么说是好。

"我们吵架了,然后就分开了呀。一直……一起的那个……现在就剩我一个人了,我又不好意思让别人帮我拍,就自己拍了。"

幸乃拿着照片的手有些发抖。然后就闭上了眼睛。过了一会儿,才又问道:"一个人……"与其说是询问,不如说更像是自己说给自己听。

"是的。"浩之回答。

幸乃静静地睁开了眼睛。又一张张地翻起了照片,慢慢地,看了一遍。

无人的,尚未开花的向日葵田。

无人的,干净的公寓大门。

无人的住宅区,无人的街道。

无人的自动洗衣店,无人的巴士候车站台。

无人的公园,无人的秋千。

无人的图书馆前……

幸乃抬起头来,一脸的笑容。

"对不起。虽然这么说有些失礼,您能回去吗?"

声音十分温柔，但有一种无法抗拒的力量，浩之从椅子上站了起来。

"这些照片，我能先留着吗？"

"不是什么重要的东西。如果您愿意的话，就送给您了。"

浩之有种被逼迫的感觉，走向了门口。

幸乃站起身来，说："再见。"没有包含任何感情，口吻十分冷静。

浩之嘟囔着寒暄了几句。他像是撒了气的皮球，一阶一阶地往楼下走去，然后在外边的马路上停住了脚步。空中有白色羽毛一般的东西飞舞。

今年最初的雪。浩之试图用手接住它们，羽毛般的雪花又飘了起来，慢慢悠悠地躲开了他的手心落下去。好不容易才接住了一片，却又马上融化成了普通的水滴。

浩之抬起头来看着天空，用温热的额头去迎着落下的雪花。究竟自己期待从幸乃这里获得些什么呢？是更热烈的欢迎，还是更深的感谢？他感到自己和幸乃之间形成的关系，难道是另一种特别的秘密关系吗……

但他还是对幸乃有了些期待的。尽管连那究竟是什么，可能他自己也不清楚。和对美季的感觉不同，那绝不是同一种爱，或者说更接近于欲望这个名义更加合适。

即便如此，却不到那种想要和对方有肌肤之亲的程度，更像是希望被对方从内心深处接受自己的一种欲望。或者渴望对方从内心深处认可他这个人的存在，是接近于祈祷的感觉。但那样的一种欲望，究竟是否真的存在，或者以一种什么样的形式出现，才会完全被对方接受，浩之对此也丝毫没有头绪。

浩之感到思绪越发混乱，抓了抓自己的头发。他突然注意到忘了把自己的背包拿出来，但此刻却完全不想再回到幸乃的公寓去。

他走到摩托车那儿，刚跨上车座，突然想起摩托车的钥匙也在那背包里。

于是，浩之不得不再朝幸乃的公寓走去，两腿像灌了铅似的爬上了楼，按响了门铃。按了两次之后，却依然没有人答应。浩之转了下门把手，发现门并没锁。他慢慢地打开门，喊了声："对不起。"依然没人应声。他钻进去半个身子，又喊了一遍。

似乎感觉不到人在的样子。他有些开始担心了起来。又说道："我是保志，对不起。"说完就进了屋子。他走进客厅，幸乃并不在那儿。

但是能听到不知哪里传来的声音。和式房间的拉门紧闭着，那门内传来奇怪的沙沙声。

浩之轻轻地拉开了一点和式房间的拉门，从缝隙中往里边看去。

幸乃在阳台。在静静飘落的雪中，她蹲在阳台上，正用一把小小的铲子把那些枯萎了的花儿一盆盆地刨出来。

然后她把那些刨出的花儿连根放在了她脚边的报纸上，一串红的花盆已经空了。

放下了空花盆，她又拿起紫罗兰的花盆挖了起来。

"为什么，为什么呢……"

她不停重复的自言自语的话，传到了浩之耳朵里。

那声音犹如哭泣一般的音调，像一个孩子对父母抱怨着自己内心的悲伤和委屈那样。

浩之轻轻地离开了那儿，回到客厅拿起自己的背包，悄悄地离开了她的公寓。

8

浩之回到自己的公寓，看了录像带。

那天晚上的监控录像。

屏幕上出现了那个原本想去拿曲奇礼包，却倒在了货架前的男人的身影，以及对此惊慌不已而不知所措的自己的模样。

浩之记得，从那男人倒下之后到自己走到他身边，自己犹豫不决了很久。但在影像里，十分出乎意料的是自己其实还是很快就跑了过去的。影像里浩之也的确是用脚碰了对方，但是，也并非记忆里那样邪恶的、不怀好意的感觉，更像是为了确认而轻轻触碰。但是，对于浩之来说，内心依旧很痛苦。

特别是想到此时这个男人正处于生死攸关的时刻，内心就有种备受谴责的感觉。

那时，一个生命的火焰正在渐渐熄灭。但是，自己却不能为此做任何救助……自己无力救助。对此浩之感到无限悔恨。

之后的画面上，救助队员出现了。虽然早已知道事情真实的结果，但是浩之依然看着画面，自然地双手合十。

"帮帮我啊。"浩之不假思索地自言自语道。

画面上救助队员依然在实施抢救。然后，把那男人抬上了担架。

"帮帮我啊……"浩之垂下了脑袋。

便利店里最显眼的货架上，为了情人节而设置的巧克力专柜被清理了出来。

取而代之的是曲奇和高级彩虹糖的盒子，摆放得非常显眼。

浩之为该不该把那卷录像带拿给幸乃而苦恼着。他觉得这盘带子应该由幸乃保存更好，但是又觉得这会让她更加悲伤，从此陷入忧郁的情绪而无法自拔。

到底是该直接把带子扔了还是交给幸乃去处理，浩之最终下定决心要去拿给幸乃已是十天之后的事情了。

因为不打算待太久，浩之选择了自己晚上上班之前的八点钟，再次拜访了幸乃的公寓。

但公寓上的铭牌变成空白的了，按了门铃也无人应答。浩之就跑去邻居问了一下。

幸乃已经搬家了，是三天前的事情，据说是回到了她自己的娘家。详细住址的话，据说公寓管理员那里应该可以问到，但浩之觉得自己已经不想知道这个了。

浩之在便利店工作的时候变得总是无精打采，休息日也不再想去任何地方，只是一个人待在家里。虽然二月都已经过去，但是严寒却丝毫未曾减退，浩之觉得仿佛冬天永远都不会过去了一样。

数天之后，浩之一如既往地卡着上班时间到了店里。

"喂，有人给你寄了这个哦。"店长将一个小件包裹递给了浩之。

包裹上写着便利店的地址，收件人是浩之，是幸乃寄来的。

在休息时间，浩之打开了那个包裹。里边是一盒高级巧克力和一封亲笔所写的信。

信的开头写着：没有打任何招呼自己就突然搬了家，让您感到错愕了。

大约两周前，在浩之留下了照片回去之后，幸乃突然冒出了个念头，整理起阳台上的花来。把每一盆都挖起来重新换盆的时候，发现其中一盆原本以为已经枯萎死去的花，花根却依然充满着活力。

在有些难过的同时，却十分坚信只要再好好养起来，一定还会再次开花。

信中用工整干净的笔迹写到在那之前她曾考虑过搬家的事情，也是那个时候才让她下定了决心。现在她回到娘家之后，那些花也带回去重新养了起来，还写到朋友介绍了一份工作给她，她打算稍恢复下心情之后就去面试的事。

而且她还写到，能让她拥有现在这样的心绪，多亏了浩之。

"是你的功劳，我一点点地感到自己在慢慢学着接受他已去世了的事实。你为了让我确认而去了那些地方，一边给我看着你所拍的照片，一边一件一件地帮我确认那些我回忆里的东西。终于让我深深体会到了我和他的确是互相需要，彼此拥有的，让我更真实地感受到了我曾经和他结合在一起的事实。或许你会觉得都到了这个时候还说这些干什么，但对我来说，那是非常重要的事情。

"虽然和他在一起生活的时候也觉得他对我来说是非常重要的人，但在不断延续的平稳生活中，却有些奇怪的念头，觉得无法确定他在自己生活中的那种存在感。别人问到我说你是否爱他，我会毫不犹豫地回答：爱。但是在自己的内心里，却没有自信敢宣称和他每天都沉浸在几乎漫溢而出的爱中。

"所谓爱，是个十分微妙、暧昧的词语，即使认为自己是爱着对方的，也依然会怀疑那是否是真的对吧？更别说出现了那样的事情，对我来说变得更加无法确定了。因为本该从对方的身上去确认的，可对方却舍我而去了。

"但是，看到了你为了我而去拍的照片，听你们两个人的事情……感觉就像是和他一起度过的那些日子在此刻又重新发生了一遍一样。

而且，和他一起度过的那些琐碎而平凡的生活被再次唤起之后，让我重新感受到我和他是一起存在过的。

"虽说如此，我该如何面对他已不在这个世界的现实呢？又该如何去诉说他已经只能在我的心里活着的现实所带来的寂寞呢？只是悲伤，只是痛苦，那显然是不够的。

"但清楚地感受到我和他的关联性，让我多少平静了一些。因为他对我来说到底是我生命中的一个什么角色，或者说，我对他来说，又是一种怎样的存在……在他去世之后，一度让我非常苦恼。

"我非常感谢你，同时也想向你表示一下歉意，因为事实上当时我是带着愤怒去你们的店里找你的。我是想质问你，当时对他的状况，是否认真给予回应了，是否真的马上就呼叫急救车了，是否小心地照顾了他……当时我正是处于已经厌倦于不断责备自己的时候，有种想要把气撒在什么人的身上的想法。

"那些天我每天都会陷入想象，如果对他更好些的话，如果对他照顾得更加体贴一些的话之类的想法。在怪罪自己的日子里，能够有机会去回顾一下以往快乐日子的机会，对我来说是一种拯救，或许表达的还是有些偏差。但无法诉说得太过贴切，实在令人焦急。

"什么时候能微笑着和你见面，那一天到来的话就真的太好了啊。能一起去看向日葵，图书馆里的头像的话……那该是怎样的感觉呢。

"不过，比起和我去哪里，你还是该和你的恋人一起去。她是很可爱的女孩儿，并不仅仅只是照片。通过你的述说，我也能感觉到这点。或许，你可能并不明白女朋友在你的生活中存在的分量吧。有时候人啊，对自己的感受觉得迷惑，想要保护自己的心的时候，就需要对重要的人倍加珍惜。"

浩之反反复复地读了好几遍。第二天早上，回到公寓里的时候又拿出来读了一遍。几乎完全没有睡觉，一直考虑如何回信，到了傍晚，依然不知如何下笔。

他拿起一块巧克力放到了嘴里，却只感到了苦涩。

门那边发出了开锁的声音。不知不觉间，窗外已经暗了下来。开门锁的声音已经传来了好几次，浩之站起身来去打开了门。

美季站在那里。从之前吵架分别以来，谁都没给谁打过电话。

美季用脚上的靴子鞋跟当当地敲着地面，说："我是来问你个挺无聊的问题的。"口气里有些怒气。

浩之静静地看着美季微微颤动的睫毛，不知怎么的，他突然想起自己也曾这么盯着幸乃的睫毛看的场景。

"你，是不是和什么人好上了？"

美季问完这个问题之后，就停止了用鞋跟敲打地板的动作，双手也背到了身后去，身体僵硬地站在那儿。

"你帮我打耳洞吧。"

浩之说道。美季抬起头来盯着浩之。

"耳朵啊，你不是学了怎么帮人打耳洞的吗？"

美季表情有些迷惑。"但是……我现在没拿工具。"

"那，找个什么针来打吧。"

"那可不行的呀，这事没法失败了重新来过。还是去店里打吧，别让我弄了。"

"那，帮我理发吧。长长了不少呢。"

"剪得怪怪的，你不生气？"

"那肯定生气。"

"是你自己让我剪的嘛。"

"你全神贯注地去做呀。拼了命地小心应对,那样还会剪出很奇怪的样子来的话,那也没办法了。"

"这样你就不生气了?"

"还是会生气。"

浩之把门大大地打开。美季走了进来,把靴子脱了。

浩之在脖子周围垫上了毛巾,挺起身子坐了下来。美季拿起美工用的剪刀帮他剪起了头发。浩之感到美季在他背后努力理着发,松了口气,问:"你家里到底有什么事?"

美季的手停下了。

"有什么不开心的事情吗?"

"也没什么。"

美季有些掩饰地说道。

浩之背对着美季,又说:"我愿意听你说啊。"

美季并没有回答。

"你也不用憋着啊,想说的话就说啊。我真的会听的。虽然可能帮不上什么,但只是听的话,我能做到的。"

美季依然没有说话。因为背对着她,浩之看不到她的表情。过了会儿,浩之听到美季的喉咙响了一声。

浩之想回过头去,脑袋却被按了回来。虽然只是用指尖,轻柔地按了一下,但是他却没能真的回过头去。

到了打工的时间了。浩之开上摩托,带上美季从公寓出发了。

浩之本想把美季送回家去。但美季却说自己到附近的家庭餐厅去,等着浩之下班。浩之说那得等到天亮了,还是回家去吧,但是美季根本不听。

浩之把摩托停到了打工店的后边，然后和打算进去买点什么的美季一起走进了店里。

这会儿店里没有客人。站在收银台内侧的店长，正在整理快递的传票。美季自己往放杂志的货架走去。

在浩之就要钻进吧台之前，停住了脚步。他看到了那个摆放着曲奇和彩虹糖的货架，上边居然还有才两三百元的东西。虽然不是什么贵重的东西，但他突然想买点送给美季。其实什么都无所谓，他只是想对美季说"你看"，然后递个什么东西给她。他伸手去拿曲奇。

但一不小心，浩之的腿扭了一下。

然后就一屁股坐在了地上，顺势倒了下去。他就这么完全地躺在了地板上。

他的视线正对着天花板。此刻荧光灯在他眼中天旋地转，连光线都重叠了起来。他闭上了眼睛。

"你……那个时候想起了什么呢？

你感觉到死亡了吗？如果你感到了，首先想到了什么？是那个人的事情吗？你深爱着那个人，就这么死去撇下她一个人你不觉得后悔吗？

如果我此刻也死了的话，我又会想起谁呢？

我倒也不讨厌我的父母，选择想念父母也是可以的……但是如果问我从今往后想要和谁白头偕老的话，如果说我的心里已有那么一个人选的话，还是会想到那个人。

残存于世的那个，一定是非常痛苦的。

浩之感觉自己被人轻轻摇晃着。

"小浩,你怎么啦?你说话呀。"

那是美季的声音。之后,又听到一个不悦的声音喊道:"你干什么呢,喝多了?"这个声音听起来像是店长。

浩之却还不想起来,他还想多体验一会儿在店里倒下的那个男人的感受。

"还是说,你根本没有机会去思考死亡的问题,就陷入了深深的昏睡之中呢。如果是这样的话,那到底算不算是种悲哀呢。觉得悲哀,也不过是活着的人自己的幻想罢了。或许你什么都没感觉到,就安静地就此长眠了也说不定吧……

"对于你来说,我只是一个完全未曾留下任何印象的陌生人。

"但是现在,我却觉得你以某种方式存活在我的生命里。

"或许你会觉得这很奇怪,或许也只是我此刻一时的感受……你这样一个人,就这样走向了死亡的事实。不知为何,在我的心里一直鲜活地存在着,对我来说这是一种需要。"

浩之感觉到有人不停地喊自己的名字,身体也被不停地摇晃着。美季的声音特别大。

浩之睁开了眼睛。看到了美季的脸庞。

"醒了!"

美季悲鸣般地喊道。

浩之坐了起来。

"你没事吧?"美季十分担心地问道。

"喂,没事吧你?"店长站在吧台内侧,拿着话筒问道。

浩之坐在地上,看了看自己旁边,那个男人倒地的那块地板。

如此光滑的地板上，完全看不出曾有人在那上面倒下并死去的任何痕迹。但是，事实上的确有人在这里死去，而且还有人至今依然为此每日生活在悲伤之中。

"你怎么了？你是在哭吗？"

浩之被美季这么一说，才感到自己脸颊上有些痒痒的，有温热的东西流下，他连忙用手背用力擦了擦。

"有人死了。"浩之回答道。

"一个很重要的……人死了呀。"说完，浩之感到有一股热乎乎的气息从他的喉咙深处慢慢地涌上来。

AFURETA AI by Arata Tendo
Copyright © 2000 by Arata Tendo
All rights reserved.
First published in Japan in 2005 by SHUEISHA Inc.,Tokyo.
Simplified Chinese translation rights in China arranged by SHUEISHA Inc.
through Japan Foreign-Rights Centre/Bardon-Chinese Media Agency

图书在版编目（CIP）数据

漫溢之爱／（日）天童荒太著；阿湨译．－－北京：新星出版社，2014.11
ISBN 978-7-5133-1484-8

Ⅰ．①漫… Ⅱ．①天… ②阿… Ⅲ．①短篇小说－小说集－日本－现代 Ⅳ．①I313.45

中国版本图书馆CIP数据核字（2014）第058398号

午夜文库
谢刚 主持

漫溢之爱

（日）天童荒太 著；阿湨 译

策划统筹：褚 盟
责任编辑：邹 瑨
特约编辑：王跃嵩
责任印制：韦 舰
封面设计：@broussaille 私制

出版发行：新星出版社
出 版 人：谢 刚
社　　址：北京市西城区车公庄大街丙3号楼　100044
网　　址：www.newstarpress.com
电　　话：010-88310888
传　　真：010-65270449
法律顾问：北京市大成律师事务所

读者服务：010-88310811　service@newstarpress.com
邮购地址：北京市西城区车公庄大街丙3号楼　100044

印　　刷：北京京都六环印刷厂
开　　本：910mm×1230mm　1/32
印　　张：8.5
字　　数：137千字
版　　次：2014年11月第一版　2014年11月第一次印刷
书　　号：ISBN 978-7-5133-1484-8
定　　价：30.00元

版权专有，侵权必究。如有质量问题，请与印刷厂联系调换。